遇见你，就是最美好的奇迹

YUJIAN
NI
JIUSHI
ZUIMEIHAODE
QIJI

八 著

百花洲文艺出版社
BAIHUAZHOU LITERATURE AND ART PUBLISHING HOUSE

图书在版编目（CIP）数据

遇见你，就是最美好的奇迹 / 南梵，风十八著. --
南昌 ：百花洲文艺出版社，2017.7(2023.11重印)
ISBN 978-7-5500-2281-2

Ⅰ. ①遇… Ⅱ. ①南… ②风…Ⅲ. ①小小说—小说
集—中国—当代 Ⅳ. ①I247.82

中国版本图书馆CIP数据核字(2017)第140456号

遇见你，就是最美好的奇迹

南梵，风十八 著

出版人 姚雪雪
责任编辑 袁 蓉
封面设计 蜀黍设计
出版发行 百花洲文艺出版社
社 址 南昌市红谷滩新区世贸路898号博能中心A座20楼
邮 编 330038
经 销 全国新华书店
印 刷 河北鹏润印刷有限公司
开 本 880mm×1230mm 1/32
印 张 9.5
版 次 2018年1月第1版 2023年11月第2次印刷
字 数 310千字
书 号 ISBN 978-7-5500-2281-2
定 价 36.00元

赣版权登字 05-2017-228

邮购联系 0791-86895108
网 址 http://www.bhzwy.com

目录

南梵

现为某大型互联网公司游戏主策划，曾辗转文化行业多个领域，当过编辑、做过写手、组过稿件，发表小说二百万字，文字风格瑰丽犀利，直指人心。

比我幸福

请记得你要比我幸福，才值得我对自己残酷，

我默默地倒数，最后再把你看清楚，

看你眼里的我好模糊，慢慢被放逐。

——题记

我认识一哥们儿，叫二波，是跟我家一条街上的邻居。

之所以他叫二波，就是因为太“二”，其实二不过是轴，什么事情都一根筋，撞了南墙也绝不回头。

偏偏他是个白羊座，我一直觉得挺奇怪，这么一人怎么是白羊座！传说中的白羊座，虽然有勇无谋，但对什么事情也大多三分钟热度啊……二波咋就那么轴呢?

二波是个音乐爱好者，从小到大，就喜欢戴个耳麦，摇摇晃晃地哼哼着走在小胡同里。后来他初中的时候，喜欢上了隔壁班的一姑娘，又迷上了弹吉他……在姑娘放学回家的路上，边弹边唱，虽然被姑娘扔了臭鸡

蛋，但胜在轴，锲而不舍地给姑娘唱歌弹吉他。

于是姑娘说，你去参加快乐男声吧，要是过了海选，我就跟你谈。

二波一听，觉得有戏，真的去参加快乐男声，每天起早贪黑、披星戴月地练歌练吉他，竟然让他闯进了本地的前二十强。

但折腾一轮下来，姑娘却已经漂洋过海，出国前给他留了一字条：二波同学，你很有音乐天赋，要继续努力哟！

二波大吼一声，把字条揉碎生吞了下去，然后的确就在音乐这条路上一路走到黑。但世间有音乐才华的人那么多，二波的圈子里一个搞音乐的前辈都没有，要混出头来又谈何容易呢？

大学没毕业，二波就留着长头发，背起一把吉他走南闯北，在地铁口、地下通道或者十字路口卖唱为生……但用他的话讲，这叫游吟诗人……

游吟诗人当了许久，终于被一个路过的酒吧老板慧眼识金，招聘去了酒吧驻唱，这才结束了二波游吟的日子！

虽然当酒吧驻唱是个红不了也饿不死的活儿，但好歹也算个工作，二波的爹妈终于放下心来。

二波也很高兴，那段时间走路都带风，因为听他唱歌的人多了，渐渐的，也有一些人专门来捧他的场。

再后来，网络视频平台如春笋一般冒出来。二波的老板嗅到其中的钱味，掏出二十万，在酒吧最里面的院子里隔出了几间直播间，让酒吧里的歌手在不驻唱的时候，就去直播间里直播——也就是坐在电脑前唱歌……

捧场的人可比酒吧里的人多得多，短时间内，二波老板开的这个“娱乐至死”直播间就达到了千人在线的规模。

二波因为轴，觉得自己说不好话，就一般只唱不说，反而得到追捧，被追捧为“高冷范歌手”，成为直播间里最当红的主播之一。

一个白羊座的“二逼”，被追捧为……想想，我就觉得鸡皮疙瘩一个个往下掉。

喜欢二波唱歌的人，听到激动处，会哗啦啦地给二波送上一整屏的虚拟玫瑰、金话筒之类的……慢慢地，二波也日进斗金了。

可是毕竟是网络直播间，大多还是男性观众为主，食色，性也，漂亮的女主播在这种地方才会更加如鱼得水。

二波这样略有些颓废文艺气质的男主播渐渐没落下去，不过二波年龄大一些，也终究轴得有分寸了些，不再跟现实做斗争。因为在直播平台混得早，他认识不少人，熟悉其中门道，就安安心心地给老板做起了直播间管理，收入按直播间总收入算提成。

于是，毕业以后游手好闲了多年，二波终于遇到了事业的第N春，开始混得人模狗样起来，整日里带着几个美女主播出入，羡慕死了其他一众猪朋狗友。

再后来，二波又喜欢上了一个姑娘，名叫萧菲菲。

萧菲菲是他们直播间的新晋美女主播，长得像高圆圆，唱歌像韩红，说话像林志玲，身材像大模，用金星的话说就是“完美”……刚一来，就让几个常在他们直播间消费送礼的土豪成了她的裙下之臣。

这其中还有几个土豪是直播间其他一些女主播的粉丝……萧菲菲一来，抢了她们的土豪，抢了她们的饭碗，这群女人自然不干，一起告状告到了二波那里。

二波琢磨了一下，给她们讲了一通同是一根绳上的蚂蚱、一荣俱荣一辱俱辱等的大道理，最后也不管她们听懂没听懂，服还是不服，就凑合打发了。

当然，女人多的地方是非多，整个儿就一出出的宫心计……但层出不穷的幺蛾子，在二波的努力下，飞向萧菲菲的明刀暗箭都化解于无形。

能在直播间如鱼得水，哄得土豪乖乖送礼物交钱的女孩子都是聪明的。二波的维护，自然被萧菲菲看在眼里，记在心里。

萧菲菲请二波吃了一顿饭，表达了感激之情，另外也婉转地暗示了自己有男友，已经快要谈婚论嫁了，因为买房子还差首付，所以才来当网络女主播，打算赚一些钱。

二波听明白了，但一如既往地对萧菲菲好。

萧菲菲没有办法，只好让自己的男友每天准时到酒吧接自己下班。

萧菲菲的男友长得很高大，脸却很白。二波虽然是个颓废气质的文艺男，但挺讨厌小白脸的，所以他第一眼看到这小白脸就不顺眼。

但萧菲菲喜欢这号，她依偎在小白脸身边，巧笑盈盈，流光华彩。

二波看得眼睛痛，只能在直播间外一直喝啤酒，再目送他们一起离开。

自那以后，二波过得很颓废，每天下班就在酒吧喝酒，喝到踉踉跄跄才往回走。

有时候，看在一起长大的分上，我去酒吧陪他坐会儿，问他，长得漂亮的姑娘多了去啦，怎么就吊死在这一棵树上了？

二波打了个酒嗝，斜眼看着我说，你懂个P，真正的爱情，跟皮相没有一毛钱关系。

我震惊得拍案而起，没看出来，你丫竟是个哲人。

二波被我的气势吓傻了，愣了一秒钟，赶紧冲向厕所去吐了一地。吐完回来，他略带迷蒙忧郁的眼色看着我说，付小丫，你知道吗？爱情这件事，真他妹的是一件莫名其妙的事情，越是得不到，越是放不了手。

我皱皱眉，学着二波的样子，伸出两根手指点了一下他的头，德行！能在直播间混得风生水起的姑娘，是你能招惹的吗？

可不是，视频秀直播间就是一个社会缩小的名利场，无数土豪和富二代出入，有一夕间为自己喜欢的女主播一掷千金，也有两个土豪为争得同一个女主播的青睐刷礼物刷到手软，更有两个直播间公会之间为了争夺土豪而现实中拆台互挖主播的……在这样一个声色犬马的地方，从容不迫地掌控全场，这样的姑娘，哪是二波这样的二愣子能泡到的呀！

想着这些，我转头一看，二波已经伏在桌子上，呼呼地睡着了！

春去夏来，萧菲菲一直没有赚够付首付的钱，所以就还在酒吧后边的直播间做直播。

跨年夜，二波所在的直播间邀请了直播间包括萧菲菲在内的三大最火的女主播同台竞技，举办了一场声势浩大的直播间跨年夜晚会。

三个女主播麾下的土豪粉丝都疯狂地给她们刷礼物，想要让自己喜欢的女主播在跨年夜拔得头筹。

萧菲菲石榴裙下有一个土豪粉丝叫“怪力叔叔”，是个暴发户，他直接砸了二十万现金的礼物，然后直奔二波所在的那个酒吧，

怪力叔叔这半年在萧菲菲身上投入了不少钱，摆明就是为了泡她而来的。之前已经跟二波及萧菲菲本人提出了好几次线下见面的要求，但都被二波用太极推手推了回去。这次怪力叔叔不打招呼，不知道从哪里打探到酒吧地址，就直接奔了过来。

那个时候，二波正跟我凑在一起，一边斜眼看着不远处坐着的萧菲菲男友，一边跟我吐槽，你看那小白脸，怎么都像没安好心眼。

我皱皱眉，心想，我觉得那小白脸长得还挺好看的。

这个时候，二波突然站起来，脸色略变，却又再变，挂着笑迎上去，哎哟，这不是怪力叔叔嘛，这跨年夜的……

我回头一看，一个一脸横肉的大叔让整个酒吧的灯光都失色了。

二波呀，今天跨年夜，让菲菲早点下班呗，我特意来接她一起跨年呢！怪力叔叔嘴角微翘，一脸邪魅。

这个……这个……二波皮笑肉不笑，怪力大哥，是这样，今天我们这边估计要闹通宵，要不你就在我们酒吧玩，费用全免。

闹什么通宵，我今晚砸了二十万的礼物，菲菲赢定了，你让她赶紧出来。怪力叔叔面露凶相，来者不善。

行，行行，大哥，你先这边坐着，我去看看线上的活动啥时候能完。二波将怪力叔叔和他身后的几个小弟拉到一个包厢，好声安抚着。

暂时安抚好，二波急忙退出来去找老板报告这个情况，希望老板出面挡回去，谁知道老板商人本性，见利忘义，直接训斥二波，你个二愣子，男未婚女未嫁，人家怪力叔叔名正言顺追一姑娘，你起哄个什么劲儿，快去叫萧菲菲出来。

二波目瞪口呆，但老板一句男未婚女未嫁惊醒了他，对呀，萧菲菲的男友不就在那嘛。于是二波赶紧抛却个人狭隘主义间隙，出去找萧菲菲的男友，让他赶紧去带着萧菲菲从后门走。

萧菲菲的男友虽然没听懂，但也知道事态不妙，立马起身去了酒吧后院。

但没想到，这一幕却被怪力叔叔的小弟全程目睹，萧菲菲和男友刚到后门，就被怪力叔叔带人堵住了。

一开始，怪力叔叔还笑脸相迎，到最后见萧菲菲死活不吭声，就撕破脸皮说道，哥在直播间给你刷了那么多礼物，今晚你一定得陪哥跨年。

萧菲菲终于咬着嘴唇低声说道，刷礼物的事情你情我愿，我也没有答应你什么事情，再说我今晚要陪男友跨年。说完了，还伸手掐了一把男友，希望他出面站在自己身前。

谁知道那男友是个怂蛋，哪里见过这阵仗，早就吓傻了，只支支吾吾地重复，我就说你不能干这工作吧……我就说你不能干这工作吧……我就说你不能干这工作吧……整个就一复读机。

怪力叔叔懒得搭理他，一把推开他，就伸手去把萧菲菲搂了过来，嘴巴里喷着酒气就要凑到她脸上去，走走走，这小白脸，不要也罢。

萧菲菲一边挣扎一边眼含泪水看着呆若木鸡的男友，心碎成渣渣！

这时候，二波赶到凑上去拉扯怪力叔叔，赔笑着，哥，哥，我们去前面玩，一会儿还有精彩节目呢。

怪力叔叔一把甩开二波，滚一边去。

二波一个踉跄，跌在地上摔了个狗啃泥，等他爬起来，只见怪力叔叔搂着萧菲菲正往外走。

二波眼睛一红，好像开了大招，爬起来就扑过去，一拳打到怪力叔叔脸上，怪力叔叔捂着脸，一下子愣住了。

二波一把拉过萧菲菲的手，示意她快跑，自己就顺手从墙角抄起一根棍子，以一对多，跟开了挂一样……

萧菲菲忘了跑，在旁边哭得声嘶力竭。

那一架，二波打伤了两个人，其中一个就是怪力叔叔，而且专门打了他的脸……

但二波自己也挂了彩，进了看守所，等着法院宣判。

我去看守所看二波，二波满脸胡楂，但头发却被剪短了。

二波看到我，一脸不耐烦，你怎么来了？来嘲讽我一身弱鸡，还学人家英雄救美吧？

我又震惊了，你丫在里面学心理学了吗？

有话快说，有屁快放！二波翻了翻白眼。

没事，就是来看看你……那个萧菲菲不做女主播了……她跟男友分手了……

提到萧菲菲，二波神情略有些不自然，不做女主播了？跟男友分手了？那挺好了……我一直觉得她男友小白脸靠不住，果然被我说中了吧……

嗯，她跟怪力叔叔在一起了，据说快结婚了！我也有些不自然。

二波抬起头半张着嘴看了我半天，过了很久，才咬牙切齿地说，妹的！

但是怪力叔叔打算不起诉你了，还说要给你媒人红包！我皱了皱眉头，虽说是个喜事，但被我说成了丧事一样的感觉……

二波又看了我半天，再次咬牙切齿地说，妹的！

……

我走出看守所的时候，一个收破烂的大叔正蹬着三轮车路过，车上的破音响正在放着一首20世纪90年代流行的老歌——

请记得你要比我幸福，才值得我对自己残酷，

我默默地倒数，最后再把你看清楚，

看你眼里的我好模糊，慢慢被放逐！

……

我还记得有一次二波对我说，我偷偷听到过菲菲打电话，被一土豪训到哭……

她家庭条件不好，男友也不好……一个女孩子，出来受尽委屈赚钱……

这样的女孩子，是应该被好好保护起来的，如果我是她男朋友，我保证不让她受一丁点委屈……如果有男人能这样爱护她，给她幸福，我也可以放手……

红玫瑰与白玫瑰

红玫瑰与白玫瑰，

我们多相似，爱上了就不容一点瑕疵，

怎能浅尝即止，

像所有平凡的女子，也有多少心事不欲人知，

冷暖自己知。

——《你叫什么名字》

1

叮当和童媛，两个软妹子，是我的大学同学。

叮当跟我一个宿舍，童媛是隔壁宿舍的，但我和童媛又是广告系同一班的，叮当却是经商管理系的。

入学的时候，叮当来得晚，经商管理系的女生宿舍已经占满了，于是她就被塞到我们宿舍来了，跟我上下床。

她搬来我们宿舍的那天，其他人都去上自习课了，只有我披头散发地坐在床上看书。

她摇着纤柳一样的细腰走进了宿舍，然后把行李往床上一扔，就拖了个凳子坐到我旁边，我被她看得心里发毛，立刻坐直身子说，你是宿管员说的那个经商管理系的女生吗？欢迎你……我叫付小丫。

当时她画着淡妆，短俏的褐色卷发，穿着相当时髦的蝙蝠衫配格子短裙，一看就是“此物不凡”的样子，因为在我们那个年代，大家刚刚从高三经历一个暑假到了陌生的城市陌生的校园，大部分男生女生都还显得很土鳖，所以这样的她，十分显眼！

叮当是个五官大气的女孩子，声音清脆，笑起来就像铃铛在“丁零”地响，所以后来我们就叫她叮当。

她对我促狭一笑，看了一眼我手中的书，你心里有喜欢的男人吗？

我手忙脚乱地合上书，吓得语无伦次，怎么……怎么可能……哎，说什么……啊！

这是一本琼瑶的小说，叫《窗外》——拜托，我就看了一本言情小说而已！

我的样子逗得叮当笑了，她笑得花枝乱颤，笑了一会儿，然后一本正经地对我说，这些书都是骗你这样的小姑娘的！

这时，童媛走了进来，提着两份外卖，我和她的晚餐——云南米线。

她一进来，米线的香味就弥漫开来。

童媛属于那种长相普通，但干净清纯的女孩，穿着白色的衬衫，扣子扣到了最上面一颗，留着校园里常见的长黑直发型。

童媛看到叮当，很有礼貌地说，你好，我是童媛，隔壁宿舍的。

叮当也看着童媛……手里的米线，咽了下口水，你也好，我是丁黎黎。

童媛看到叮当的样子，马上递过去自己那份米线，这个给你，东门最好吃的店，要趁热吃。

叮当毫不客气地接过来，就开始大口吃起来，一边吃一边啧啧称赞。

童媛笑起来，让她慢点吃。

我无可奈何地摇摇头，拿了个饭盒，和童媛分吃了我那一份云南米线。

人间秋意凉，筛下一地明媚的月光，我们款款而行，像涉尽千年，以不可阻挡的姿势，以两份云南米线为纽带，开始了我们的友情。

2

可能有一种女孩天生就迷恋做女人，她们恨不得一夜之间就成熟起来、丰润起来、性感起来，可以穿露腰露一点点胸的长裙短裙，用各色唇彩抹嘴唇，显露各种或妖冶或灿烂的指甲油。

水瓶座的叮当就是这样的女孩子。

大一还没过去一半的时候，叮当已经在校园里非常瞩目，大胆的装扮让她成为一朵行走的红色火玫瑰，燃烧着校园里的每一个角落。

虽然一般大学对学生的打扮并不怎么管理，但叮当这样的女孩子，还是让领导们坐不住，从辅导员到系管理，都纷纷找她谈话。

但每次谈话的时候，她都一脸笑意，连声点头说好好好，态度好得让找她谈话的领导们以为自己找错了人——小姑娘不过爱美一点，也没什么。

谈话结束，她依然我行我素，没有一丁点改变。

我有点看不惯她，对她的一些问题，总是无所适从。但我也不讨厌她，我只是从来没有见过她那样的女孩，在学校里不学习，也不像一些人只想出去打工赚钱。她满脑子想着长大，想着毕业，想着和男人恋爱——

这和那时候还保守封闭的学校里的其他女孩子是多么的不一样啊。

摩羯座的童媛则很欣赏叮当，她的眼神告诉我，她是打心眼里喜欢叮当这样的女孩子，虽然她跟叮当是心性完全不一样的女孩，她也完全不愿意成为叮当。

大学校园里，从来不缺两耳不闻窗外事，一心只读圣贤书的女孩子，她们有些从很小的城市来，有些来自农村。她们一心学习，只是为了能以优异的成绩毕业，找一份稳定的工作，留在大城市，得以改变自己的命运。

童媛也来自一个小县城，她很努力地学习，但她又不是那种一心只读书的女孩，她会积极参与各种学校的活动，她脾气好，耐心，在课余还去找各种兼职做。

童媛也满脑子想着长大，想着毕业，想着有更广阔的天地，她是一朵静静绽放着的冷静而淡雅的白玫瑰。

她说每个人都有权利选择自己喜欢的方式生活。

于是，我觉得童媛和叮当其实是一类人，她们始终坚定地坚持着自己的方式，行走在这人世间。

她们果然很快就长大了。

当我还在看言情小说、睡懒觉、逃晚自习课时，叮当已经穿着各色风格的衣服，在学校附近的酒吧里和男人斗酒，而童媛已经开始在外边兼职做英语家教和翻译，生活忙碌而充实。

大一结束的时候，叮当已经是风情万种的女孩，像她的眼神一样迷离艳丽，于是她身边的男人如走马灯一样地换。她身上的香味很氤氲，她的躯体很温暖，不同于童媛的冷和淡，我的涩和土，所以男人应该很喜欢吧。

叮当二十岁生日的时候，童媛对叮当说，祝贺你终于做了你想做的那种女人。

叮当说，童媛我就是喜欢你这一点，你和她们不一样，谢谢你从来不曾想改变我。

说完这句话，叮当又看了一眼正看着蛋糕咽口水的我，补充了一句，当然付小丫也一样，但付小丫就是太懒，懒得管身边的一切事情。

我惊得差点从椅子上摔下来，叮当的话简直振聋发聩，她那时候就已经预见到我的将来，成也懒，败也懒！

童媛笑起来，拍拍我的肩膀，对叮当的话表示赞同。

其实每个人的生活方式不一样罢了，我也只是一个普通的人，我凭什么去改变别人？何况我是真的喜欢叮当和童媛，喜欢她们一直那么坚持着的本真自我，也尊重着我的本真自我！

3

大二的时候，王东然出现了。

他第一次出现在宿舍楼底下时，引起了所有人的围观，有女孩在楼下喊，童媛，有人找你！

语气中说不尽的暧昧和笑意。

我和童媛一起探出头去，然后我看到了一个男人：平头，看起来三十多岁，穿着质地很好的休闲衬衫和牛仔裤，双手极为随意地插在裤兜里，然后整个人斜倚在宿舍楼下的一棵梧桐树上，显示出一股轻盈的颓废感。

那男人似乎有感应，也仰头望向我们。于是，我看到一张笑容忐忑的脸，脸上是一抹略带寒凉和桀骜的笑，笑意薄薄如一刃刀锋，杀向这青青翠翠的校园。

唉，这个人！童媛皱了皱眉，换上鞋下去了。

我从窗口看到他们在梧桐树下面对面站着，两个人都没有说话，后来又同时慢慢笑了。

校园里很少出现这样的画面，于是来来往往的学生都忍不住朝他打量。

风开始纷纷扬扬地吹起来，周围的梧桐树开始飘落无数的树叶，那些树叶很整齐地飘落在他们脚下。

满校绮丽的风，带着无尽的清淡香气，那香气让最为浓郁的脂粉低头。

童媛和那个男人一起走出了校园。

那天晚上，童媛还是在晚自习前赶回了宿舍，却被我和刚好回来换衣服的叮当堵在了宿舍。

有个男人来找童媛，这个事情已经传遍了整个女生宿舍楼。

那是我做英语家教的老板，那次我在他家教他的小孩，刚好他在家会见一个国外来的客户，他的翻译临时有事回老家了，于是我就帮他救了一下场。

童媛寥寥几句解释清楚，然后拿着书本准备走出宿舍。

然后呢？叮当笑嘻嘻地不肯放过她。

童媛也笑了笑，然后他就说请我吃饭，感谢一下我啊！

喊，就这样啊？叮当意兴阑珊。

后来王东然就经常来找童媛，目的明确而专一，总是带了她就走。

有时候是吃饭，有时候是救场，有时候不过是接她去给他的小孩做家教。

王东然干净利落的霸道，让童媛也有些无力招架。

慢慢地，我们才知道，王东然是这个城市某家大型广告公司的高管，广告界的青年才俊，也算是事业有成，但在几年前，妻子和他离婚去了国外，他独自带着孩子生活。

童媛说，他见到我的第一次对我说，童媛你一点也不漂亮，但气质已足够你享用一生！

童媛说，他今天拉了大提琴给我听，我第一次见男人拉大提琴，没想到世界上竟然有这样的琴音，慷慨又激昂，悲戚又温柔。

童媛说，他今天把手放在了我的头上

童媛跟我交谈的时候，提到王东然的次数多起来。

而叮当的约会太多，只能时不时叮嘱童媛小心一点。

4

王东然第一次见到叮当的时候，已经快到学期末了。冬天，纷纷扬扬的雪花和着纷纷扬扬的枯叶簌簌地往下掉。

一直以来童媛和我都没有刻意想过王东然和叮当是不是应该认识，觉得是没有什么关联的人，应该很难有交集吧。

因为快放假了，那天王东然来找童媛去吃饭，我刚好从图书馆借书回来，在楼底下碰见他们。

童媛指着我说，这是我最好的朋友之一。

我知道她说之一，是因为叮当也是她最好的朋友。

王东然点点头，对我说，一起去吃饭吧。

童媛非常开心，拉着我的手走在王东然的前面。

让自己的好朋友认识自己欣赏的男人，这对童媛来说，应该是一件很好的事情。

走了几十米，她对我说给叮当打个电话吧，叫她一起来吃饭。

那一瞬间，我心底涌起一种莫名其妙的感觉，对童媛说她好像说今天有约，晚上都不回来的。

看得出童媛略有些失望，不过很快她就高兴起来，王东然带我们去了一家小的私房菜馆，装修得很有格调，菜品也很精致。

菜刚上来时，叮当缓缓走了过来，她穿着白色的吊带长裙，将她的身材衬托得凹凸有致，她身边跟着一个西装革履、看起来有点痞气的男人，那男人是我们熟悉的样子，跟在叮当身边，行为暧昧。

童媛介绍叮当和王东然认识，王东然只是点点头，没说话。

叮当身边的男人看见王东然，又看了看童媛和我，笑着对王东然说，王总好兴致啊。

王东然没回答他的话，只是看了看叮当说，坐下一起吃饭吧。

叮当则看了看自己身边的男人，又看了看王东然，脸上浮现出一抹玩味的笑意，然后毫不客气地坐了下来。

于是五个人一起吃起这顿饭。

饕餮中，通过王东然和叮当身边的男人有一搭没一搭的对话，我们才知道原来他们分属于不同的广告公司，是竞争对手。

吃到一半时，王东然歪着头对童媛说，童媛，我有些低估你了。

童媛也是聪明的女孩，一笑，叮当和付小丫都是我最好的朋友。

我认得你，当初你在广告圈沙龙上做演讲时，看起来真是不错啊。叮当憋不住笑出声来，可是近看，你真是我见过的长得最丑的男人了，幸好你不是童媛的男朋友。

我一愣，看了看王东然，他也在笑，笑得很平静。

我想，哪有很丑，顶多不英俊而已。

叮当转过头去，靠着身边那个男人的肩，释放着她一贯的妩媚。

童媛则默默地夹了一根菜放进嘴巴里。

再后来，这场饭局就有点怪怪的，透出几分尴尬了。但叮当却可以做到不在乎，她是真的不在乎，原本她身边的男人就是陪衬。她和我、和童媛大笑着聊天，大口喝酒，完全不顾及什么。

王东然忽然站了起来，说了句，我还有事我先走了，童媛，明天来找我。

然后王东然就走了，叮当对王东然的举动很意外，指着他扬长而去的背影说这人怎么这样啊……

童媛说他啊，就是这样的。

于是叮当从鼻子里哼了一声。

5

第二天，童媛去找了王东然。

回来的时候，她的脸色不是太好。

我不知道发生了什么事情，却也懒得问她。

熄灯后，她钻进我的被窝，忽然说，王东然今天跟我说，你真是什么人都能做朋友啊。

我心中了然，他说的是叮当。

我回答他，叮当是我最好的朋友之一，我很珍惜她。童媛的眼睛在黑夜里发亮。

然后呢？出于倾听者的本能，我问道。

然后他就脸色一沉，又走了！童媛摊摊手。

沉默了一会儿，黑暗里传来童媛低低的咬牙切齿，我跟谁做朋友，跟他有一毛钱的关系呀！

对呀，跟他有一毛钱的关系呀！

我附和道，想起这话不是叮当的口头禅吗？

这事过后，紧接着就是各科目的期末考试，除了叮当，大家都在临时抱佛脚。不过我发现很长一段时间，王东然都没有来找童媛。

日子突然变得如河水一样平静，童媛也辞掉了几份兼职，专心备考英语八级。

她每天是最后一个回宿舍的，有时候我从窗口看到她在最后一刻冲进宿舍楼的身影上，竟然感觉一点寂寞的味道。

倒是叮当，不时给我们带一些好吃的好玩的回来，有时候还有一些小饰品，手链、戒指什么的……我和童媛都高兴地分享，其实我们都只是普通女孩子，喜欢各种漂亮的东西和不同的生活。

只是，童媛偶尔会从窗户边探出头去，若有所思。

再接下来，就放寒假了，叮当不回家，我和童媛一起去火车站，分道扬镳在春运的人流之中。

6

再回到学校的时候，已经是春暖花开之际。

那天，我和童媛提着开水壶，刚走到宿舍楼前，就看到了王东然。

然后，看到了他身边的叮当。

叮当没有化妆，飘扬的卷发被拉直染黑，素净地夹在耳朵后边，穿着白色的长裙，很陌生的样子。

我和童媛一步步走过去，童媛面色平静，我却百转千回，发生了什么？这个寒假并不是很长啊。

叮当看着我们笑得冰川天女一样的神秘，她皎洁的容颜若水莲花徒然绽放。

王东然说童媛你觉得黎黎这个样子是不是更好一些，你们现在可以好好做朋友了。

他没有叫她叮当，而叫了她的本名，我们都快忘记叮当的本名叫丁黎黎了。

童媛只是笑，没有说话。

叮当纯洁安静地站在王东然身边，比大家闺秀更大家闺秀。

今天是黎黎的生日，她说大学的每个生日都要和你们一起过。王东然说。

我今天要去参加社团活动。童媛还没出声，我抢在她前面说。

叮当意味深长地看着我，她了解我，我这样的人，根本懒得参加任何社团的。

我已经在云南菜馆定好位置，黎黎说要吃云南米线。王东然又说。

今天真的不行。我头一次异常坚定。

那好吧，童媛你跟我们去吧？王东然看着童媛。

叮当却扯了扯他的袖子说，我忘记了，童媛昨天说她今晚要给一个孩子补习，我改天再和她们庆祝吧。

王东然点点头，跟我们说了声拜拜，就往前走去。

叮当故意落后两步，然后探过身子，对我和童媛说，没有见过这么自大的男人，就陪他玩玩吧，我的目的不是他。童媛，我不是抢了你的男人吧？

童媛笑着摇头，他不是。

叮当诡秘地一笑，往前小跑着追王东然去了。

我扭头看童媛，她脸上还带着笑意，但眼泪却大滴大滴地掉落下来。

7

那天晚上，叮当带了云南米线回来给我们。

我提起外卖口袋，扔到了垃圾箱里。

童媛却捡了回来，打开，一边吃一边流眼泪。

吃完最后一口，她对叮当说，你还是我最好的朋友之一。

叮当笑了，原来你是喜欢王东然的啊！

她从来没有说过不喜欢他啊！我插嘴道。

叮当靠在墙上，手里捏着一支烟，吐了一个烟圈，幽幽地说，我会把他还给你的。

就这样，又是一年过去了，春去夏来，冬去春又来。

叮当告诉我们，她要出国了。这一年，靠着王东然的人脉，她拿到了4A广告公司的兼职工作，她聪明又肯学，参与了几个大型的项目，赚了不少钱。

我想去国外看看，还没去过呢！叮当说。

去哪个国家？童媛问她。

荷兰。

噢，荷兰啊……童媛若有所思，我却不明所以。

叮当走的时候，附在我们耳边说，王东然跟他老婆没有离婚，他老婆去荷兰游学了，很快就会回来的。

顿了顿，她继续说，我第一次见到他那天就知道了。

我一愣，随即目瞪口呆，那你还……

叮当笑笑，看着童媛说，那时候我想，你应该遇到更好的男人！

童媛点点头，我也这么觉得！

8

叮当走了以后，王东然来找我和童媛，打听叮当的去处。

原来叮当临走前，拿走了他未完成的设计稿，卖给了对手的公司。

我想起王东然对童媛说的：童媛你觉得黎黎这个样子是不是更好一些，你们现在可以好好做朋友了。

在这场感情的游戏中，他一开始就输了，虽然他那段时间把叮当的外表改变得如同纯情少女。可是叮当这样的女子，一直坚持自己想要的东西，从不顺从别人，轻视自己，一步步的选择，都顺从了自己的感觉，她哪有错，坚持自我而已！

又过了几年，童媛研究生一毕业就嫁给了王东然，当然在更早的时候，王东然就跟游学归来的老婆办理了离婚手续。

为什么还是他？坐在童媛新房的阳台上，我有些不解。

童媛笑了，懒得找其他人，再一个，叮当临走前说，他从来没有给她拉过大提琴。

看着童媛的笑容，我想她跟叮当还是同一类人啊，一直坚持着自己想要的东西！摩羯座的她可以坚持到天荒地老。

金玉良缘

上天让我们相遇得太早，

对于缘分却又给得太少，

才让我们只能陷在回忆中懊恼，

你和我相爱得太早。

——《相遇太早》

1

林金玉是我刚毕业时一起合租认识的姑娘。

那时候她也刚毕业，在一家很小的文化公司做图书编辑。

一套房子两居室，就我们两个人合租，于是就很容易发展出基情。

她那时候皮肤很好，长得清秀，看起来清纯可人，一副文艺范。

但事实上，她是不能开口说话的，一开口，她文艺范的人生就彻底崩坏。

大多数人都会心里不自觉地想：原来你是这样的林金玉噢。

比如刚刚，她打了个电话给我——

卧槽，付小丫，老子跟你说，老子发现一个巨好吃的小龙虾店，你特么给老子搞快点来……

老实说，她的声音软懦中带着脆响，用“川普”说出来别有一番韵味……

但问题在于，她一句话带个“卧槽”，再来几个“老子”，然后“特么”什么的也随口就来，于是她一说话，全世界都要给她跪下！

我跟林金玉的基情从毕业后合租时候开始，持续到现在也已经大约七八年的样子。

在这七八年的时间里，我们分别搬过几次家，遇到过一些人，看过一些风景，但始终没有变的是她说话的风格，以及我们的基情。

林金玉说话虽然像男人婆，但身为巨蟹座的她，却非常贤良淑德，会煲汤会插花会写一手好字，此生最伟大的理想，就是愿得一人心，白首不分离。

理想往往是很美好的，现实却是残酷的。

林金玉今年三十一岁，未婚，已经身不由己地进入了剩女的行列。

三十一岁的林金玉是某大型文化公司市场营销部的图书品牌经理，文能下笔如有神，武可三杯倒客户……现在的她皮肤依然保养得很好，长相还是看起来可人，丰韵了一些，眼神深邃了一些，不那么清纯，但只要不说话，也依然是腹有诗书气自华的文艺范！

这样的林金玉，照道理也不会被剩下！

没有别的原因，只因为她在二十五岁那年遇到了庄景森。

2

林金玉跟庄景森的认识过程，她一开始不好意思讲给我听，后来自己又憋不住，还是屁颠屁颠地主动贴上来向我招了——

特么的老子认识他，竟然是因为抢最后一份小龙虾，卧槽，说出来特么丢人啊！

那时候我和林金玉还合租，听她这么说，我立刻跳了起来，特么竟然背着老子去吃小龙虾……

没办法，跟林金玉对话，我也必须跟她在同一个纬度才能交流……我平时还是很斯文的一个人！

林金玉看了看我，你特么关注的重点在哪里？

我这才想起来，她要说她认识了一个什么人……

于是我按下深深的怨念，你继续说。

原来那天我去出差了，林金玉加班到很晚，终于被特赦可以下班的时候，她只有一个目标：去我们常去的那家小龙虾店打包一份小龙虾，带回家，一边吃一边看美剧……

我听她这么说着，就咽了口水，心想，这娘们儿真会享受。

但当林金玉拖着被掏空的身体赶到龙虾店的打包窗口，迫不及待地对小哥说，要一份小龙虾打包带走时，她突然听到旁边有人跟她同时说了这句话。

她扭头一看，比她高两头的男人，虽然高大，但长相斯文，身上穿着裁剪很得体的风衣，有一种干净美好的气质。

看到帅哥，林金玉只出于本能愣了三分之一秒，因为窗口的小哥为难地看着他们两个，我们要打烊了，小龙虾只剩下一份了。

小龙虾只剩下一份了。

只剩下一份了。

一份了。

份了。

了。

林金玉的脑回路还在处理这个讯息时，旁边的帅哥已经干脆利落地说，我比她早一点点，当然是给我了。

开什么玩笑，刚才做需求的时候，林金玉已经把小龙虾怎么剥壳，怎么蘸满调料，以什么姿势喂进嘴巴里，都想了七七四十九遍了……

想从她嘴里夺走小龙虾，简直不可能！

于是她说，特么的好像是老子先来的吧。

谁知道，那男人往前跨了一步，一米八左右的身高，在气势上就让林金玉心尖一颤，他不会揍我吧？

是我先来！男人没有打她，只是笃定地跟她说了一句，扭头对小哥说，你赶紧给我打包。

声音像干蚕豆一样，嘎嘣嘎嘣的一阵脆响。

啊！要抢我的龙虾。林金玉大吃一惊，立刻也向前跨一步，掏出钱包，一边拿钱一边说，明明是我的小龙虾！

……

一男一女争执不下，龙虾店小哥看不下去了，说了句，剩的是个大份，你们两个一起吃吧！

虽然林金玉平时一个人就要吃大份，但是在这种情况下，拖着掏空的身体，她实在不想再浪费时间了，于是她立刻说好！

那男人可能跟她一样的想法，也紧跟着说可以！

于是，他们两个人那天成了店里最后的两个客人，老板为此还送了他们两瓶酸梅汤和一份面条。

一开始，他们两个互相瞪着眼，互相抢最大的小龙虾……

但男人突然开口说，小龙虾应该这么吃……只见他捏着头一扯，就将小龙虾的身体扯出来，再放到盘子里的辣椒汁水里蘸了一下……

饱满的龙虾肉已经锁住了麻辣香味，蘸汁可以让龙虾肉的口感更有层次……男人一边吃一边说，问题是他吃得很优雅，配合他的长相，让林金玉第一次觉得看别人吃小龙虾也能填饱肚子。

老子觉得简直遇到了吃货界的高手，付小丫，老子觉得你都比不上他。当时，林金玉一边回忆一边说得那叫个神往。

问题是这种吃法，老子上小学的时候就抛弃了。我皱眉，有点不高兴。

林金玉不理会我的抗议，又继续讲起来。

由于对小龙虾的热爱，两个人决定认识一下，于是交换了名字。

担心名字里带金带玉的，难免稍显俗气，林金玉连忙解释说，这是爷爷要改的，原本老子名字是林洁玉，因为是洁字辈的嘛，我特么也不知道他为什么要改。

那男人看着林金玉说话的样子，也许你爷爷是希望你能够遇到一段金玉良缘吧！

那一瞬间，林金玉的眼神都亮了起来，她觉得这个男人挺不错。

林金玉讲这一段的时候，我想起来，我们第一次见面时，她也这么跟我说……不过我当时很虚伪地说，金玉，挺大气的……

如果我是男人，我就 Get 到了一个新的撩妹技能呀！

3

我一下班，就兴冲冲地踩着高跟鞋，挤着地铁，去了跟林金玉约好的小龙虾店。

一看，除了林金玉，果然还有庄景森！

他们两个面前摆了一大盘小龙虾，两个人已经开动。

看到我坐下，林金玉赶紧招呼我快吃。

庄景森扬了扬手里的小龙虾，算是打了招呼。

林金玉认识了庄景深，就把他带入了我和她的小龙虾世界，从此以后，每隔一段时间，我们三人就会一起去吃小龙虾。

即使庄景森和林金玉已经分手五年，但这个习惯却还是一直保持了下来。

为了吃到最正宗和最好吃的小龙虾，在庄景森的组织下，我们曾经还一起组队去湖北潜江吃当地的油焖大虾。

可以说，我们三个的交情都建立在小龙虾上了。

虽然庄景森的日常是穿着西服打着领带出入金融圈，一副不苟言笑加性冷淡的样子，但一吃起小龙虾的时候，他就变成了一个有趣的人，一个脱离低级趣味的人。

比如他知道九九八十一种吃小龙虾的方法；他还知道小龙虾原来最早是在美国风靡，他就在美国留学时，才迷恋上这种东西；他闻一下味道，就能准确地说出一盘小龙虾里到底放了几种调料……

每次庄景森说这些的时候，林金玉就一脸痴呆的迷妹表情——

卧槽，这特么你都知道哇？

庄景森，老子太崇拜你了。

庄景森这个时候就会把手里剥好的一个小龙虾塞进林金玉的嘴巴里，声音一本正经地严肃，略带宠溺——多吃东西少说话……

于是，我有一种错觉，我好像一个硕大的电灯泡啊！

我私下逼问林金玉，是不是跟庄景森在一起了？

林金玉特忧郁地说没有，他不喜欢老子这一挂的，嫌弃老子说话太粗野了。

那你改改嘛，又不是要你命。

林金玉拍案而起，特么老子就这个样子，管球他喜欢不喜欢！

我一想，也是，我们喜欢一个人，不就应该喜欢他原本的样子吗？

林金玉说话如果不粗野了，那还是林金玉吗？

4

当然，林金玉最后还是跟庄景森在一起了。

我出差，林金玉跟庄景森两人行，还是吃小龙虾，吃到很晚出来，一起压马路，压了一会儿林金玉发现钥匙弄丢了，已经夜里十一点多了，开锁师傅也找不到……

简直是天时地利人和！

庄景森带她回自己独居的公寓，是个大开间，只有一张床。

庄景森让她睡床，自己坐地上看美剧。

第一次去庄景森家里，林金玉怎么可能睡得着……紧张得要命，她一紧张，就滔滔不绝，完全停不下来……一直跟庄景森说话！

老子幼儿园的时候，后座的小鬼，老扯老子的辫子，后来老子狠狠地揍了他一顿……

庄景森完全没办法看美剧，只好关灯关电视，窝到沙发上，说，睡觉！

林金玉憋了一分钟，继续说起话，已经从自己幼儿园说到初中了……

老子当初参加过奥数比赛，还得了第三名……

本来老子很有数学天赋，就是遇到的那个数学老师是个瓜娃子……

……

庄景森忍无可忍，从沙发上坐起来，跑到床上，一把抱住林金玉的腰，把她的头按到自己怀中，低声道，闭嘴，睡觉！

林金玉的眼睛在黑夜里瞪得大大的，整个身体都僵硬了……于是更紧张了，于是话更多了……

庄景森你为什么去美国留学啊？

庄景森你老家哪里的，从来没听你说过啊？

庄景森你多大了啊？你三围多少啊？你胸多大罩杯啊？

……

后来，庄景森默默地说了一句，堵住你的嘴巴，就能睡着了吧……

刚说完，林金玉还没回味过来这句话的意思，就发现庄景森深深地吻住了自己……

她紧张得大气都不敢出，想说话，却怎么也张不开口了，因为庄景森的舌头已经探进去了……

林金玉后来跟我描述这些的时候，一说完，她就用被子捂住自己的头，在里面笑得咯咯咯的像只下蛋的母鸡！

这剧情转折得简直是出其不意！

笑了一会儿，她又伸出头来说，庄景森是天蝎座，天蝎座跟巨蟹座是最配的星座啊……

5

林金玉是真的喜欢庄景森，煲汤就是那时候学会的。

因为庄景森爱喝广东老火汤，林金玉还特意请假飞去广州找了一家网上评价最好的老店，仔细品尝了一下，又跟店家磨了三天，店家才跟她说了点诀窍。

回来后，林金玉闭门研发了半个月，才算煲出了记忆中的那种味道。

拿汤给庄景森喝时，庄小哥虽然面色平静但眼神流露出些微惊喜之色，林金玉受到莫大鼓舞，就在此道浸淫下去。

庄景森喜欢插花，周末没有事情的时候，就会买一堆花回来，自己插着玩儿。

林金玉自告奋勇地帮他剪枝，在剪烂数支花以后，她也渐渐插出了具有自己独特风格的花束。

天蝎座的庄景森感情很内敛，并没有林金玉那么浓烈，但林金玉还是觉得很满意，因为好的爱情，就是让你能进入另外一个世界。

但我没有想到的是，林金玉跟庄景森只谈了半年的恋爱就分开了！

庄景森有海龟背景，在金融圈混得不错，不乏追求者和主动暧昧的女孩。

也许是在国外生活过一段时间，庄景森对待感情的态度非常 open；又或许他并没有林金玉爱他那么爱林金玉……

总之，庄景森对那些示好的女孩并没有明确和主动的拒绝！

这让林金玉完全接受不了。

拒绝这件事，也是一回生，二回熟的。做得多了，也就熟练了，技术也慢慢高了，林金玉不止一次地要庄景森拉黑各色妖艳贱货。

庄景森倒是很配合林金玉，每次都随她怎么搞，即使把他所有社交软件上的女好友删光，他也一副无所谓的样子。

他是真的不在乎，他这样更让林金玉觉得他是一个局外人，在看着自己歇斯底里……爱情这件事情里，一来一回，总要有对手才能成局！

这段感情，这个人，活生生把林金玉一个外表文艺范，内心逗比范的姑娘逼成了怨妇范。

最后，并没有发生什么狗血的事情，倒是林金玉自己受不了了。

她不能看着自己丢失了自己本来的样子。

她主动提出了分手，庄景森竟然也没问原因，也没说好或不好，两个人就那么分开了。

你看，连分手，都好像是林金玉自己在跟自己分手一样……

不过分开前，庄景森说那以后有好吃的小龙虾店，还是要一起去吃的。

林金玉说，好！然后她转身就走，哭成了傻瓜。

她一边跟我打电话，一边说，付小丫，特么星座都是骗人的，还说什么巨蟹座最配的就是天蝎座……配什么配，配一脸鬼呀……当初还真的以为是金玉良缘呢！

6

林金玉和庄景森做了五年多的普通朋友。

我也不知道为什么谈过恋爱的人还能做普通朋友，还能每过一段时间就一起去吃小龙虾，好像什么事情都没有发生过。

五年多里，庄景森谈过两次不长不短的恋爱，但从来没有把女朋友带来跟我们一起吃小龙虾，也没有在我和林金玉面前说起这些事情。

而林金玉则发奋于工作，再也没时间也没心情谈恋爱，一路就混到了三十一岁的剩女年龄。

我看他们一起吃小龙虾的样子，还不止一次地以为他们会复合，但没想到他们没有按我写的剧本走。

如今男未婚女未嫁，却也丝毫看不到能重新在一起的样子。

有人说，分手后能做朋友，就是一个人放下了彻底不爱，一个人没放下期待转机。

因为两个人都放下了就索性形同陌路；两个人都放不下就干脆复合了。

我不知道庄景森有没有放下过，但林金玉应该从来没有放下过吧……虽然她从来不承认。

林金玉曾经跟我说，那时候还是太年轻，相遇得太早，太爱一个人，反而不知道怎么去抓住一个人。

林金玉当年太爱庄景森，她认为自己总有一天会失去他，还不如自己先开口，先放弃他，也许能让他有一些念想。

但很多事情，就算念念不忘，也不会有回响。

只能在回忆中懊恼。

生死局

只要蝴蝶曾在沧海上飞过，

就已足够，

结果，

永远没有过程重要。

——《蝴蝶》

认识慕乔是在一个不大不小的文学网站。

彼时我才刚刚二十三岁，刚刚从象牙塔里出来，在成都一家小广告公司做小文案，不擅交际，永远衣着朴素，永远素面朝天，总是谦和微笑。

那时公司业绩欠佳，并无多少单子可做，于是整日只是在网上到处闲逛，看一些悲风伤月的小文，好打发无聊的时光。

慕乔这个名字念起来，在嘴里婉转打滑，斯斯文文得颇有些暧暧昧昧的感觉。那时候，一群所谓的文人在那网站的坛子里厮混，慕乔远远地冷眼看着，偶尔回复几句话，透露出些许张狂和野性难驯的味道，引来诸多才子侧目……

那女子真真是一个妖精，看到她博客上的一张照片：她穿一条黑色露背蓬蓬裙，披一头及腰暗红色卷发，光着脚丫站在水泥地板上，笑意吟吟款着腰肢。脸上自然是浓墨重彩，迷离光线中，她神情看过去充满诱惑而又一派天真……

我觉得这女子很对我的口味，遂把她加入了我的好友名单。

其实，我只是很想成为慕乔那样的女子，有坚毅的表情，硬朗的性子，看起来永远遵从自己的内心，并且天不怕地不怕的样子……

狮子座的女生，就是这么拉风，兴许连走路都会一路火花带闪电般引人注目吧！

而那时土得掉渣渣的我恰恰是不具备这些品质的。

大约因为不同，又都是有些小矫情的女子，能互相看到心底，才有了致命的吸引力，我和慕乔渐渐熟悉起来。春去夏来，慕乔说，我与你，怎像老夫老妻一般了？

我佯装发怒，发过去扑打她的图片，却在电脑面前笑得花枝乱颤。

嗯，女人，总有那么一天，我会来找你的！慕乔颇是认真。

我于是满心欢喜，一心一意期盼着！因为我真是太寂寞了。

在这个城市，我没有朋友，日子过得如泛白的水。当初是不顾一切奔了爱情而来，岂料那男子并未善待我，一些信仰在这些日子轰然倒塌，隐忍挣扎着不愿意离开这个纸醉金迷的城市，兴许也只是因为对他还存了一些希冀。

都说女子若是真心爱上一个人，便会低到尘埃里，但再低也总要有一个结果……而他却对我了如指掌，既不如我愿，也不放我手。

我最美丽最锦绣的年华便在这座凉薄的城市里被辜负。

那时候最常想的事情便是，倘若换了是慕乔，必然不至于到我这般田地吧，因为她是那样锋利如刃的女子，哪有男子可堪得配？

即使那个男子叫离笑。

离笑其实不叫离笑。

离笑是我和慕乔在某款游戏里认识的。

尤记当时，正是我和慕乔最为狼狈的时候，在野外郊区被一群凶鸦追杀。慕乔在屏幕上鸡飞狗跳，我在电脑前手忙脚乱……正在这时，一骑雪豹飘然而至，我心中一喜，正待大声呼救，哪知艳潋刀光在半空中划了一个美丽的弧形，我已经华丽丽地躺在了地上。还未反应过来，但见屏幕上已闪出慕乔破口大骂的句子，神经病，干什么突然杀人？

四下张望，原来慕乔也光荣地躺在了离我不远的地方，她的身边正站着那位雪豹骑士——“天下№离笑”，深红色的名字配着雪亮的高级武器，颇有一种压抑的美感。

在游戏里，名字会变得深红，只能说明这是个杀人如麻的刽子手。

难道我杀人之前还要告诉你一声喂，准备好，我要杀你了。离笑打出大笑的表情，可是我能感觉出他语气里的不屑与冷漠。

这时，又有几个红名人策马而来，他们的头上顶着与他一样的帮会名字——“魔渡众生”。这是服务器里的第一大帮会，自然是翻手云覆手雨，过路顺手杀两个小号又算得了什么？

江湖么，游戏么，可不就是如此，弱肉强食，善恶难辨。

既然选择了这个游戏，莫不就是该遵守这个规则？顿觉心灰意冷，正准备招呼着慕乔复活回城，陡然见慕乔道，无耻，你给姑奶奶等着！还未等对方应可，她已复活回城。

哈哈，离笑，这小妞是不是疯了？其中一人道。

离笑淡淡打出一个字：嗯。索性下了豹子来，颇为悠闲地坐在了地上。

女人，你要干吗？别跟一群疯子一般见识呀！我在私聊框里不停地叫着慕乔的名字，但她却一句话都不回我……

我急了，赶紧抓起手机拨了过去……可是那个死女人却毫不留情地按了我的电话，然后关机……

狮子座的女生，仿佛来自云端，自带耀眼光芒，但正因为光芒太盛，所以骄傲得宁死不屈。

等到我复活回城时，恰巧看见慕乔的角色一骑绝尘消失在城门口，而方向正是刚才我们双双毙命的野外！

我赶紧骑马追了过去，看到慕乔骑着白马，在离笑跟前说，你有本事，今天杀我一千次，杀不到一千次，你是我孙子！

好！离笑简单地说，只见刀光一闪，穿着红色法衣的慕乔像蝴蝶在空中打了一转，再倒在地上……

那天，离笑杀了慕乔大约三百多次，名字变成暗红，红得好像一辈子也白不回来了一样……

那天，慕乔后来再没有说一句话，只是重复着倒地、复活、倒地、复活的动作……

那天，离笑最后投降了，服气地叫了慕乔一声姑奶奶！

从此，慕乔在我们的游戏服务器里出名了，成了第一个让第一帮会第一高手服气的人，服气的女人……

你看，这相识并不美好，还悲壮得很！

但谁也没有想到，之后我和慕乔在哪里杀怪练级，离笑就跟到哪里……

每次一来，就狂拽酷霸屌地把我和慕乔加进队伍里，然后默默地帮我们杀怪……

我和慕乔就站在旁边聊天、说笑、看风景……

时不时地，慕乔会嚷一声，孙子，快点，经验长得太慢！

离笑会发出一个献媚的笑脸，好的，女王大人。

慢慢地，整个服务器的人都知道了第一帮会的第一高手看上了慕乔，正在追慕乔呢！

有时候离笑不在，第一帮会的人碰到慕乔，也会打声招呼，调笑着叫声“大嫂”。慕乔并不承认，但也不像一般女子忸怩反感，只是笑骂道，叫姑奶奶还差不多。

这样一来二去的，我和慕乔竟然也加入了“魔渡众生”，并且跟帮会里的大多数人都混得熟熟的……才知道，原来“魔渡众生”里的大部分人都是现实中认识的好友，例如会长“玉树临疯”和离笑就是现实中的好基友。而且他们都在同一个城市——C 城。

C 城？那可是慕乔也在的城市呢！

女人女人，原来离笑也在 C 城。我在电话里揶揄慕乔，看他天天那么殷勤，给人家一个机会嘛。

慕乔大叫起来，你知不知道他是双子座的？双子座那么花心……老娘才不要跟他有什么关系呢。

哇……你连人家是双子座的都知道了……还说对他没有意思？我也大叫起来，整个屋子都听得到我的回音。

……

再后来，有一次帮会战，“魔渡众生”自然是又傲视群雄，夺得了胜利。打完仗，会长邀请大家去酒吧聚会庆祝。

慕乔想了想，略施粉黛，施施然去赴约。

嗯，还有三十分钟抵达战场！

呃，见到离笑了……长得还人模狗样的……

就是比我只高一点点。

我要不要留给他电话号码？

……

慕乔全程给我微信直播她参加聚会（和离笑见面）的情况！

最后，离笑为慕乔挡酒挡到人事不醒，慕乔和会长一起送他回了家，临走前，慕乔写下自己的电话号码放在了他的床头柜上。

第二天早上，离笑就开始给慕乔发天气预报，发晚安消息心灵鸡汤啥的……慕乔将他看得透透的，起初每次都隔个十分二十分钟再回复个表情或者简短几个字，时间长了，两个人聊的话题也渐渐从游戏延伸到现实中，什么人生观啊价值观啊，对感情的看法啊……

慕乔跟我电话里的内容也开始渐渐变成——

哎，女人，离笑今天带我去了一个特浪漫的地方……

离笑今天给我讲了一个好好笑的段子……

离笑今天约我出去吃了大餐……

而游戏里自然我也不能再当电灯泡了，慕乔开始和离笑同进同出，俨然一对热恋中的情侣……为了慕乔，离笑把之前在游戏里暧昧的几朵小野花都给剪断了，以至于那几个女生在游戏里逢人便说慕乔是狐狸精……

但问题在于，慕乔觉得两个人对彼此的好感都已经呼之欲出，就剩下一层窗户纸的时候，不管慕乔明示暗示，离笑都没有任何确定关系的表示！

而狮子座的慕乔如何咽得下这口气，有时候故意冷淡三分，离笑又进一步热情五分；而当慕乔以为会苦尽甘来，笑脸相向往前三分时，离笑又后退三分。

渐渐的，慕乔陷入深深的痛苦之中，被这暧昧折磨得欲罢不能，却毫无办法，只能咬牙切齿地跟我说，双子座的男生，果然是玩暧昧的高手！

我微微有些心疼，试探道，那要不咱们别跟他玩了？

那不行，都把我拖下水了，怎么能让他这么好过，等着吧，我早晚把他给拿下了……慕乔慢条斯理地说，声音里却透着一股子冷静决绝。

没过多久，慕乔过生日，离笑请了全帮会的人在游戏里给慕乔过生日，在世界聊天频道放了 999 个烟花，刷了 999 句：慕乔，生日快乐！

慕乔只是淡淡地在帮会频道里打了个笑脸，蒸汽酒吧，我请大家喝酒，马上立刻出发。

一会儿工夫，帮会频道里就没人再说话，只剩下我苦逼地发了一句，不在 C 城的人只能守着帮会当个安静的霉女子了……

那天我等到很晚，都没有等到慕乔给我直播……

等到第二天中午，才接到慕乔的消息：女人，我不玩那游戏了，刚上去把号删了，我订了今天晚上到你那里的机票，记得接驾……

我顿感不妙，一个电话打过去，却被她给挂了。

等到晚上接到她的时候，看到她面容精致，容光焕发，却还是忍不住劈头盖脸地就问道，发生什么事情了？

嗯，我把离笑给办了。慕乔嘻嘻一笑，淡淡地说道。

然后呢？我目瞪口呆，却突然反应过来，大叫道，那你们俩成了？

成个 P，游戏结束了。慕乔拍了一下我的脑袋。

你提上裤子就跑了？不对他负责了？我翻了翻白眼，也不算意外。

慕乔这样的狮子座姑娘，敢爱敢恨，睡了个喜欢的男人，的确也没什么大不了。

慕乔看着出租车外迷蒙的夜色说，游戏，是滋生暧昧的温床。其实一开始，我也觉得他挺喜欢我的，但后来有一天，我突然想明白了，他只是喜欢和我暧昧，跟他在游戏里遇到的其他女孩子并没有什么不同。暧昧，就是一场生死局，不是他死就是我死……

我看着她，不知道说什么好，因为安慰人并不是我所擅长的。

而我，也未必对他有多喜欢，你知道我的，我这个人遇到一些特别的人或者事情，总想去拿下……拿不下我就睡不着。慕乔叹了口气，又继续说，你还记得我们是怎么认识他的吗？当时我就想这个男人……在游戏里，这么不可一世……我要拿下他……所以我才返回去，跟他打赌，引起了他的兴趣……但他段位太高，我不小心把自己的心给丢了进去……

她一边说着，一边有些烦躁地按按自己的眉头。

那你还睡他……

你懂个 P，我这是置之死地而后生……慕乔摆摆手，咬了咬牙，姐得不到心，得到身体也不错……

我听不下去，抱着她，不再问她，她却伏在我肩头打起鼾来……

之前慕乔跟我说过，离笑在现实中算是一个事业有成的男人，开着两家还不错的公司，彬彬有礼，永不失分寸。对于这样一个男人来说，他太懂得自己要什么，自己不要什么，如果慕乔是他一眼就爱上的女子，那他早就出手了……慕乔不是，但他又喜欢这种你进我退的游戏，所以他又不放过慕乔。

慕乔这样的姑娘，直来直往，哪里是他的对手……爱了便是爱了，爱得坦坦荡荡，睡了他，完成了对自己感情的祭奠，再从他生活中彻底消失，不带走一片云彩。

我们在不同的阶段，都会遇到不同的人，不管是好人还是坏人，是痴情人还是浪子，每一个人都会带给我们不同的生命体验。有些人，教我们学会爱；有些人，教我们放下恨；有些人，教我们游戏人生；有些人，教我们远离是非……

离笑，教慕乔知道，暧昧并不是爱情！

慕乔，教我知道，人生许多场爱，最坏的结局无非就是断舍离……

那之后不久，我将男友的东西打了包，狠狠地扔出门去！

过了很久，我碰到一个当时在那个游戏里玩的人，他说，你和慕乔怎么当时突然就不玩了？那个离笑，据说疯了一样地跑遍 C 城，找了慕乔三个月……

此时，慕乔已经在大洋彼岸游学，开始跟白皮肤蓝眼睛的帅哥暧昧！

但我还是给她发了一条消息：女人，那场生死局，你终究是赢了他！

张开手只能抱住风

你的爱就像彩虹，我张开了手，却只能抱住风。

——《彩虹》

1

小朵，是我的邻居，小时候的玩伴儿。

小朵，这个名字，听起来就是乖乖巧巧的邻家小姑娘！

事实上，她也的确是这样的邻家小姑娘。

小朵，从小就是传说中的别人家的孩子。

至少当年，我妈就每天都在我面前说——

你看，别人家小朵多乖……

你看，别人家小朵期末考了第一名……

你看，别人家小朵上了省重点……

你看，别人家小朵要去北京读书，名牌大学……

……我妈对小朵的事情，比对我的事情还清楚，所以我曾经抱怨她，可以去认小朵当女儿。

因为我妈喜欢小朵，所以她老喜欢把我拉着跟小朵玩，可我跟小朵实在玩不到一块儿去。

她喜欢讲故事给我听，弹钢琴给我听，要不就是拉着我一起去逛书店。我想爬树、滑冰、去看男孩子打篮球，她通通不愿意……有一次，我拉着她，说咱们玩回离家出走吧！

结果她当天晚上就叛变，把这话告诉了我妈，害得我被我妈狠揍了一顿。

那年我们读初二，从那以后，我和她就非常默契地不再一起玩了。

长相清秀，戴着一副近视眼镜，永远都是白色系衣服，黑色披肩长发，背着书包，一副清汤寡水的样子——这是小朵去北京上学之前，留给我的最后印象。

刚上大学那会儿，我和小朵互相写过几封不痛不痒的信，然后暑假不是她不回家，就是我没回家，两个人总是碰不到面……

我也只是隐约地从我妈口中听到小朵的消息，什么小朵谈恋爱了、小朵考研了、小朵和男朋友分手了、小朵被上海一家外企签了……之类的……

再后来，小朵家卖了老房子，搬走了，连我妈那里也再没有关于小朵怎么样怎么样的消息。

于是，我和小朵便再无交集。

2

贱李，是我之前公司一个项目组的同事，是个美术设计！

本来他叫李幕然，相当文艺范的一个名字，但他整天死作，除了“贱”，再没有别的特点，所以大伙儿都叫他贱李，他不拒绝不承认不抵抗，这名字也就一直随着他了。

大凡搞艺术，又有些才华的人，都有些放荡不羁，贱李也不例外，更何况老天还给了他一副好皮囊。

贱李刚进公司的第一天，就引起了内外的小姑娘们交头接耳，围观驻足。

一个胆大的市场部姑娘直接跑到我们部门，送了贱李一份咖啡 + 甜点的下午茶，成功要到了贱李的手机号码。

但姑娘走了以后，贱李一脸嫌弃地把下午茶转给他旁边座位的我，说，这种甜腻腻的东西，简直是食物界的毒瘤！

喜欢麻辣口味的我，对此深表认同，于是也一脸嫌弃地推回去。

就因为如此，贱李笃定地认为我跟他是一类人，有好玩的活动，每次都会叫上我，号称是带我见见世面！

为了搞好同事关系，推动项目进度，我坚定地认为自己不能拒绝他！更何况在游戏公司，游戏策划本来就号称“三陪”，陪美术、陪程序、陪运营——加班！

于是，我和贱李建立了比较良好的革命友谊，除了吃喝玩乐，我们还一起鼓捣过漫画，我写故事他画画，但最终由于两个人都是拖延癌晚期患者而不了了之！

但事实上，我跟他，除了都不喜欢吃甜食和拖延癌晚期，没有什么是相同的。

贱李喜欢朋克摇滚范，八面玲珑，还能讲浑然天成不动声色的各种段子。

不加班的时候，贱李喜欢拉着他的草台班子乐队去地铁口、天桥上，引颈高歌几曲，这样当天晚上的啤酒烧烤钱就有着落了；不去卖唱的时候，他也不会闲着，号称跑遍了城南大大小小的酒吧，泡遍了城南百媚千红的妹子！

而我，则属于死宅星人，全身上下从面子到里子都自带冷气，不加班的时候，一定会滚回窝里，看看片，睡睡觉什么的。

你看人与人的际遇就是如此奇妙，虽然如此不同，但随着时间的推移，我们两个的革命友谊却越来越坚固。

有一次，我问他，为什么我们俩会成为哥们儿?

嗯，因为我不想泡你！贱李毫不犹豫地说。

嗯？给你机会，再说一次！不用琢磨，也会觉得他这话不对劲儿，我竖起眉毛，磨磨爪子。

贱李眼珠子一转，当然，你也不想被我泡！

虽然还是不那么好听，但我懒得跟他计较……能忍受他的贱，也是我们的革命友谊一直延续的基础吧！

贱李的痞气和帅气，让他天生就是来这个世界上伤女人的心的……所以他换女朋友换得比衣服还要快，遇到难缠一些的，他就会拉我出马，假扮他的新欢！

每次看着那些女孩们伤心欲绝的背影，我就觉得自己的良心被狗吃了。

但每次贱李都只有一个理由：因为哥是双子座！

当然我认为这无非是他为自己的渣找的一个借口而已，所以在某一次再次为他处理了一个前女友后，我义正词严地告诉他：姐再也不帮他做这种以后生儿子没屁眼的事了！

贱李耸耸肩，从此以后却是真的没有再找我给他顶缸。

然而，有一天，我突然想到：我能跟他做好朋友，兴许因为我是天秤座！

双子座和天秤座都是风向星座嘛！

3

我一直认为，生命是一条河流，人就是河面上的浮萍，顺着河流漂向未知的远方。

在这个过程中，你会遇到一些浮萍，陪你漂一段时间，经过一程河段……漂着漂着，有些浮萍停下了，有些浮萍比你漂得快，有些浮萍比你漂得还慢……

总之，每次你一扭头，身边已经换了一批浮萍！

我觉得我和贱李的革命友谊虽然看似牢不可破，但毕竟三观不同，所以他只是陪同我这一段路程的浮萍，在某个时候一定会消失不见……

就像我儿时的邻居小朵，她是比我漂得快的浮萍吧，所以很快就看不到了踪影。

有一天，贱李打电话让我去参加一个酒吧 Party，当我在周五的高峰期经过九九八十一难，终于到达城北的某处酒吧包间时，贱李搂过一个女孩，指着她对我说，付小丫，这是我的女朋友，叫安妮！

昏暗的灯光下，我看了看女孩，已经不算年轻，大波浪卷头发，浓妆艳抹的朋克风装扮，一股子桀骜不驯的气质，正是贱李最喜欢的类型。

我隐约觉得女孩子的轮廓有点眼熟，但却想不起来在哪里见过。

听说你是大李最好的女性朋友？姑娘略带挑衅地看着我，“女性朋友”四个字咬得特别重。

知情识趣的我，连忙摇摇头，他女性朋友太多，我是属于男性朋友那一拨的。

贱李一本正经地点点头，对姑娘说，我现在就你一个女性朋友了。

姑娘扑哧一声被逗笑了，然后看了看我，一脸傲气地亲吻了一下贱李的脸，递给我一瓶啤酒，说了句，初次见面，先干为敬！然后仰头就咕噜咕噜地把自己手中的一瓶啤酒喝光了……

我为难地看了看手中的酒瓶，有些无语，你妹的，老娘最不喜欢喝啤酒了。

她从来不喝酒，我帮她喝吧！贱李头一次良心发现，却说了一句愚蠢无比的话！

虽然灯光昏暗，我还是感觉到姑娘的脸色一沉，我又没逼她非得喝，人家还没说什么呢，你冒出来装什么大尾巴狼！

声音在嘈杂的背景乐中还是显得略为尖锐。

贱李似乎面子上有些挂不住，立马要来抢我手里的酒瓶。

我却马上仰头喝了一口放下，对那姑娘说，我的确不喝酒，你包涵包涵！

说完这句话，我就转身去了洗手间。

这种场面，以前也发生过，所以我是打心里并不介意，但却有些疲惫，也许是应该和贱李保持一些距离了。

将心比心，如果我的男朋友有一个非常要好的女性朋友，我也会气炸的！

更何况，我信奉的爱情是从一而终，忠贞不渝……贱李的三观和我简直是一个在火星，一个在水星。

虽然我们都是风向星座。

4

从此，我刻意闪避了跟贱李有关以及贱李出场的所有大大小小的活动和聚会。

贱李贱归贱，但始终是聪明人，两个人心照不宣地避开了所有交集。

看起来，他对这个姑娘似乎挺认真，这在之前是从没有过的情况。

其实，那天在酒吧，就能看出些端倪，以前的姑娘，都是贱李吼她们；但那姑娘，当我面吼了他，他最终还是没有怎么样！

事情的转折发生在某个周末的早上，我刚玩了一晚上的游戏，正困得欲生欲死，却听到一阵急促的敲门声。

我以为是快递，看了看墙上的钟，才七点四十。

卧槽，现在送快递的，竞争得有多激烈啊！

我打开门一看，大波浪栗色头发，一脸烟熏妆……

是安妮，贱李的女友。

我能在你这里睡一觉吗？安妮开口，极度疲惫，没有那天晚上的气势汹汹和气场全开。

虽然不知道发生了什么事情，以及她为什么会来我这里睡觉，但在这种情况下，我还是毫无立场地点点头，让她进了门。

她倒是也不客气，从我冰箱里拿了一盒牛奶，咕噜咕噜喝完，就一头倒在墙角的懒人沙发上，睡着了。

看起来是困得厉害，她像一只猫一样蜷缩在懒人沙发上，没有发出任何声响，安静得好像岁月从此静好。

当她醒来的时候，已经是傍晚时分。

我给她熬了一点粥，煎了一张蔬菜鸡蛋饼。

她小口小口地喝粥，很细致地将蔬菜鸡蛋饼分成了均匀的十份，然后再小口小口地吃掉！

她的动作很优雅，跟她在酒吧时的豪迈，完全是两种风格！

朋克的打扮，优雅精致的动作，我一时间以为自己进错了片场。

真是个魔幻的女子，我心中不由感叹。

这时，她却已经吃完了东西，然后看着我问，你真的一点也没认出我吗？

认出了啊，你不是安妮吗？贱李的女朋友……我一脸懵懂，心想，我脸上难道写着一个“傻”字吗？没认出你，干吗让你睡我家！

她看着我的样子，轻笑起来，然后一把扯掉头上的假发，露出一头黑色的齐耳短发。

然后她起身去洗手间，洗了一把脸回来。

我看着眼前的女孩，素净的瓜子脸，五官单薄，一副清汤寡水的样子，跟之前的形象形成了巨大的反差！

认出来了吗？女孩笑吟吟地看着我。

河上的浮萍仿佛漂到了遥远的时光深处……

哎，小朵，你是小朵。我心中很是惊喜，声音却非常平淡。

当我偶尔想起小朵，以为她会像许多儿时的伙伴儿一样，各自散落天涯，消失在不同的河流之中，她却以这样的方式重新出现在我的生活之中。

5

其实那天晚上我就认出你了，小朵正襟坐在我的沙发上，眉目清淡如画。

噢！我点点头，心中自然也明白她认出我，却没有认我的原因。

认出你的那一瞬间，我就知道，你跟他不会有什么暧昧关系。小朵笑了笑，你看不上他！

噢？我心想，那你还让我灌那瓶啤酒，不知道我小时候就开始对酒精过敏吗……

我想起初中时，有一次我从家里偷了一瓶啤酒拿到小朵家，要和她分享！

结果，我只喝了半杯，就被送进了医院。

那次，挨打的不止我一个，连小朵也被她妈揍了一顿。

兴许是我们想到了同一件事情，两个人都笑起来。

上大学的第一天，我就一眼在人群中看中他了。笑过之后，小朵的声音好像流水在我的屋子里流淌。

但从第一眼，我就知道我跟他不是一类人，就像我跟你，怎么也做不来好朋友。

做朋友能顺其自然，爱情，却是不行的。

我在大学里默默地喜欢了他四年，他毕业后去了上海，我也跟去了上海，但像在大学里一样，只是在不远不近的距离，默默地喜欢着他，看着他身边的女朋友像走花灯一样地更换！

付小丫，你知道爱一个人，整整爱了十年的滋味吗？

小朵看着我，眼中饱含泪花。

我赶紧摇头，说，我只爱了红烧猪蹄整整十年！

小朵愣了一下，然后笑了，说你还是跟以前一样，没变！

我想了想，说，其实你也是。

小朵不接我的话，继续叙说着她的爱情。

今年二十七岁了，家里人都催我解决终身大事，我想我应该努力一下。

知道我为什么打扮成那个样子吗？那是他的初恋，他最喜欢的女孩子的样子，大学里跟他谈了两年多，两个人好得跟金童玉女一样！

后来呢？这是我第一次听到贱李过去的事情。

后来女孩子在酒吧驻唱，跟了一个大老板，再然后跟着大老板出国了。小朵轻描淡写地叙述，我却听得心惊肉跳！

贱李那样心气高到云端的人，难怪后来会游戏花丛中，敢情是在报复女性同胞！

我打扮成那个样子，去了他常去的酒吧，果然他就过来搭讪了。小朵的目光柔和，后来的事情就水到渠成了。

我昨晚和他吵架了！

为什么？

其实不为什么，大约他也隐隐觉得我跟以前的她并不是那么一样吧。小朵笑着说。

这时小朵的微信提示响了，她拿起来看了一眼，说，他说来接我！

我点点头，然后说，我不会告诉他这些的。

谢谢！小朵笑了笑，重新戴上了大波浪的栗色假发。

送她到门口时，我忍不住说，不做自己，很辛苦吧？

小朵恍惚地看了我一眼，转身走进了暮色里。

她一边走一边哼唱，你的爱就像彩虹，我张开了手，却只能抱住风！

好的爱情，是棋逢对手，势均力敌。你吃我一套，我也吃你一套。

而在这场爱情里，小朵一开始就放低了姿态，戴上了面具，退到了无路可退!

6

很久以后，公司的聚会上，贱李带了一个女朋友，不是小朵，却是齐耳黑发，清汤寡水的样子!

另外一个男同事凑在贱李耳边贼笑，你小子换口味了吗?

贱李只是严肃地白了他一眼，然后转过去给女朋友夹菜，呵护有加，好像换了一个人。

吃饭的间隙，贱李抽空坐到我身边问，付小丫，安妮那天在你家，都跟你说了些什么?

没说什么，就跟我讲了一个故事。我淡淡地说道。

从你家回去后的第三天，她从我公寓里搬走了，消失了。贱李的神色中有些淡淡的痛苦。

噢……我恍然大悟，原来是这样分手的。

看着贱李，他有着很好看的轮廓和一双很漂亮的眼睛。

再看看贱李的新女友，我想有些男人，是用来被人爱上，也是用来伤爱他人的心的!

嗯，她一开始和我的初恋女友很像!沉默了一会儿，贱李突然说道。

初恋女友?我佯装什么都不知道。

嗯，她那时候太年轻，跟一个大老板跑了，我就以为世界末日了，呵呵。贱李自嘲地笑了。

我和安妮吵架的前一天晚上，我得知她当年是得了乳腺癌才离开我的，那个大老板，其实是她爸爸。贱李云淡风轻地说道，好像在说着一件与自己无关的事情。

嗯，那天晚上，我知道她因为癌症复发扩散，已经去世了。

这么多年，我没有放过她，也没有放过自己！当知道真相时，我知道这么多年，我一直拿她当一个借口，来游戏人生，那种感觉……付小丫你知道吗？就是你必须要跟过去告别，必须要一夜之间成长起来……过去所心心念念的，所赖以苟活的狗屁理由，从此与你再无任何关系。

贱李头一次在我面前神色忧郁，那种孤独和清冷，与旁边酒桌上的觥筹交错、推杯换盏形成了鲜明的对比！

你来接安妮的时候，是打定主意，从此以后就是她了对吗？我看着他揉着自己的太阳穴，有些不忍。

贱李没有说话，只是点点头。

但很多事情，都是阴差阳错，当贱李放下时，小朵却做累了别人！

7

两年后，我回老家过春节。

在大年初一人潮汹涌的人民广场上，我恍惚看到一个齐耳黑发的优雅女子，带着一个三岁的小男孩，正在买糖葫芦。

那个小男孩有着很好看的轮廓和一双很漂亮的眼睛。

我想，这样的男孩将来也是用来被人爱上，也是用来伤爱他人的心的。

你的爱就像彩虹，我张开了手，却只能抱住风！

终会遇见

我看着路，梦的入口有点窄，

我遇见你是最美的意外，

终有一天　我的谜底会揭开。

——《遇见》

1

2012年的时候，我在北京一家小游戏公司做游戏策划。

龙七是我们的主策划，数值策划出身，是一个死忠二次元萝莉控。

龙七这个名字，听起来好像是个武林高手，江湖大侠。这也就算了，最要命的是，他把自己搞得也像一落拓不羁的江湖大侠。

大家都知道游戏加班狗的生活，而龙七就是加班狗中的王。

他对工作有着超出常人的沉迷，一个系统体验，一个细微数值效果，一个美术小创意展现，他都会死磕到底。

作为主策划，他必须要当“四陪”，陪技术陪美术陪运营，还要陪策划，于是他只能整天吃住在公司，一个星期回一次家，目的明确而利落——洗澡！

摸着良心说话，就好像比熊之类的白毛狗，洗完澡的第一天，龙七的颜值看起来也能将就代表一下正义。但大部分时候，他整个人身上都有一股独特清奇的味道，鸟窝一样乱糟糟的头发，参差不齐的胡须，棱角分明的脸上一双眼睛时而亮如流光，时而暗似灰夜。

每次看到龙七的样子，我就觉得游戏行业应该设计一个工作防沉迷系统。这个系统一定能挽救无数的加班狗，以及减少单身狗的数量。

作为一个死忠二次元萝莉控，龙七理所当然也是个单身狗，还是一个快三十岁高龄的单身狗。他所有的时间基本上都耗在二次元里，二次元动漫、二次元游戏、二次元漫画……但他还是有两个非二次元爱好，一个是抽烟，一个是打麻将。

抽烟的时候，他能抽出九九八十一种花样。

打麻将的时候，他能持之以恒孜孜不倦地做龙七对，所以才得到“龙七”这个名字。

因为快三十岁了，龙七的父母竟然能隔空帮他安排各种相亲，于是龙七有时候会去相亲。

但这样一个死宅星人，要是有姑娘能看上他，我可以立刻在最火的直播平台直播吃键盘！

有一次我不小心说出了这句话。

然后龙七冷笑一声，付小丫，去把这个活动系统的文档重新写一遍。

果然，作为一个加班狗，没有任何立场和理由嫌弃另外一只加班狗。

我哭丧着脸去写文档的时候，他会幽幽地再补一刀，晚上十一点开策划会。

妹的，我已经一个星期没有在两点前睡觉了，老娘的皮肤已经松弛了。我恶从胆边生，拍桌而起。

龙七哈哈大笑，逗你玩，十一点前赶紧滚，你在公司，我们都没法睡觉。

作为游戏策划里唯一的女策划，我把自己当女汉子，龙七他们则把我当男人，唯一能让我觉得自己还是个女人的地方，只在于无论项目进度多么紧张，他们都会在十二点前把我赶回家。

2

当游戏快上线的时候，我就不再是策划组里唯一的女策划了。

公司为了发展新鲜血液，招了几个小鲜肉，大学毕业生。看我们策划组只有一个女孩子，就立刻给我们分了一个女孩子过来。

对于公司这个举动，据说龙七一开始内心是拒绝的，但当 HR 领来那小姑娘时，他看到手底下兄弟们的眼神，就打消了退回去的念头。

小姑娘叫林维维，身材高挑，皮肤白皙，瓜子脸，披肩长发，看得我们策划组那群宅男眼睛都直了。

林维维加入策划微信群的时候，以前黄段子横飞，现在则一本正经地讨论游戏系统，数值模型。

而晚饭后，在公共游戏时间，大家一起打 dota 的时候，第一次友好和谐地完成了一局比赛，竟然没有人发出“卧槽”“靠”之类的奇怪词汇。

当然，有个人除外。

注定会孤独一生的直男癌晚期患者龙七，在宅男们争先恐后要帮林维维装电脑什么的时候，他默默地飘来一句，连个电脑都不会装，怎么做游戏?

林维维是个聪明的孩子，立刻心领神会，拒绝了所有人的帮忙，一个人钻上钻下地将电脑连好线，又装了系统和各种软件。

看着一个大美女自己在桌子底下钻来钻去连各种电脑线，那感觉简直有些忍不了。

如果是我这样五大三粗的女汉子，我觉得也就忍了。

林维维刚弄好电脑的时候，龙七就扔过去一张纸，上面列了七个市面上最新的手游。

先玩一下这几个游戏，每个游戏出一个试玩体验报告，本周末交。龙七毫不怜香惜玉，我身为一个女人，都想去帮林维维写体验报告了。

但林维维是个谦逊好学的好孩子，立刻坚定地点点头，老大，我一定会好好体验的。

龙七满意地点点头，突然电脑屏幕上五光十色的技能炸开了。

卧槽，中路，被埋伏了，你们特么地赶紧过来。龙七暴喝。

林维维吓了一跳，却好奇地看向他的屏幕，老大，我能跟你们玩这个游戏吗?

先学会走，再学跑。龙七瞟了她一眼。

林维维乖乖地回到座位上开始鼓捣手机游戏。

3

其实我们理解龙七，策划组一共只有这么几个人的编制，公司给了一个毫无经验的新人，看起来还是个软妹子，肩不能扛手不能提的样子，占用了一个编制的名额，却可能没办法胜任这个工作。

所以龙七不想在林维维身上过多浪费时间去培养，因为他认为做游戏策划的女孩子至少应该看起来是我这样的，而不是林维维那样的，林维维那样的应该去市场部、商务部之类的……他笃定林维维坚持不了三个月。

但他还是低估了林维维。

当她在一个星期结束，将七个游戏的体验报告交到龙七的桌上时，龙七的面色柔和了许多。

为了体验好这七个游戏，林维维竟然也一个星期没有回家。

无论龙七怎么赶，她都不走。

作为一个勤奋好学谦逊有礼的好孩子，从来没有玩过游戏的林维维努力跟上我们的一切节奏。

每天早上第一个到办公室，打扫策划部片区的工位，将每个人桌子上的垃圾都清理掉。而她特别关照了龙七的工位，每天早上都把他凌乱的文档、笔记整理放好，倒掉他的烟灰缸，清洗干净……

一开始龙七是拒绝的，大声训斥了林维维，但无奈林维维笑嘻嘻地答应明天再也不帮他收拾了，但第二天照样这样，并称自己是处女座，有强迫症！

龙七哭笑不得，渐渐睁一只眼闭一只眼。但我恶意猜测，其实他心里是暗爽的，毕竟免费的田螺姑娘原本是存在于寓言故事里的呀。

林维维一个软妹子，竟然活生生把自己修炼成跟我一样的女汉子。开会，忍受满屋子汗臭味和烟雾缭绕；加班，绝对不第一个回家；游戏，dota的技术已算入门。

三个月以后，她已经能跷着二郎腿跟我们一起打 dota 团战，虽然技术有点烂，但缺人时凑数还是不错的。

半年以后，林维维已经可以熟练地和技术、美术、运营打成一片。不过，美女即使变成了女汉子也有优势，凡是她出马提的需求，没有搞不定的，以至于其他策划跟技术提需求时，都会半开玩笑地来一句，叫你们林维维来……

林维维混得风生水起，还能偶尔在公司对外的宣传活动上露个脸，COS一下公司游戏里的标志角色，大获好评。

这些让龙七也渐渐对她刮目相看，虽然如此，但对她还是相当的严厉。摸着良心说话，龙七自然有一套他培养新人的套路，这套路也总能见效，像林维维就快速地上手了。

但他坏就坏在直男癌，脾气也不是很好，当然在高强度工作和项目进度、KPI 等多重压力下，谁的脾气都不是很好，不过对于赏心悦目的美好，我们不是应该更温柔一些吗?

好在林维维情商智商双高，总能顺着龙七的直男癌脾性，顺毛捋，将他捋得服服帖帖。

林维维喜欢煲汤，经常煲了汤，带到公司分给策划部的同事，每当大家上前哄抢的时候，她都会单独盛出一碗，放到龙七的桌子上。那小心翼翼的神情，有时候我会有一种错觉，她不会是特意煲汤给龙七喝的吧?但扭头看到龙七饿死鬼投胎一样地一口气喝掉汤时，我就打消了这种念头。

总之，在我们眼里，林维维就是女神一样的存在，我经常对她说，维维，如果我是男人，我一定追你。

林维维笑得花枝乱颤，小丫姐，这年头，女人也可以追女人啊……

噢，也是。我哭丧着脸，一句话暴露年龄和代沟。

停了一下，我内心的八卦之魂熊熊燃烧，低声问，我们公司有人对你示好吗？

林维维憋住笑，第一天上班就有！到现在已经十来个了吧……

我以羡慕嫉妒恨的眼神看着她，一个都没看上？

林维维摊摊手，低头凑到我跟前，我有喜欢的人，其他人我都不理的。

我本来想追问她喜欢的人是什么样的，但这毕竟属于隐私，所以话也就在嘴巴打了个转儿，又把它咽下去了。

不过想想，这么优秀的林小维，她喜欢的人，应该也是男神级别的，毕竟世人都乐于见到男神和女神在一起呀，就像我的老公霍建华和林心如。（当然在 2012 年的时候，我的老公还不是霍建华。）

4

不久之后，我就知道林维维喜欢的人是谁了。

其结果简直让我大跌眼镜。剧情总是不往套路上走。

那天，我从洗手间刚准备出门，却看到外边走廊上有两个人。

原来是林维维和龙七。

嗯，老大……林维维一脸娇羞，欲语还羞。

什么事？龙七拿着手机在玩游戏，一脸专注，看都没看她一眼。

那个……那个……明天是七夕，我这里有两张电影票……林维维咬着唇，脸涨得通红。

我趴在卫生间的门口，不敢出去，但内心的八卦之火顿时汹涌燃烧起来。

龙七这才看了林维维一眼，却见林维维吓得立刻立正，你和你的朋友去看一下吧……

卫生间里的我一口老血喷出来。

原来女神在面对自己喜欢的人时，竟也这么不自信。想想好像哪个前辈说过，爱一个人就是低到尘埃里啊！

不过我想，林维维都表现得如此明显了，龙七作为一个三十岁的单身狗，应该嗅觉很灵敏才对。

谁知道，龙七还是沉浸在游戏里，只是抬起睡眼惺忪的眼睛看了一下林维维，淡淡地丢下一句，我从来不去电影院看电影，你给策划组其他同事吧。

说完，他就转身，一边走一边按着手机屏幕，而凌乱的头发翘起一根耸立在头顶，看起来非常刺眼。

这简直是注定孤独一生的节奏啊！但我突然想起来，据说龙七以前是有女友的，但因为加班太忙，没办法陪女友，有一次下班坐在出租车上路过某电影院门口时，看到他女友正和另外一个男人拥吻……从那以后，他就不去电影院看电影了。

唉，这么重要的情报，林维维竟然没打听到。

林维维看着他的背影，瞪大眼睛，递出票的手还悬空着，她的表情，好像做了一场梦。

再后来，除了龙七以外的全部策划，都知道林维维暗恋龙七，所以才会每天帮他收拾；林维维每次煲汤也的确是为了给龙七喝，我们只是沾了光而已。

每当龙七请假去相亲的时候，林维维就会坐卧不安。

你干脆明确告诉他嘛。看着林维维的样子，我忍不住说。

但林维维咬着唇，那样子要多怂有多怂。

可怜一个神采飞扬的女神，憔悴成这个样子。

有什么不敢说的，他不也就两眼睛，一鼻子，一嘴巴，两条腿走路嘛。我急得跳起来。

林维维哭丧着脸，感觉我要是说了，他肯定让我滚。

我仔细一想，公司明文规定，员工不能谈恋爱，按照龙七的轴，一定会拒绝林维维的，而且说话肯定不会好听。

他有什么好的，你喜欢他啥？这个问题不止我百思不得其解，策划部的其他同事也觉得是个谜。

林维维笑，娇羞地低头，我觉得他不错，靠谱！

旁边一个小子凑过来说，维维，其实我也挺靠谱的。

林维维一脚踢过去，去，一边凉快去。

5

圣诞节快到的时候，林维维终于还是决定表白。

她每天都拉着我，跟我诉说她的方案。但今天总是会推翻昨天的，明天也一定会推翻今天的。

我到现在还觉得她是不是中了龙七的毒。

她却笑笑，我是中了毒，但他是我的解药。

嗯，也是，多天不洗澡，所以全身自带毒气。

然后林维维就哈哈哈大笑起来。

这姑娘，是真的喜欢龙七，口味是真的有点重。

圣诞节那天下午，林维维拿着一个精心包装的小小礼物盒，走到龙七桌前。

策划部办公区瞬间安静下来，所有人都一本正经地假装盯着自己的电脑屏幕。

那个……老大……今天是圣诞节。林维维结结巴巴地说。

大家心里急，你说一个能上台对着下面一溜大老板指点江山，演示 PPT 的姑娘，怎么遇到龙七，气场瞬间弱成那样呢。

龙七正在修改一个数值表格，头也没抬，怎么？下班要早点走去约会吗？嗯，批准。

不……不是……林维维也急了，没有约会。

那是什么？龙七终于看了一眼林维维。

林维维把礼物盒放在他桌上，飞快地说了一句，我有礼物送给你。然后更加飞快地跑回了座位。

龙七看着礼物盒，然后四下望了望，见所有人一副便秘一样的表情看着电脑，终于有点懵比。

他站起来，把礼物盒放回到林维维桌上，说，我不怎么过“歪果仁”的节日。

有人想笑，但看见林维维的表情，立马就觉得气氛十分尴尬。

林维维点点头，我知道了。

6

过了不久，除了龙七，从扫地阿姨到公司老总，几乎全公司的人都知道林维维喜欢龙七。

也许因为林维维本来就是一个移动的焦点，所以她的一举一动都特别受人瞩目，暗恋一个人也慢慢变成了明恋。

但她已经做到这种地步，龙七也没有任何反应。

终于，林维维辞职了。

她在辞职申请表上龙飞凤舞地写着：要辞职专职追男神。

公司老总破天荒地回了一句：加油，祝你早日成为我们的员工家属。

送走林维维的那天，我碰到 HR，她说，林维维啊，现在想起来，一开始就是冲着龙七来的啊。

啊？此话怎讲？我惊得眼镜都差点掉下来。

她的毕业院校和龙七一个学校，她面试录取后，主动提出想做游戏策划，想去龙七带的游戏组里啊。HR 回忆道。

我意味深长地点点头，原来这里面还有我们不知道的前情提要。

7

一年以后的某天晚上，龙七没有加班。

第二天，林维维给我发微信，她终于搞定了龙七。

我笑着祝贺她。

她回复一个哭的表情，说，我特么太不容易了。你知道吗，他是我的同校师兄，我入学那一年，他大四，要毕业了。

某天晚上，我有事回学校晚了，不小心脚崴了，是他路过，背我回去了啊。

北京的秋夜，趴在他背上，我觉得特别靠谱，心里特别踏实。

后来我打听到他的名字，他的班级，他的联系方式，可是他毕业了……并且去了北京……

林维维云淡风轻地讲着她追逐爱的故事，仿佛天高地远在说别人的故事……

这中间自然有许多百转千折，一个女孩默默追逐了多年，多的是龙七和观者所不知道的事情！

然而那又怎么样呢？

相信美好，终会遇见，总能得到。

你是什么样的人，你就会遇见什么样的人生！

将心许明月

我本将心向明月，

奈何明月照沟渠。

落花有意随流水，

流水无心恋落花。

——元 · 高明

1

许明月是我的好基友二波以前做视频直播公会时认识的主播妹子。

那时候，二波拉着我去大学校园里发传单，招妹子当主播。

在 X 大校园的树荫下，我们像傻瓜一样站在广告牌前面，谁也不肯上前吆喝一声，路过的学生矜持地瞟瞟我们及广告牌，也没人上前问。

我说，为什么要我跟你一起来？

二波说，你是女的，又朴素，有亲和力！

朴素？这是什么意思？我的声音提高八度。

嗨，说女的朴素，等于说她丑啊。一个有点沙哑的女声不怕挑事地从旁边传来。

我和二波一起扭头看，一个洋溢着青春气息的姑娘正在看我们的广告牌。

姑娘穿着露腰蝙蝠衫和牛仔短裤，扎着马尾辫，看起来又高挑又匀称，就像一棵挺拔的竹子。

二波眼睛一亮，马上热情地迎上去招呼，妹子，怎么样？有兴趣兼职吗？每天直播两个小时，底薪三千，另外有提成……

妹子一脸神秘地凑过来，什么类型的直播？要脱衣服？

二波立刻站直身体，以上帝的名义起誓，跟色情没半毛钱的关系，就唱唱歌，跟观众闲聊。

妹子一副你们弱爆了的表情，嘁，没意思！

我和二波流下一瀑布的汗，心想真是林子大了什么鸟都有，还有想做色情直播的女孩，这是什么世道。

问题是她想播，我们可不敢招！

妹子看了看我们呆滞的样子，捂嘴一笑，看你们那怂样，开个玩笑而已。

我看见二波明显松了一口气。

你们这样招人可不行呢！妹子一边说一边摇头，这兼职，不懂的人都以为跟情色擦边，哪个学生妹子敢在大庭广众，明目张胆之下来问，再说又不认识你们，谁知道你们是不是人贩子啊……

我觉得妹子说得非常有道理，于是也摇摇头，像看白痴一样地看着二波。

二波目瞪口呆，竟无言以对，显然也认为妹子说得很有道理。

妹子又凑过来，这样吧，我帮你们招人，招一个妹子去做兼职直播，你们就给我多少钱。

还可以这样玩，我和二波显然没有想到这一点。

妹子见二波没说话，又继续道，我是这里的学生，我参加了许多学生社团，什么戏剧表演啊，什么音乐爱好者协会啊……我认识的人多！

二波看看我，我后退一步说我是来打酱油的，你自己看着办！

这种事情，二波不敢做主，立刻给他老板打了个电话，叽里呱啦足足说了五分钟，才跟妹子说成交，招到一个人给你五十块钱，如果这个人能在我们公司兼职三个月以上，从第四个月开始，她的直播收入中每个月再给你提一百块！

啊……我也想回学校当学生了。我大吃一惊，感觉这是个生财的好门路。

那妹子想了想说，行，我们加个微信，留个电话吧，我回头去你们公司看看，我还能试着做下主播……

就这样，大三的学生妹子许明月成了二波招到的第一个女主播。

2

渐渐的，我也跟许明月混熟了。

有些妹子天生喜欢折腾，金牛座的许明月就是这样的妹子，从上大学的第一天开始，她就在折腾，想方设法地赚钱。

倒卖二手衣服、摆地摊卖小饰品、去很远的批发市场淘外贸货，然后挂淘宝上卖，后来因为身材好，她又去做了平面模特，间或参加一些剪彩礼仪之类的兼职工作……总之，除了卖身，一切可以赚钱的事情，许明月几乎都尝试了一遍。

就这么折腾，听说许明月在大二的时候就已经凑够了三十万，又果断在城市的次中心买了一套只有三十平方米的公寓，租了出去。

一年后，也就是二波刚招到许明月时，那公寓已经涨到了四十万。

不过，尽管把所有时间和周围的一切资源都用来赚钱，但许明月还是不失为一个仗义的妹子。

她亲自到二波的公司做了几天主播，证实了这里没有任何情色与强迫相关的事情发生，才在一个星期以后，带着十来个学生妹子应聘。

她帮妹子们跟二波的老板谈底薪和提成，争取最大的利益；在直播间里，她帮妹子们化妆，调灯光，让她们看起来达到最好的状态；她还帮妹子们挡回一些目的不纯，穷凶极恶的粉丝……

她对妹子们说，不管你是直播一个小时，还是一天，还是一个月，只要你坐在摄像头前，就要用最好的状态做直播。

而对于做主播这件事，许明月非常投入，她是接档时间最多的主播，而无论刮风下雨，她总是提前半个小时来公司，化妆、调整状态！

就算没有直播的时候，她也会扑在电脑上，看平台上的优秀主播，是怎么说话，怎么唱歌，怎么布置直播背景的……可以说是相当用心。

只入行短短一个月，许明月已经能月入一万，这在学生主播里，已经是很了不起的了！

二波经常在我面前感叹，付小丫，许明月不简单，总觉得她将来是要成龙成凤的人。

我第一次认同二波的话。

当我把二波的话告诉许明月时，她哈哈哈大笑起来。

人家迷恋装 ×，我不过就是迷恋赚钱而已！许明月笑够了，才一本正经一脸严肃地对我说。

当时，她的表情认真得我真的从她眼睛里看到了闪闪发光的钢镚。

3

当时二波公司有一个小管理叫刘栋，不爱说话，高瘦，二十多岁，虽然是本地人，但没上大学，在社会上鬼混了几年发觉自己不是当大哥的料，就转投到二波旗下当小弟。

刘栋喜欢抽烟，饮食生活很不规律，人瘦得跟个吸毒犯似的，每次进地铁站都会被警察叔叔查身份证，而且他还整天浑浑噩噩过日子，根本不想现在，也不想以后……

刘栋上夜班，也就是晚上在公司守着，陪着晚班直播的妹子们。当时老板让刘栋上晚班，主要是觉得他长相安全，妹子不会对他有意思，他整个人冷漠得也像 GAY，不会对妹子们有意思。

但有意思的是，许明月经常上午夜档的直播，大多数时候都是半夜三点最后一段时间下档。

于是刘栋和许明月就经常一起下班，吃个夜宵，刘栋送许明月回家后（这个时候，许明月已经出来自己租房子住了），再自己回家。

我们本来不知道刘栋跟许明月有交情的，直到二波公司一次团建后才看出些端倪。

那次，二波组织管理和主播们一起吃饭团建，因为我经常去他们公司鬼混，所以他们自然也叫上了我。

吃完饭，一伙儿就找地方喝酒。

一些女主播本地的粉丝观众不知道从哪儿知道了我们聚会的地儿，竟然一下子就过来了好几个。其中有一个就是许明月的粉丝。

这个粉丝是个小工厂的老板，四十多岁，老婆孩子都在老家，他追了许明月许久，在直播间也给许明月刷了点礼物，但大多数时间只是说话，没实际行动，显得抠抠搜搜的。

所以许明月根本不待见他，平时也懒得搭理他，这二缺私下跟许明月死皮赖脸求见面了好几次，都被许明月堵回去了。

直播江湖，就是缩小的名利场，每个人的欲望和目的都明确地写在脸上。

小工厂老板一来，就坐到许明月旁边，一只手毫不避嫌地放到许明月大腿上，明月妹妹，你比网上看起来还漂亮。

许明月不动声色地拨开他的手，多谢老板平时捧场。

小工厂老板笑着一张褶子脸往上凑，那谢得有诚意一些吧！

许明月端起酒杯，先干为敬，然后仰头一口喝下去。

小工厂老板竖起手指，女中豪杰，又不怀好意地给许明月添满酒。

当时因为来了几个直播间的常客粉丝，二波忙着招呼他们，也没注意许明月这边的情况。

小工厂老板一伸手抱住许明月，来，哥敬你一杯。

许明月之前已经喝了不少酒，有些晕乎乎，用手推了推，竟然没推开那小工厂老板。

当时人声嘈杂，我坐在离许明月不远的地方，一直看着许明月，我准备过去帮她推掉。

但这时，一直坐在角落里的刘栋竟然不知道什么时候已经出现在许明月身边。

他一把拉过许明月，抱着许明月肩膀的手上还掐着半根燃烧的烟。

然后他接过小工厂老板手里的酒，她喝多了，这杯我替她喝。

小工厂老板不干了，一边拽许明月，一边对刘栋叫道，你特么谁啊，滚一边去。

刘栋毫不犹豫地把酒泼到小工厂老板身上，然后拖着许明月就往外走。

小工厂老板气得跳起来，想要追上去，我立刻站起来，挡住他的路。

许明月却一把甩开刘栋，三步并两步走回来，拨开我，对着那小工厂老板说，你想睡我啊？

小工厂老板怒道，你特么不就是被睡的吗？装什么装……

行，明天我八点的档，刷到粉丝排名第一，姑奶奶就睡你！许明月吐了一口酒气，鄙夷地看了一眼那小工厂老板。

小工厂老板不接这话，就要来抓许明月。

刘栋又过来拉着许明月要走，二波也看出不对，赶紧过来拦住小工厂老板，一边给他擦脸，一边赔礼道歉。

刘栋拉着许明月，早就不见了踪影。

我和二波隔着空气对看一眼，卧槽，这里面有情况！

4

第二天，那个小工厂老板没去许明月的档上刷礼物，反而在直播平台的大群里，跟其他土豪粉丝往许明月身上泼脏水，什么难听的话都用上了。

这造成了恶劣的影响，二波家的娱乐公会直播间，收入整个都受到了影响。

二波的老板大怒，好的女主播少，不能动许明月，于是只好迁怒刘栋，扣了刘栋半个月工资，并解雇了他。

而许明月跟以前一样，兢兢业业地赚钱，也只字不提刘栋，好像刘栋被解雇跟她没什么关系。

这就让我和二波看不懂，我们去看刘栋，刘栋戴着个墨镜，在一个臭水沟边钓鱼，脚边都是烟头，还有一瓶啤酒。

我和二波陪刘栋在臭水沟边钓了一下午的鱼，他吞云吐雾，在昏暗的日头下，像山里的神仙。

无论我和二波怎么问他和许明月的事，他都咬住一句话，不是你们想的那回事。

我和二波对视一眼，真特么嘴巴紧。

末了，刘栋说，别去骚扰许明月，省得尴尬！

不过回头一想，刘栋虽然是本地人，家里有两套拆迁房，但毕竟家境平平，人又不上进。而许明月虽然不知道出身，但看她的手段行为，就是有野心的姑娘……两人实在不可能在一起！

这事慢慢地就平静了下来。

刘栋钓了几天鱼，就找了一份送快递的工作，每天踩着三轮车，从早送到晚，忙到连烟都戒了。

有时候我和二波去找他吃饭，只能三个人在路边点三个快餐，围着蹲下一起吃完，他就急吼吼地说，要去送快递了，先走了。

你特么赶着投胎吗？二波怒道。

我要多赚点钱，赚钱是我现在的人生目标。刘栋骑上车，头也不回地喊道，声音里竟然带着笑意，要知道认识他好几年，也很少见他笑啊！

他受什么刺激了吧？我看着阳光下远去的刘栋。

这跟我之前认识的刘栋太不一样了，刘栋以前的人生，没有什么人生目标，几乎就是混吃等死……也许再过几年，家里安排相亲，娶个老婆，再继续混吃等死……

钱，对他来说，不重要，所以他也没有想过要赚很多钱……

我想起以赚钱为人生目标的另一个人，许明月……

5

许明月就要大四毕业了，即使要准备毕业考试，毕业论文，学业相对忙了很多，许明月也根本没有落下任何一次档时。

这个时候游戏直播兴起，为了吸引更多的粉丝，从来不玩游戏的许明月竟然破天荒地去玩了时下流行的竞技游戏《英雄联盟》，并且挤出时间苦练技巧，并在直播的时候，有意无意秀自己的技巧……就这样，她果然吸引了更多的粉丝，也获得了更高的回报。

直播平台也就势举办了《美女主播英雄对抗赛》，让旗下的美女主播们比赛玩游戏。

规则是每个主播可以邀请四个自己的粉丝组成队伍，对抗其他主播带领的队伍。

许明月比赛那天，我和二波惊得下巴都掉了。

许明月的队伍里，竟然有刘栋。

而刘栋在比赛中展现出来惊人的实力和技巧，他代替许明月作战，沉着冷静地指挥比赛……

因为有刘栋在，许明月的队伍竟然得了第一名，许明月拿到了平台奖励的十万元奖金。只不过比赛一结束，刘栋就匆匆离开了，说要去送快递！

颁奖的那天晚上，许明月在自己的房间做直播。

而刘栋还在送快递。

许明月说这是自己最后一次直播，要告别直播行业，去做一些更有意义的事情。

直播间的聊天区炸开了锅！

二波公司也炸开了锅！

二波火急火燎地等许明月结束直播，才拉她出来问她怎么回事？

我毕业了啊，要离开这个城市了，也想去做自己一直想做的事情了。许明月一副理所当然的样子，神情非常轻松。

二波的样子跟第一次认识许明月的时候一样，目瞪口呆，竟无言以对。

许明月坚持离职，然后没过多久，据说就离开了这个城市。

跟许明月一起离开的，还有刘栋！

这好像在意料之外，但仿佛又在情理之中。

所以听到这个消息，二波依然是目瞪口呆，竟无言以对，呆了半晌，才狠狠地说了一句，草！

6

过了两个月，有一个许明月学校的男孩来面试。

那男孩大三，跟许明月同来自贵州省。

说到许明月，那男孩两眼放光，崇拜地说，许明月啊，奇女子。

许明月来自贵州大山里的一个小村庄，典型的穷乡僻壤。

许明月高三毕业那一年，她姐姐许明秀，附近几个村里唯一的大学生，毕业后回村里教书的唯一大学生，在一次特大暴雨中，土坯筑的简易校舍根本不能抵抗暴雨的袭击，她姐姐为了救一个学生，被一根碗粗的悬梁砸中，再也没有醒来！

许明月在大学四年里赚的钱，为村里重新修了一幢砖瓦的学校。

她离开的时候，卖掉了公寓，带着一百万现金，回山里当老师了。

我想起二波对我说，付小丫，许明月不简单，总觉得她将来是要成龙成凤的人。

卧槽，二波竟然神预言了！

7

半年以后。

我和二波分别收到一张明信片。

明信片上是刘栋和许明月。

刘栋晒黑了，也长胖了，他张开双手，好像要拥抱什么。

而许明月也晒黑了，还是很高挑的样子，微笑着靠在刘栋身边。

他们两个人都穿着简单的粗布衣裳，身后的背景是连绵起伏的大山。

温柔世俗路

漫漫人生路，

谁说生命只有辛苦，

我的路上有你陪伴左右，

哪怕会有痛楚。

——《漫漫人生路》

1

两年前，我沉迷于一款叫作《英雄联盟》的游戏。

家里网络不好，于是我就常常去网吧玩。

虽然去网吧玩游戏已经是十年前的事情了，但谁让这游戏勾起了我熊熊燃烧的中二之魂，一天不玩就手痒得慌。

为了避免吵人，我选了一个比较角落的位置。

拿着上机卡，经过通道时，看到两个妹子也在玩《英雄联盟》。

两个妹子在开黑，一个玩 ADC，一个玩辅助，走上路。

我心里一阵惊喜，虽然这个游戏里妹子很多，但大多是跟着男朋友或者老公玩的，而且大多数是手残党。像这样，跟我一样，自力更生的妹子，还是很少见的。

再仔细一看两个妹子的外貌，我去……美，美得我都嫉妒了。

两个妹子风格不同，玩辅助琴女的妹子，也就算坐我身边的妹子，短发冷俏风；另外一个玩女枪 ADC 的妹子，长发御姐风。

他们骚扰，你不管，只补兵。短发妹子说。

河道打起来了，我去捡个人头，你跟着我。长发妹子说，声音软糯得像糯米。

还差点钱，你回去买眼，回来我们跟团中推。长发妹子说。

大招，我放大招了，你抓住机会收人头。短发妹子说。

……两个人的声音此起彼伏，太特么亲切了！

我羡慕得不行，这游戏有人一起开黑，就是爽！

不过还好，我游戏里有好基友在等我，于是我也没多想，戴上耳机进入英雄联盟的世界了……

中途我摘下耳机，起来去服务台买瓶矿泉水。

遇到那个长发妹子也在买水。

网管笑嘻嘻地说，我们这网吧，玩《英雄联盟》到铂金段位的就你们三个女生，我还在想你们三个什么时候能碰面，没想到这么巧，今儿你们都在。

长发妹子听到网管这么说，不由看了我一眼。

在哪个区玩？没想到我和妹子异口同声。

我们相视一笑。

祖安。没想到又是异口同声。

长发妹子眼神一亮，开黑吧？

好，我把机器换到你们旁边。我点点头。一路小跑去换电脑。

我过去时，两个妹子都在等我。

短发妹子友好地跟我打了声招呼，然后两个人等我开电脑进游戏。

她们还是ADC+辅助组合包场下路，而我一会儿中路法师，一会儿打野，一会儿上路。

我几次去GANK下路，她们都默契配合，人头都拿到手软。

打了三局，就到了十一点，我平常都是这个点必须回家，因为年纪大了，我一般都要在十二点前睡觉。

你通宵吗？长发妹子突然问我。

你们呢？我不由得有点心动，好像回到了二十来岁的大学校园，跟同宿舍的女生通宵打传奇。

我们一起去吃夜宵吧，吃完回来通宵，反正明天是周末，不用上班。短发妹子说。

好啊！我毫不犹豫地答应了。

于是我们三个人就轰轰烈烈地去旁边小吃街吃烧烤去了。

吃烧烤的时候，我知道短发妹子叫简单，长发妹子叫于乔。

简单是某童装公司的服装设计师，而于乔则是市交通电台早间频道的主持人。两个人在大学的时候，就已经认识了。

从那以后，没事我就跟两个妹子去网吧开黑，很长一段时间都摆脱了小学生选手的骚扰，段位竟然也奇迹般地升了一步。

2

我原本以为简单和于乔是闺蜜，两个人好得跟一个人似的，一起租了个一室一厅的小房子住。

平时上班的时候，简单会起来给上早班的于乔做早餐，365 天不重样，她有一段时间还在朋友圈秀每天的早餐图。

而于乔每天下午不用上班，则会回家煲个汤，再做两个小菜，等简单回来吃。

她们有时候也会叫我一起去吃晚餐。

吃完饭，三个人再一起去开黑。

时间长了，虽然我没好意思问，但也看出来简单和于乔的关系原来不是闺蜜关系，而是情侣关系。

她们之间的小互动，看起来透出一股平淡夫妻的甜蜜感和踏实感。

我这才恍然大悟，以前有些迷糊的小瞬间也豁然开朗。

窥探出她们关系的真相，我内心是激动的，因为这是我第一次接触到活体的拉拉。

在颜值即正义的时代，谁在乎她们是拉拉还是闺蜜呢。更何况，她们可是我铜墙铁壁的战友。

3

后来，简单公司接了一个国外童装的合同，要在一个月设计几套时尚的童装，简单是这个项目的骨干设计师。设计总监跟她许诺，如果成功完成这个项目，就升她做设计组长，涨一级工资。

简单就全情投入了进去，加班加得天昏地暗。

于是很长一段时间，我和于乔只能两个人去开黑，有时候她请我消夜，我请她早餐。

然后从于乔口中，我知道她和简单的故事。

于乔遇见简单之前，都坚定地认为自己是个笔直得不能再笔直的 girl，自称于宇直，曾有过两个前男友，都是真得不能再真的男人。

她进入大学后，加入了学校的戏剧社团，认识了比自己大一岁的简单。

那时候简单也是短发，瘦高，略黑，经常穿着中性服装，于乔还以为她是个男孩子。

在活动中见过几次面后，于乔对这个长相清秀的“男孩子”有了好感，就想办法加了他的微信，在微信聊，你来我往的……于乔觉得简单并不反感自己。

于乔是个主动的妹子，没过几天，就跟简单表白了。

唔，我们还是做朋友吧。当时简单是这么拒绝她的。

于乔不死心，却不敢逼得太紧，于是若即若离地周旋了几个月。

然后转折来自于某次学校活动后，因为简单也在，于乔为了故意刺激他，跟一直追求自己的男生故意装作很亲密的样子。

于乔发现简单当时神色就不好，心想这次看你还怎么逃。

果然简单就中了计，当天晚上就在微信里跟于乔说了一些奇怪的话。

你现在还喜欢我吗？

如果我不是我，你还会喜欢我吗？

如果我骗你了，你还会喜欢我吗？

如果我不是男孩子，你还会喜欢我吗？

我是喜欢你的，但我又不能喜欢你啊！

……

看到这些，于乔整个人有点方……这特么是什么意思？

但简单怎么也不肯再说什么。

于乔神经线条粗，也没多想什么，就去洗澡。

兴许是水冲下来，头脑瞬间就清醒了。于乔开始想简单的话到底是什么意思？

喜欢我的，但不能喜欢我？这特么是在绕口令吗？

为什么不能喜欢我？

难道他得了绝症，不想连累我？

难道他是我失散多年的亲哥哥，我们有血缘关系？

难道他其实是从外星来的？

于乔在说这段的时候，自己一边说一边笑得东倒西歪……她脑洞开得之大，简直让我叹为观止！

后来呢？我哭笑不得地问道。

后来嘛，我肥皂突然掉了，然后灵光一闪，特么不会是个女的吧？于乔自己笑得喘不过气来。

我却满脸黑线，自带弹幕……虽然简单是平胸到没有明显的女性特征，但也不至于这么久没看出来吧……

于乔好像看出了我的想法，说，她那时候跟现在不一样，是跟我在一起后，我给她拾掇拾掇才这样的，那时候真是看一眼就是个男生。

于乔喝了一口水，又继续说道，我越想越觉得没错，平时被我忽略的细节也都想起来了。真相只有一个！

妈蛋，本美少女喜欢了半年的人特么是个女孩子！！

想通了这点，我当时竟然有点小激动，脑海里开始浮现出高中时候看的那些 bl 小说来。于乔张牙舞爪地说道。

这事真是有些魔幻，你就这样被掰弯了？我笑着问。

洗完澡，我立马给她打电话，扑面就问她。她愣了一会儿，承认了，然后跟我吧唧吧唧解释了半个小时……我通通没听进去，只是想着那句：我是喜欢你的！

付小丫，你知道吗？骗我的原因我都不感兴趣，反正是她我都能原谅，因为她说，我是喜欢你的！

那天晚上我们都说开了，然后我激动得手舞足蹈，我们同宿舍的都以为我嗑药了。

再然后，我就成了她女朋友。于乔一脸的蜜意秀了我一脸恩爱。

记得以前看过一句话，女 / 男孩子在没遇见真正喜欢的人之前一直觉得自己喜欢的是男 / 女孩子。

《生活大爆炸》里谢耳朵说，人穷尽一生追寻另一个人共度一生，我一直无法理解，或许我自己太有意思，无须他人陪伴，所以我祝福你们，能在对方身上得到的快乐，和我给自己的快乐一样多。

说到底，两个人在一起，就是能在对方身上得到快乐，基于此，那么对方是男是女又有什么关系呢！

4

简单的项目做完了，但她还是很忙，每天半夜才回家，早上也起不来给于乔做早餐了。

而于乔给她留的汤菜，也总是被于乔热了又热，最终留到第二天，自己吃掉。

于乔的心情很不好，她跟我开黑的时候，嘴里的脏话层出不穷，让我叹为观止。

她骂着骂着趴在网吧的电脑桌上哭了起来。

周围的人投来异样的眼光，我赶紧把她拖了出来。

我永远记得，于乔在路边放声大哭，整个脸都被妆花了……

而我手足无措地站在旁边，完全不知道该如何安慰她！

她说她今天还是加班，不用等她了……于乔抽泣着，却走路走得很快。

我一看她走的方向，嗯，很好，是简单的公司。

我陪着于乔走了一个小时，才走到简单的公司，那是个独栋的办公楼，一共只有三层，整个被简单的公司包下来……

最要命的是，那公司一片漆黑，连半点灯光都看不到，更别说有人加班了。

于乔看着黑暗中的建筑物，突然不哭了，整个人好像加持了冰冻

BUFF，寒气逼人！

也许，也许她们加完班了，已经回去了。我觉得这个时候必须说点什么。

于乔听了我的话，好像有点回暖，于是扭头又往家的方向走。

但是我可不想再走路了，我今天的微信步数已经排行榜第一名了。

我拉住她，在路边叫了个滴滴打车。

一路上，她不哭也不说话了，望着窗外的景物，神情出奇的平静。

走了一半，路过一条著名的酒吧街时，她突然叫师傅停一下。

我诧异地看着她，顺着她的目光望去，只见空寂的长街上，斑驳的树影里，有两个女生笑着在接吻……其中一个高高的，短发冷俏风……

我有点慌了，不知道接下来剧情会怎么爆发，甚至脑补了于乔愤怒下车，去给她们一人一个耳光……

啧啧，现在的年轻姑娘……快车司机是个四十多岁的大叔，也看到了路边的风景，话中透着讥诮。

师傅，走吧！出乎意料的，于乔淡淡地说了一句。

当车再次驶出，于乔很累地瘫在座椅上，再也没有看过路边的人一眼。

那天晚上，于乔坐在小区花园的长椅上，抽了一地的烟头。

而我，怕她出什么事情，也只好苦哈哈地熬着。

然而，直到第二天早上，简单也没有回来！

5

后来，于乔很平静地跟简单摊牌。

简单也只是愣了一下，然后很坦然地承认了出轨的事实。

她是我们公司的同事。简单说话一向很简单。

开始多久了？于乔淡漠地说。

做项目加班的时候，互相撩在一起了。简单苦笑。

好吧……那分手吧……于乔咬牙。

好。简单还是很简单。

于乔终于忍不住哭起来，她摊牌前想，如果简单跟她认错，求她不要离开她，她就一定会原谅她的。

骗她的原因她都不感兴趣，反正是她，于乔都能原谅。只要，简单说还喜欢她，就可以！

但是，简单并没有。

简单只是简简单单地说好！

于乔知道再无挽回的可能，因为提分手的是她，但做决定的事实上是简单。她摊牌的当天晚上，简单就搬了出去。

于乔在第二天就辞职了。

她拖着行李跟我辞别，我送她到机场。

我问她什么打算？

回家！于乔戴着大墨镜，头发有些乱，声音显得很疲惫。

这么多年，跟她在一起，也不敢回家，连家里的电话也很少接，因为家里一直催着我结婚。于乔叹气。

我跟她，怎么结？父母只有我一个女儿，如果我告诉他们，我要跟一个女孩结婚，他们估计能上吊自杀。

我想再坚持坚持，混到三十多岁，父母也许会放弃的吧，那时候我就可以跟简单好好在一起了。谁知道，一个人变心变得那么快，我也不用再坚持什么了。

于乔第一次跟我说这些，透着深深的无奈。

于乔告诉我，她会回家相个亲，嫁一个人，走上温柔的世俗之路！

我看着她消失在安检口，那是我最后一次见到于乔。

6

于乔走了，简单也不玩《英雄联盟》，我一个人去网吧想开黑，但想想，一个人叫什么开黑？

最初，回到家乡的于乔还会在线，跟我打几把。

但没有简单的《英雄联盟》，对于她不过是煎熬。

所以，她说，她要删这个游戏了，不会再玩了。

我意兴阑珊，后来也就渐渐不玩了。

不玩这个游戏以后，我感觉自己的脾气好了很多，觉得周围的一切也美好了许多！

一年以后，有个陌生的号码打来。

我接起来，你好，请问找谁？

我是简单。低沉的女音从手机里传来。

简单约我见一面，我去赴约的路上，直觉跟于乔有关。

半年没见的简单好像变了一个人，虽然还是中性风，但是一种有女人味的中性风，干练成熟的魅力！

公司有一个机会，我争取到了，大约会去英国几年。简单开门见山，还是那么直接。

恭喜你，前途不可限量。我衷心地祝福她。

于乔要结婚了。顿了顿，简单嘴角露出一抹笑意，然后掏出一张银行卡放到我面前。

这，什么意思啊？我有些不解。

这是我跟于乔在一起后，攒的钱，原本想买一个小房子给她的，但后来……后来的事情，你也知道……简单苦涩地笑着说。

我知道你在网上跟于乔有联系，你帮我把这张卡交给她吧，就当是送给她的结婚礼物。简单抬起头看着我。

我能问你，当初是真的出轨了吗？我终于忍不住问出了心中的疑问。

简单看着我，然后喝了一口水，摇摇头，不是，反正要走了，也许一辈子都不会回来，就告诉你吧。

于乔是独生女，父母都是高干高知，如果她跟我在一起，父母那关永远也过不去。我是孤儿，没有人会管我这些，所以我们在一起的所有压力都是于乔在承担。

她父母每次打电话来催她结婚，她都会跑到厕所偷偷地接，跟她父母据理力争。

后来有一天，我突然想，我能给她什么？阳光下的生活？亲情的祝福？甚至有自己血脉的儿女？这些我都没办法给她……她原本是可以拥有这些的，因为她原本是正常的……

我意识到，我可以把她推回正轨上！于是，我策划了出轨的事情。

简单一边说，一边抓揉着自己的头发。

我看着她的样子，不知道说什么，只能答应她，会把银行卡寄给于乔。

我在电话里告诉于乔这件事的时候，是按照简单的嘱咐，在她已经飞上去英国的飞机后。

于乔在电话里沉默了很久，然后说，付小丫，你把里面的钱捐给希望工程吧！

嗯，你没事吧？我有些迟疑地问道。

没事，准备婚礼，忙都忙不过来，哪有时间为这些风花雪月的事分心啊。于乔爽朗地大笑，可以听出一种轻松和快乐。

于是，我就放心了！

其实，我们有时候爱上的是爱情以及爱情中拼命的自己，越是惊世骇俗的爱情，我们会越奋不顾身……最后，我们就被自己感动了，以为非那个人不可……但最后的最后，还是尘归尘，土归土，每个人还是会走上一条温柔的世俗路！

懂事之前，情动以后

懂事之前，情动以后，

有生之年，狭路相逢，终不能幸免，

手心忽然长出纠缠的曲线。

懂事之前，情动以后，长不过一天，

那一年，让一生，改变。

——《流年》

1

陶夭二十六岁，是我们部门最年轻和漂亮的妹子。

陶夭的漂亮主要在于她很精致，对于一个工作不需要对外，加班还巨多的部门来说，很少有女孩子每天都一丝不苟地化着精致的妆容，踩着恨天高，穿着连衣裙上班。

但陶夭做到了，一年 365 天，天天如此，即使头天晚上加班加得再晚，第二天她必定还是打扮得很精致准时坐到办公室里。

这样的女孩，我向来很喜欢，至少她热爱自己，热爱自己的女孩，对待工作和生活也不会太差。

事实证明，她的确能把工作也完成得相当精致。

当年陶夭刚一入职，就引起了部门内外一群单身狼的垂涎。

但双鱼座的陶夭眼光跟她的身高一样，是很高的，公司那群躁动的毛头小伙子，很难入她的眼。

后来有段时间，连公司某个部门的一位未婚总监，也对陶夭殷勤有加。

但陶夭依旧是礼物不收，鲜花送给我们这种旁边座位上的大妈，然后过一两个月总监不再出现，我们就知道陶夭又拒绝了人家。

我和办公室里的一群八卦大妈，从那时候开始就经常凑在一起琢磨，陶夭以后会找个什么样的老公。

有一次，我终于忍不住问了她。

陶夭耸耸肩，随意地说，追我追得久一点的了。

现代社会大家都很忙，能够锲而不舍地追女孩子追两个月，都已经是极限了。

陶夭再漂亮和有个性，好像追她的人也很难超过三个月。

难怪陶夭会说要一个追她追得久一点的人。

2

胖子就是这个时候进入我们公司的。

胖子之所以叫胖子，当然是因为他长得胖，一米七五左右的身高，却有两百斤左右。

大多数胖子的性格都很好，就像大白一样可靠温暖。

但这个胖子并不是的，这个胖子是个程序员，技术很牛，所以这是个思维很灵活的胖子，也顺带有些毒舌的胖子。

这个胖子跟我是多年前就认识的好友，是我推荐他进公司的，因为技术好，一进去就是技术B组的大组长。

技术B组跟我们部门的对接比较多，所有对接的工作都是陶夭负责的。

但胖子对陶夭并不是很满意。

直男癌晚期的胖子觉得陶夭整天打扮这么漂亮，心思肯定不在工作上。

所以忍不住老是呲几句陶夭。

陶夭也不在意，每次都笑笑，懒得搭理胖子。

其实我知道，那是因为胖子以前有个漂亮女朋友，后来跟人跑了，然后胖子自暴自弃就成为了胖子……从那以后，胖子就看漂亮的女人不顺眼。

但陶夭工作很认真，晚上要加班也不含糊。胖子挑不出什么刺来，慢慢地也就对陶夭没那么反感，偶尔还跟我夸陶夭，这姑娘，拼起来比我们部门的小伙子还拼，这次我走眼了。

尤其是有一次，胖子和陶夭一起加班到很晚……不知道发生了什么，总之第二天胖子竟然神秘兮兮地跟我说，付小丫，我要追陶夭，你有什么建议吗？

我吓得差点从椅子上跳起来。

我毫不留情地说，你丫吃错药了吧！你知道之前公司有多少人追她吗？

你追她，会被大家嗤笑的吧？

不要怪我，这个世界对胖子，就是这么无情，这么冷漠，这么残酷……

胖子却翻了翻白眼，他们只是想泡她，我是想跟她结婚，懂吗？

我目瞪口呆地摇摇头，你的世界观我看不懂。

你不是经常看那个什么星座嘛，你看看我和陶夭的星座配不配嘛！胖子凑到我跟前，低声说。

你什么座？我都懒得抬头看他。

巨蟹座。胖子笑嘻嘻地说。

巨蟹和双鱼，理论上是配的，不过那是理论，人家是美人鱼，你胖螃蟹……我揶揄道。

嘁，今天开始，我每天早上跑五公里，减肥！胖子见我狗嘴里总是吐不出象牙，也懒得跟我掰，撂下这句话就走了。

第二天开始，胖子每天都在朋友圈发跑步的图，同时每天都放一盒酸奶在陶夭的桌子上。

我偷偷看了那酸奶的牌子，还真是陶夭喜欢的……看来这家伙还是没少做功课的，果然是个头脑灵活的胖子呢！

3

陶夭工作很认真，经常加班也不含糊，但她有一些特点，周末不加班，平时加班再晚也会回家……而一些节假日出去团建的活动，她也不会参与。

所以虽然相处了快三年，但感觉陶夭还是一个特立独行的人，跟团队的融合度也不是太高。

胖子虽然一直送酸奶，但送了两个月，也还没找到突破点来打破僵局。而他送的酸奶，陶夭不知道是谁放的，都顺手给了我们。

因为这种事情，工作中不好说啊；私约，胖子直男癌晚期，脸皮薄，不敢开口私约；以团建活动为借口，陶夭总是不参与……连我都替胖子觉得毫无希望，每天都让他放弃。

但有一次，我无意间跟胖子说漏嘴，把当初陶夭跟我说的话，告诉了他。

他一听，眼睛一亮，追得久一点？那没问题，我本来就打算追她一辈子的。

呃……看你丫能坚持过三个月不。我哼哼道，对他的人生观充满了怀疑。

胖子的项目小阶段时间节点圆满完成，胖子请他们组和我们组的人下班后一起去唱歌。

陶夭说，我就不去了，还有点活儿没干完呢。

别呀，这次能顺利完成，你居功至伟，你不去，我们剩下的都没脸去了。胖子一边说，一边时不时看我几眼。

我明白他的意思，只能清咳两声，对陶夭说，夭夭，去吧，去的那家KTV离你家挺近的，而且大家最近加班都累，估计散场早，不会闹很晚的。

对，对，也就大家一起聚聚，放松放松。胖子紧跟上。

但陶夭还是皱着眉，很纠结的样子。

嗨，你说你，整天不参加团队活动，这也不是太好啊。我凑到陶夭面前，低声跟她说道。

陶夭看了我一眼，又看了胖子一眼，终于点点头，那好吧，可是我十点就得走了。

胖子长松一口气的样子，连忙也点头，没问题，没问题，到时候我送你。陶夭摇摇头，没事，我自己打车就可以了。

那天晚上，刚一下班，一群人就浩浩荡荡地杀去 KTV。

期间推杯换盏，鬼哭狼嚎，自然不必说，连陶夭也在大家的怂恿下唱了一首王菲的《流年》。

胖子的眼神就那么痴痴地追着陶夭，连我们组其他八卦大妈都发现了。

于是，大妈们又怂恿陶夭和胖子合唱了一首《纤夫的爱》。

陶夭倒是干脆利落，胖子喜出望外，两个人于是就合唱了，胖子的演技爆棚，大家都笑得东倒西歪，连陶夭都笑得不行。

那还是我第一次见陶夭那么放开地笑。

回忆起来，陶夭虽然温和友善，但真的鲜少见她笑得没心没肺。

那一刻，我突然觉得，以前那些人追不到陶夭，是因为不能让她这样笑，不能让她走下女神的位置……

她好像一个被囚禁在高处不胜寒的女神，等着一个勇士来救她下来，回到人间烟火之中。

也许胖子真的能做到呢！

4

那天十点，陶夭果然准时走了。

胖子送她到门口，她坚持自己打车走了。

但从第二天开始，陶夭竟然开始喝胖子送给她的酸奶。

我觉得这里面肯定有情况，于是在QQ上问胖子，昨晚他送陶夭出去，都说了啥。

胖子说，没说什么呀，我就说每天那酸奶是我送的，酸奶可以美容的，不要老给付小丫喝，付小丫喝再多，也美不了。

卧槽，你大爷的。我怒得差点砸键盘，幸好想到是在公司，克制了自己体内的洪荒之力。

不过虽然陶夭喝了胖子的酸奶，但还是没有什么进一步的表现，胖子觉得又回到了原点，又不知道怎么办好了。

又过了大半个月，离三个月只有几天的时间了。

陶夭突然某天歪过头对我说，付姐，这次可能会超过三个月噢。

我愣一下，看见她手里的空酸奶盒，明白了，于是也帮胖子助攻了一把：其实他人不错的，最近减肥也很见成效，也许可以考虑考虑噢……

陶夭耸耸肩，没有说话。

过了一会儿，有个电话打进来。

陶夭接电话，没说几句，她就一下子站起来，声音提高了八度，什么？在哪里走丢的？先报警，我马上就来。

陶夭说完这句话，眼泪竟然止不住地流下来。

她挂了电话，立刻一边哭一边收拾东西。

怎么了？我见情况不对，立刻凑过去问，办公室其他大妈也一脸关（八）切（卦）地看着我们。

我儿子在街心公园走丢了。陶夭立刻崩溃地大哭起来。

而我和其他大妈，都一脸茫然……

什么？陶夭有儿子？才二十六岁的姑娘有儿子？似乎也正常，但她好像没有老公啊……

走，报警了没有？我陪你去找。胖子不知道什么时候已经过来了。

他拎着陶夭的包，伸手拖着陶夭，就往外走。

而陶夭此刻满脸都是泪水，整个人已经崩溃得失去主张。

等他们的身影消失在门口，我才从震惊中回过神来，我立刻也拎包追出去，一边追一边说，今天没啥活儿的，都一起去找找。

几个年轻的小伙子姑娘立刻也回过神来，跟我一起追了出去。

那天，从下午一直找到晚上十点，发了无数朋友圈，终于在另外一个区的一个派出所里找到了陶夭的儿子。

她的儿子大约三岁，长得眉目如画，像极了陶夭。

一看到儿子，陶夭立刻奔过去，抱住他，一直抱住，却已经哭不出来。

那种失而复得的心有余悸，我们每一个在场的人都能深深感受到。

但这个时候，胖子却低声对我说，没看到她老公啊。

我白了一眼胖子，有儿子也不一定有老公啊！

胖子恍然大悟，点头笑了。

5

陶夭有儿子的消息很快就传遍了整个公司。

未婚女孩带一个孩子，自然流言四起。之前追陶夭不成的一些牛鬼蛇神也开始落井下石，正在追的一些也望而却步。

办公室里的八卦大妈们虽然对她充满同情，但也少不了背后里交头接耳，揣测她的过往。

但尽管如此，陶夭每天早上桌上的酸奶还是准时出现，风雨无阻，更重要的是伴随酸奶出现的，还有其他一点小糖果或者小玩具之类的。

我问他为什么?

胖子神秘地冲我一笑，小糖果和小玩具是给她儿子的，刷点好感度。

就冲这一点，我觉得胖子真是个汉子。

噢对了，经过快三个月的健身，胖子已经苗条下来了，从大胖子变成了一个精神抖擞的小胖子了。

有一天，我跟陶夭两个人加班。

没人的时候，她递给我一盒猕猴桃。

我不解地看着她。她脸瞬间红了，眼神游离，我听说锻炼以后吃水果比较好。

我从来不锻炼。我脱口而出，但话一出口，就灵光一闪，明白了她的意图，你要我帮你给胖子?

陶夭笑着点了下头，又解释道，他给我送了那么久的酸奶，我感谢一下他。

那你自己给他呗，都多大人了，还玩小学生那一套啊。我揶揄道。

陶夭笑着摇头，我现在名声不是很好，回头打算离职了，还是不要跟他牵扯太多吧，对他不好。

我有点吃惊地看着陶夭，一些谣言，过段时间就过去了，干吗辞职啊?

陶夭无可奈何地耸耸肩，这种事情，曾经存在过，就永远会存在，我不想影响到胖子。

你对胖子是有好感的吧？我一针见血地问。

陶夭愣了愣，他跟其他人不一样，好感我也不知道……不过我自己带着个孩子生活，不想连累其他人了。

你孩子是怎么回事？我小心翼翼地问。

陶夭看我紧张的样子，一笑，没事，本来也打算告诉你的。

原来，陶夭在大学的时候，在肯德基做兼职，认识了一个中年男人，那个男人是个温柔儒雅的男人，正好对了陶夭的胃口，一来二往，就交往了起来。

中年男人事业有成，却没有结婚，发誓等陶夭一毕业就结婚。后来大四的时候，陶夭怀孕了，男人却留下一笔钱消失了。

陶夭发疯一样找，最后才发现男人原来是到这个城市常驻出差的，他在另外的城市还有老婆孩子……

这就是个渣男，你为啥还要生下孩子啊？我叹了一口气，刚毕业，如花似玉的年华，生下孩子，也就是说陶夭的路必定会走得更艰辛。

陶夭摇摇头，发现真相后，孩子已经五个月了，他能在我肚子里动了，当时我就想，其他都当一场梦，但孩子是真的，是无辜的……即使未来再辛苦，我也要生下来。

我看着陶夭，回想起她来公司后的种种，怪不得她很努力工作，因为她要自己养孩子；怪不得她不参与任何过夜的团建活动，因为她每天都要回家陪孩子；怪不得她不接受任何人的追求，其实是她不敢接受；怪不得她说谁追她追得久一点，也许会答应，毕竟日久见人心，久一点的人有耐心，才能接受她和孩子……

我原本也是想钓一个金龟婿，可是当胖子真的出现以后，我才觉得我不能对他那么不公平……上次我儿子丢了，他比我还着急和尽心地去寻找……他每天给我送酸奶，给我儿子送的小糖果和玩具……那种细腻和真诚……让我觉得他可以遇到更好的……陶夭的眼睛亮亮的，好像夜空中的珍珠一样。双鱼座的陶夭多愁善感，喜欢细腻浪漫……胖子这样朴实的浪漫，如果是以前的陶夭，未必看得上眼，但对于经历过日月偷换、人生突变的陶夭，却无疑狠狠地击中了她的心！

6

陶夭离职的时候，胖子的项目刚好结束了。胖子组织所有人去周边城市找个好山好水的地方玩一下，放松一下。

陶夭收拾东西，胖子过去说，陶夭你也一起去吧！

陶夭愣了一下，摇头说，我都离职了，你们去吧。

胖子大声说，离职有什么关系，我也一样可以追你的啊！如果我追到你了，本来就是会让你离职，在家好好带孩子的啊，打拼这种事情，就应该男人来做！

陶夭愣在当场，而其他人则瞬间安静下来。

胖子继续说，带小宝一起去啊，应该多带小孩子出去接触大自然的。我很会逗孩子开心的，你可以让我实习上岗。

陶夭哭成了泪人。我率先鼓掌，陶夭，胖子可以的，你给他一次机会。

其他人也跟着鼓掌。

大部分女人，半生都一直在等一个人，免其惊，免其哭，免其颠沛流离，四下无依。胖子，就是陶夭等的那个人！

双鱼和巨蟹，理论上来说，还是挺配的呢！

一整片蓝天

我陷在爱里面，

是谁停住时间，

越过了重重的心墙，

有一整片蓝天。

——《蓝天》

1

天蝎座的蒙潇潇是我的朋友圈中颜值最高的姑娘。

她原本是二波的初中兼高中同学，鹅蛋脸，柳眉杏眼，胶原蛋白满满，标准的美女，有点像以前的清纯玉女周慧敏。

美中不足的是，略微有些丰满。

但不用在意这些细节，用二波的话来说，那是手感好。

当然他只是这么 YY 而已，他根本不可能体验过蒙潇潇的手感。

如果他有什么不轨之心，蒙潇潇一定会打得他满地找牙。

蒙潇潇长得清纯，但性格可是相当豪爽，是一个非常正宗的无添加无污染的女汉子，走起路来风风火火，说起话来噼里啪啦，武能扛矿泉水桶，文能舌战广场舞大妈。

当初蒙潇潇和二波及其好基友包子厮混在一起，也是因为蒙潇潇这火辣辣的性格。

初中的时候，二波的爸妈要出去旅游六天，临走前给了二波三百块钱，那时候的三百块钱，绝对够他好吃好喝一个星期了。

但爸妈一走，二波就拉着好基友包子去网吧打游戏，打了两天两夜，回家的路上遇到我们那片的两个混混，二波剩下的一百五十块钱就被抢走了。

好在，当时蒙潇潇路过，一看同班同学二波被抢了，二话不说，迈起步子就追去……尽管在这之前，蒙潇潇和二波以及包子都没说过什么话。

蒙潇潇大长腿，当时还是校运动队的长跑亚军，追了三条街，终于追上了小混混。

两个小混混瘫倒在地上。

其中一个小混混上气不接下气地说，一百五十块钱，你至于嘛你。

蒙潇潇啪的一声，拍他头上，气不喘脸不红，一百五十块不是钱啊？

另外一个小混混有气无力地抬起一只手，把钱递给蒙潇潇，还给……你，还给你……

蒙潇潇一把拿过钱，拧着那小混混的耳朵，我告诉你，下次再碰到你，就扭你去派出所。

那小混混吃痛，据说一边嚎，一边求饶，姑奶奶，饶命饶命！

蒙潇潇冷哼一声，但转身扭头望去，哪里有二波和包子的身影。

原来二波和包子在追完第一条街的时候，已经气喘吁吁，阵亡当场。

当天晚上，二波用蒙潇潇追回来的一百五十块钱请她、包子，顺便叫上了我，一起去巷子边的烧烤摊。

在烧烤摊上，蒙潇潇提着瓶子喝啤酒的豪迈，再次刷新了我们的世界观。

如果说在这之前，二波，包子对她还有什么非分之想，这下就彻底灭了这个心，此女只可当兄弟，不可做女友啊。

从那以后，我们几个就经常一起吃吃喝喝，一直到高三毕业，才各奔东西。

2

二波是白羊座，包子是双鱼男，而我是纠结天秤座，所以在我们几个人的基情中，天蝎座的蒙潇潇绝对处于领导地位，任何事情，都是她纤手一挥，就拍板定了下来。

而我们也乐得被她领导，毕竟是美女，那时候蒙潇潇走到哪里都是大家的焦点，所以能跟大家都倾慕的对象做哥们儿，二波和包子尤其暗爽。

但就算这样，我和二波还是看出来了，包子喜欢蒙潇潇。

包子戴着一副黑框眼镜，瘦瘦弱弱的样子，性格也有些唯唯诺诺，就是那种普普通通的老老实实的学生，成绩不好不坏，老师可能永远叫不对他的名字。

如果说蒙潇潇是光彩照人的太阳，包子就是太阳里的黑子，实在是太平凡和微小了。

包子默默地喜欢着蒙潇潇。

二波说上课的时候，包子就把书放自己面前挡着，然后看着蒙潇潇的方向傻笑。

包子帮蒙潇潇做作业，包子帮蒙潇潇买卫生巾，包子帮蒙潇潇打发她不喜欢的人。

我们出去玩，蒙潇潇喝多了，包子也总是背着蒙潇潇，送她回家。

我和二波看不下去了，怂恿他去跟蒙潇潇告白，也好死了心，好好做人。

但他竟一本正经地否认自己喜欢蒙潇潇。

二波说，你就装吧，装着装着就成习惯了。

包子不置可否。

但二波白羊座冲动，我天秤座八卦，于是有一次当着他的面，跟蒙潇潇说包子喜欢她。

包子却立刻涨红了脸说，放屁，老子是 GAY。

于是，愣了半天的蒙潇潇瞬间回过神来，一把搂过包子，那老娘就放心了，老娘可是大叔控。

包子嘿嘿地笑，二波气得七窍生烟，我一脸懵懂。

真是太魔幻了！

蒙潇潇是个粗犷的女孩子，她是真的把包子和二波当成哥们儿，所以她从来没想过包子有可能是真的喜欢她。

当天晚上，我听见隔壁传来二波的声音，GAY 个鬼，老子七岁跟你一起玩，你初一就看小黄片了。

……

后来，到了高中，包子写了一首情诗给他前桌的女孩，一时被传为美谈。

我和二波才以为他终于知道好好做人了。

蒙潇潇则笑得没心没肺，和二波一起挤眉弄眼，朝包子吹口哨，原来你是双性恋啊！

3

后来长大了，蒙潇潇去北方上了四年大学，又留在了那里工作，等到回到南方的这个城市，性格依然豪迈，但却穿着小洋装，举手投足间更有女人味了。

蒙潇潇带了一个男友回来，据说是来跟自己的父母提亲，谈婚事的。

二波和包子抱头痛哭了一场，两个人都觉得自己失恋了，毕竟除了我之外，蒙潇潇是他们两个最好的女性朋友了，但问题是我又不是美女……

然后蒙潇潇带着男朋友请我们一起吃饭。

还是在烧烤摊，喝啤酒。

男人三十六七岁的年龄，穿着休闲的衣服，跟我们打了招呼，就一直在旁边接电话。

时不时冒出一些英文以及商务专用术语，看起来就是个事业有成的男人。

蒙潇潇略有些尴尬，但却提着瓶子，来，喝！

我们仨一起提起瓶子，异口同声，恭喜你，潇潇。

我想起高二那年，我们四个人去农家乐玩，路上问蒙潇潇，那么多追你的人为啥都不喜欢。

蒙潇潇字正腔圆地说，老娘是大叔控，老娘喜欢大叔。

当时包子默默地看着蒙潇潇没说话，二波则嗤了一声，大叔控都是扯淡，那是缺乏父爱的表现。

蒙潇潇愣了一下，第一次红着脸说，你懂个毛线。

包子附和着瞪了二波一眼，就是，你懂个毛线。

那之后不久，我们才知道蒙潇潇十岁的时候，父亲出轨了，跟她母亲离婚以后，带着小三双双去了另外一个城市生活。

所以理论上来说，二波那句话是对的，蒙潇潇喜欢大叔型的男人，一定程度上是弥补自己遗失的父爱。

不过好在，她终究还是找到了那个大叔。

这个时候，大叔接完电话，来跟我们一起聊天，喝啤酒，对蒙潇潇极尽宠溺，蒙潇潇脸色好起来，豪迈之中竟然显出了小女儿的形态。

后来，蒙潇潇和大叔走了，包子又拉着我们喝了半宿的酒。

不说话，只喝酒，这个时候我们才知道，包子从来没有学会好好做人呢！

在蒙潇潇去北方的日子里，包子在她的每条朋友圈点赞，包子给她邮寄家乡的特产，包子隔空陪她通宵打网游，包子还时不时地去看望蒙潇潇的母亲（虽然我们也去，但总归跑得没他勤）。

蒙潇潇称他为最贴心的“gay 蜜”。

包子从来都不是“gay”，怎么可能是“gay 蜜”？

二波却一口干了整瓶啤酒，醉眼蒙眬地说，没结婚前，都可以抢。

包子摇头。

怂货！二波呸了一口。

4

蒙潇潇这次回来没待多久，就带着大叔走了。

据说大叔跟她母亲相谈甚欢，约定年底买了房子就结婚。

对于这种板上钉钉的事情，我们也只能睁一只眼闭一只眼。

包子大学毕业在本地考了个公务员，因为文笔不错，做了某单位宣传部干事，虽然在本地还算不错，但比起蒙潇潇的大叔来却不值一提。

所以，二波还是拍着包子的肩膀，还是死了心，好好做人吧。

包子面无土色地点点头，也开始奔走于相亲的路上。

但他还是会在蒙潇潇的每条朋友圈点赞，还是会时不时给蒙潇潇寄她喜欢吃的特产，当然蒙潇潇现在不打网游了，包子会同时挂着自己和蒙潇潇的号，打打材料练练装备。

我有一次终于忍不住问，包子你那么喜欢蒙潇潇，为什么当初不表白，非要说自己是 GAY。

包子只是淡淡地看了我一眼，你懂个毛线，她又不喜欢我，我要表白，那不就是性骚扰吗！

我一怔，竟然觉得好有道理，无法反驳。

二波依然嗤之以鼻，性骚扰怎么，你至少可以近水楼台先得月嘛！

包子翻了翻白眼，你想想，你一直把付小丫当哥们儿，但她却想上你，你糟心不糟心，你还想跟她做哥们儿吗？

二波看了我一眼，忍住笑把头摇得跟拨浪鼓一样。

我一脚踢到包子腿上，怒道，你说人话，大爷的！

包子敏捷地避开我的攻击，笑着说，开玩笑开玩笑……我的意思是说，表个白，又不能促成什么，反而连哥们儿都不能做，何必呢，还不如大家就这样，安稳过好各自余生……时间会带走一切。

宣传干事做得不错啊，说个话像念诗了。二波揶揄包子。

我和二波都以为这次他是彻底死心了，正像他所说，时间会带走一切，时间一长，任何感情都会淡的，每个人都只是普通人而已，哪有那么多轰轰烈烈。

但两个月后，包子突然给我和二波一人打了一个电话，就坐上了北上的高铁。

电话里，他跟我和二波说同一句话：我辞职了，去找蒙潇潇。

我和二波正好在一起，接完电话，都一脸懵懂。

这叫什么事！

5

当我们接到蒙潇潇的电话时，已经是三天以后。

她只是无比疲惫地说，你们过来接包子吧，他住院了。

我和二波来不及问什么，只好连夜赶去了蒙潇潇所在的城市。

包子躺在那个城市最好的医院里，头被包成了粽子。

但他看到我们，还能嘿嘿地笑。

蒙潇潇在一旁给他按摩手臂，怒喝道，笑个屁，赶紧睡觉，明早还做检查呢。

包子赶紧脑袋一歪，闭上眼睛睡过去。

蒙潇潇带我和二波去医院旁边的小餐馆吃饭。

她一边喝啤酒，一边抽烟。

抽完了一根烟，才抬起头来，有些纠结地说，都不知道从哪儿跟你们说。

二波看了我一眼，他怎么受伤的？

蒙潇潇按了按额头，他去揍我之前那大叔男朋友，被人家公司的保安给围攻了。

我拍案而起，包子？打架？错过了太可惜了。

蒙潇潇翻了翻白眼，就他那小身板，就是去挨揍的。

等等，他为什么要去揍你那大叔？二波平时有点傻，这个时候却抓住了关键点。

蒙潇潇沉默不语，过了一会儿，才恨恨地说了一句，老娘被他给骗了。

我和二波面面相觑，从头到尾都懵了。

原来三年前，蒙潇潇某天不小心点到了微信上“附近的人“，然后过了一会儿那大叔请求加好友，第一次没同意，第二次她还是没同意，锲而不舍的第三次后，蒙潇潇刚好也无聊，就通过了，想看看是什么样的人，看完就删掉了。

但没想到点进大叔的朋友圈，看到他转发的一些东西或者是随笔写的东西，还挺有才华和自己的洞见，更重要的是喜欢陈奕迅，刚好这也是蒙潇潇喜欢的歌手。

那一瞬间，蒙潇潇觉得这个人还有点意思，就没有删除。

后来，顺理成章的，见面，有好感，在一起！

这大叔社会阅历很丰富，意见想法很中肯，在事业上有一定成就却很谦虚，不咄咄逼人，甚至还有些小文艺。

蒙潇潇一初出茅庐的小女生，对这样阅历丰富有地位财富的人就是没有抵抗力。

更何况这大叔不是一般腆着啤酒肚长着地中海肥头大耳的大叔，他看起来整洁干净，身形刚好，穿衣服有品位，而且 90 后知道的玩意儿和新鲜词汇他没有一个不知道，还长得一点都不显老。

最重要的是，蒙潇潇迷糊，粗犷，咄咄逼人，但大叔完美地包容了这一切。

大叔控的蒙潇潇不沦陷才怪。

两人确定关系不到一年，大叔就信誓旦旦地说要娶她，于是蒙潇潇就带他回了老家。

母亲和大叔相谈甚欢，连婚事的一些细节都敲定了，蒙潇潇以为万事落定，只等着当幸福的新娘了。

但从老家回来以后，大叔变得很忙，不再有很多时间陪蒙潇潇。

蒙潇潇有天无聊在百度搜索他的网名，结果看到一条新浪微博，是个妹子发的，点进去一看，最近的一条是：为什么变得这么冷淡？

再看微博的日期是蒙潇潇和大叔确立关系的时间附近。

蒙潇潇心里一激灵，心想肯定有事，开始翻这个妹子的微博，里面有很多都是关于大叔的，整个内容都是伤感的。

蒙潇潇忍住没有去质问大叔，而是私信了妹子。

妹子在两个星期后才回复她，告诉她大叔有老婆有孩子，在另外一个城市。

那一刻蒙潇潇犹如晴天霹雳。

后来她和妹子联手，按图索骥找到了很多东西，包括成功登入他淘宝支付宝，还知道他和几个女人有染，其中有一个女的很会保养，四十岁了看着像二十多岁的，为了他也是没结婚。

总之更多毁三观的事都被她们慢慢地发现了。

基本上可以判断，大叔是个人渣。

6

蒙潇潇是个暴脾气，发现了真相的时候，却难得地隐忍了下来，她和妹子保留了许多证据，决定在合适的时候去威胁大叔，要一些赔偿。

但这个时候，蒙潇潇却忍不住跟包子倒了苦水。

毕竟付出了感情和青春，蒙潇潇这样洒脱粗犷的女孩，即使决定要报复，也无法释怀。

但她没想到的是，包子更加不能释怀，当天就瞒着她，北上。

后边的事情就清晰了，包子早就从蒙潇潇的朋友圈套到了大叔的公司，直接杀去大叔公司。

大叔一出来，包子就一拳头打到他脸上。

这是包子从小到大第一次打架，虽然结局很惨烈，但他也扬扬得意地自夸，自己打糊了那大叔的熊脸。

蒙潇潇和二波异口同声地呸了一声。

毕竟躺在医院的可是包子。

大叔发出律师函，说要让包子去坐牢。

蒙潇潇怒了，杀到大叔的办公室，拿了收集的一些证据，甩了他一脸。

大叔这才露出狰狞面目，但毕竟在公司也是高层管理，只能偃旗息鼓，答应蒙潇潇放过包子。

蒙潇潇却不能这么容易放过他了，又联合之前那个妹子，找大叔分别要了一些钱，才算了了这段糊涂情事。

7

蒙潇潇拿到钱后，就带我们仨去巴厘岛旅游了一圈。

蒙潇潇说，在巴厘岛没准儿能邂逅个优质大叔呢！

我说，你还想找大叔啊？

蒙潇潇一脸正义，为什么不找，碰到一个渣男，也不能放弃整片蓝天啊。

蒙潇潇张开双手，拥抱蓝天。

包子和二波看着她的背影。

二波一脸惆怅，包子一脸微笑。

从巴厘岛回来后，包子跟我们一起回去了，他并没有辞职，只是请了个长假。

而蒙潇潇还是留在大城市里打拼，用大叔给的钱首付了一套小公寓，说回头把她妈妈接过来。

回去的路上，二波问包子，你怎么回事？我还以为这次你能跟蒙潇潇在一起了呢！

包子笑了笑，那不会，我们是哥们儿，对于我来说，来这里帮她揍了那个大叔，就相当于完成我和她的一个仪式。真的，当我躺在医院里，看到蒙潇潇一直流泪问我痛不痛时，我想我可以放下她好好做人了。

飞机起飞，冲向天空，包子看着窗外。

我想起蒙潇潇张开双手，拥抱蓝天时说的话——也不能放弃整片蓝天啊。

蒙潇潇那样的女孩子，不可能把感动当爱情，这是对包子和她的不尊重！

所以尽管她也许知道包子曾经喜欢过她，她也不会跟他在一起。

8

一年以后，包子娶了当地医院的一个护士，他看着老婆的时候，也是一脸岁月静好的微笑。

而蒙潇潇又找了一个大叔男友，据说这次是真的能结婚。

原来越过了重重的心墙，果然有一整片蓝天。

愿得一人心

愿得一心人，白首不相离。

——汉·卓文君

1

白鹭给我打电话，付小丫，我妈又让我去相亲？你要不要陪我去？

我本来正在做一个特别头疼的方案，做得都快睡着了，可是听到白鹭的话，我立刻清醒了，头点得跟拨浪鼓一样，连声说，去，去，我当然得去。

白鹭二十九岁，已经一只脚踏进三十岁的大门了。

她妈妈特别着急，过年的时候许的新年愿望就是在白鹭三十岁前把她嫁出去。

所以从过完年开始，白鹭一直在相亲，最多的时候，一天得赶三个场子。

连她自己都忍俊不禁，说自己的通告比网红还多。

对于这种被介绍，被相亲的把戏，白鹭早已经麻木了。

她说，我无所谓，他们安排就好，我照着办，反正我今年已经省下了不少生活费，还长胖了8斤。

我就附和道，连着我也长胖了5斤呢！

我和白鹭是合作一项目认识的，她就是那种传说中的穿着高跟鞋，游走都市间的都市白骨精。

学历高，薪水高，工作能力强，素颜中等，打扮打扮也偏上，所以要求也挺高。

不过按照白鹭的说法她要求并不高，愿得一人心，白首不分离。

我一听这话，就只能翻白眼了，这五光十色的大都会，谁人能知谁心啊？丫的要求也太高了一点……

2

本来白鹭的态度还比较认真，秉承着让父母安心的理念，每次都精心打扮才去相亲。

但去了几次以后，发现介绍人给她介绍的人，大多不靠谱。

有一次，遇到一个离异带孩子的中年男人，坐下没聊几句，就问白鹭，你以前有过男朋友吗？

白鹭老实回答，有。

几个？对方语气有点僵硬。

三个。白鹭有点不爽，但保持礼貌。

对方皱起眉头，那回头再聊吧。然后起身就走了。

第二天介绍人有点难以启齿地说对方嫌弃白鹭男朋友太多，肯定不是处女。

白鹭咬牙切齿地说，谁说老娘不是，老娘是处女座！

还有一次，遇到一个三十三岁的男人，穿着他妈妈织的毛衣，但头发乱糟糟的，感觉好像刚睡完觉起来，来不及收拾就匆忙跑出来的样子，他跟白鹭约在肯德基门口，白鹭以为吃肯德基，心想虽说有点中二，但也能坐下好好聊聊。

谁知道，男人带着她七拐八拐，到了一条小街，小街上都是路边摊，光顾的都是附近工厂的男工女工，然后男人特别豪气地说，想吃什么，随便挑！

作为有洁癖的处女座白鹭保持着克制，挑了一家看起来还比较干净的面条摊，在吃了两口吃到一只苍蝇后，实在忍不住夺路而逃。

事后，白鹭颇有些伤心，我爸妈说我娇气，人家家里不缺钱，也许只是在考验我，是否能共甘苦。

我当时停下正在吃的面，认真地想了一下，极其慎重地说了两个字，扯淡。

就是这两个字，让原本关系平平的我们一下子拉进了距离，白鹭抱着我大呼，付小丫，你要是男的，我就嫁给你了。要不这样吧，你是女的，我们也凑合凑合。

我被惊吓成了个傻子。

白鹭认为尽管自己也不愿意相亲，但至少每次都精心打扮、认真对待，这是对对方的尊重和对自己的爱惜。但那个带她去路边摊吃面的男人显然没有这种意识。

从那以后，白鹭每次相亲，都会尽量带着我，心态也从认真变成了游戏。

老实说，在这以前，我还真的认为白鹭可能是眼高于顶，也许在严谨努力的外表下藏着一颗公主心，希望找到一个王子……

但陪她相了几次亲，我才知道，这真不能怪她……那些男人不是大腹便便的中老年人，就是颜值智商双残的妈宝男，再不就是人面兽心的直男癌深度患者。

比如有一次，我们见了一个人，介绍人说他来自农村，工资不是很高，但人还是很上进很努力的，一直打拼想在这个城市里立足。

白鹭心想，那就见见，毕竟现在这个世界，上进努力还是难能可贵的品质。

谁知他工资三千一个月，上来就问白鹭，听介绍人说你一个月工资两三万，那你已经在这里买房了吧？结婚前能不能先把我的名字加上去。

白鹭和我都像受了惊吓般，身体本能地直坐了起来。但男人并没察觉其中的尴尬，还在滔滔不绝。

我二话没说，拉起白鹭就走了。

白鹭仰天长叹，我这样一个正常的女人，怎么就不能遇到一个正常的男人呢？

白鹭之前交过三个男朋友。

第一个是初中时传传小纸条、牵牵小手的初恋，在高中时转到另外的城市，无疾而终。

第二个是大三时候认识的戏剧社的同学，两个人谈了四年，躲过了毕业就分手的魔咒，却没有避开小三这个人民公敌。

第三个是四年前在上一家公司认识的另外一个部门的同事，比白鹭小两岁，颜值高，努力上进，两个人私底下甜甜蜜蜜谈了两年，白鹭也来到了二十七岁的“高龄”，是时候结婚了，但男方支支吾吾，搞了半天，一会儿说家里不同意娶比自己大的女人，一会儿说自己还想再奋斗两年，有经济基础了再说结婚的事。

白鹭当时心里简直是一万匹“草泥马”呼啸而过，忍痛分手，然后跳槽到现在的公司。

独自疗伤两年，情场失意，职场却得意起来，升职加薪带团队，还自己首付五成买了套三居室，过得也挺爽。

白鹭觉得自己应该就这么过下去了，无奈她父母就她一个独生女，是不会放过她的，所以在沉寂了两年后，白鹭就重出江湖，再战情场，从相亲开始！

白鹭在冷静下来的时候，告诉我，付小丫，其实我并不是为了父母，我是为我自己。

我害怕三十岁，我害怕三十岁孤身一人，我害怕三十岁还没有过成我想要的生活。

付小丫，我想要的生活，就是有一个大大的房子，我做饭，从厨房里就可以看到老公在陪孩子玩……

白鹭扭过头认真地看着我说这些话。

我只能伸出手拍拍她的手，以示安慰，心想，处女座骨子里是蛮母性的星座。

但离白鹭三十岁只有七个月了，她像在做一项永远完成不了的任务。

3

我和白鹭赶到和介绍人约好的咖啡厅，还是按照之前一样，我先在旁边桌坐着，假装等人，一旦感觉不对劲，就拉着白鹭跑。

白鹭坐在旁边，冲我扬了扬手上的表，又努努嘴。

那意思我清楚，那男人迟到了三分钟了。

处女座嘛，时间观念特别强，白鹭对我比出五个手指，那意思是说，等到五分钟，如果没有来，就撤。

正在这时，一个干净帅气的男人走到白鹭对面坐下。

这个男人穿着干净的衬衣，看起来清爽阳光，笑着看着白鹭，露出洁白的牙齿，看起来像李易峰。

哎哟，这不错噢，是白鹭喜欢的类型。

果然，白鹭看到对方，就整个人呆若木鸡了。

我心想，真丢人，看到人家长得帅，就一秒变成没见过世面的伪少女。

谁知一分钟后，白鹭醒过来，脸上一阵青一阵白，说，怎么是你？

男人耸耸肩，微笑着，说明这世界太小。

这时候，男人又扭头对着我说，付小姐，你是陪她来的吧，过来一起吃饭吧。

我正在喝水，差点喷出一口水来。

这是什么情况？

男人翻了翻菜单，微笑着看看白鹭，你要吃什么？

吃你个大头鬼，今天在这里碰到我的事情，一个字都不许泄露，否则格杀勿论。白鹭杀气逼人，留下了这句话，就站起来拉着我逃离了现场。

那男人在后边，喊道，见都见了，一起吃个饭又没有什么。

滚蛋。白鹭头也不回地喊回去。

走出咖啡厅，白鹭的杀气还非常旺盛，一副人挡杀人佛挡杀佛的样子。

原来这个男人叫聂致远，是白鹭同一个公司的，对手部门的总监，白鹭的直接竞争者。

海归，白鹭公司最年轻的总监，工作风格极具进攻性，生活风格休闲有品位……白鹭曾在我面前表达过对这个对手的欣赏以及憎恨！

聂致远的条件，可以排进白鹭所相过的人中前三；而聂致远的颜值，如果排第二，那第一名就是空缺。

但即使他和白鹭没有什么过节，白鹭也不可能跟他发生什么。

因为这个男人比白鹭还小三岁，正当最好的年华。

4

第二天，白鹭去到公司，并没有像她以为的那样，聂致远会拿她相亲的事情在公司里传播。

而聂致远看到她，也并没用什么特殊的表情，还是跟以往一样，礼貌性地针锋相对。

但让她措手不及地是，介绍人给白鹭发来反馈，说男方对她很满意，希望有下一步的交流机会。

这个情况让白鹭有点乱，搞不清楚聂致远葫芦里卖的什么药。

于是她直截了当地把聂致远堵在公司门口，问他什么意思？

聂致远一副云淡风轻的样子，笑着说，就是介绍人说的那个意思了，你觉得还有什么意思。

白鹭恶狠狠地说，你别做梦了。

然后趾高气扬地扬长而去。

当天白鹭和聂致远的部门共同在大 BOSS 面前竞争一个项目。

白鹭和他各自代表自己的部门上去做方案讲解。

白鹭的方案讲完以后，聂致远依然是那个思维敏捷的杀手，针对白鹭部门的方案一口气说了三个质疑点，毫不留情。

礼尚往来，白鹭也对聂致远的方案进行了一番抽丝剥茧的轰炸。

但聂致远只是全程微笑着看她，等她说完，主动站起来跟大 BOSS 说，白总监的细心和对行业命脉的把握，我自叹不如，但不可否认的是，我们方案中对大局的控制与技术的落地更为关注，所以我希望公司能允许我和白总监一起合作来完成这个项目。

更要命的是，大 BOSS 对聂致远这个提议赞不绝口，当场立即马上地同意了这个方案，并给他们一个月的时间，重新拿出一个全新的方案。

从这天开始，聂致远每天都拖着白鹭加班，白鹭连相亲都没法去相了。

聂致远工作起来，非常认真，对细节的要求很高，这一点连处女座的白鹭都自叹不如。

加完班，聂致远会偶尔送白鹭回家，或者给她在 711 买杯奶茶，又或者通宵加完班，会亲自去给她买皮蛋瘦肉粥加庆丰小笼包。

但两个人除了谈工作就是谈方案，对那天相亲及相亲后的事情，都绝口不提。白鹭是故意回避，而聂致远也许只是忘记了，又或许当时就是开个玩笑而已。

对于这一点，白鹭既有些庆幸，又有些小惆怅。

老实说，聂致远那样的男人，如果跟他朝夕相对，很难有女人可以把持得住。

也就是白鹭，曾经发过誓，不碰同事加姐弟恋，换作其他女人，也许早就借着加班的缘由，各种发起进攻了。

所以白鹭有点小失望和惆怅，是可以理解的。

5

转折出现在方案快要做完的某一天晚上。

依然是加班，熬夜到两点，聂致远来白鹭这边跟她沟通一些细节。

白鹭刚一站起身，聂致远就敏锐地发现她白色的裙子上竟然有红色血迹。

聂致远当时就拉住白鹭，低声问道，你大姨妈来了你不知道?

白鹭脸唰的一下就白了，不知道是失血过多，还是熬夜太久。

她低头一看，果然……怪不得一晚上都觉得腰酸背痛，原来是大姨妈来了。

白鹭尴尬得想找个地洞钻下去，一时间竟然惊呆在当场。

聂致远拿过自己的长风衣搭在白鹭身上，遮住了她的长裙，我送你回去。

白鹭赶紧拿着包，披着聂致远的风衣，跟了上去。

开车经过一个超市时，聂致远竟然让白鹭在车上等着，进超市里给她买了一堆姨妈巾，各个牌子都有，各种长度，日用夜用，连护垫都有。

白鹭看着那一堆姨妈巾，百感交集，一米八的聂致远去超市里买一大堆这样的东西，那画面太美，简直不能想。

我不知道你平时是用哪个牌子，只好全部都拿了一包。聂致远看着白鹭呆滞的表情，解释道。

白鹭抽搐了一下嘴角，本来想告诉他，其实自己家里还有很多。

但她忍住了，因为下一刻聂致远递过来一杯热的奶茶说，听说来大姨妈，喝点热的，肚子比较舒服。

你怎么知道的？白鹭心里升起一股异样的感觉，但还是忍不住问道。

聂致远沉默了三秒说，我前女友告诉我的。

白鹭恍然大悟，但又仿佛在意料之中，每一个好男人，都是前女友和着血泪调教出来的。

谢谢。白鹭轻声道。

一路上，两个人都沉默下来，不再说话。

到了白鹭家楼底下，聂致远说，风衣你先披回去吧，我明天帮你请假，你休息一下，反正方案只有收尾了，我来完成就好了。

白鹭点头，转身毫不留恋地走了。

6

也许是加班加得太厉害，再加上大姨妈的缘故，白鹭病倒了，又续请了好几天的病假。

白鹭生病了，就天天指使着我给她打扫屋子，煲汤做饭。

而她自己则抱着洗干净的聂致远的风衣，一个劲儿傻笑。

我翻着白眼说，远离姐弟恋。

白鹭也翻了翻白眼说，我就把他当李易峰，YY 一下而已。

我嗤之以鼻，心想女人大多好了伤疤忘了痛，还是会在同一条沟踩狗屎。

等白鹭休完病假回到公司，想把风衣还给聂致远时，才知道聂致远在前两天已经向大BOSS汇报完了两个人所做的方案，大BOSS对方案很满意，当场派他出差去美国，推进方案的实施。

白鹭部门的人愤愤不平。

白姐，姓聂的，就是把你们两个人做的方案，拿去邀功。

聂致远真是个卑鄙小人，趁你生病，自己去邀功。

大老板对他很满意呢，估计这次回来，就升副总经理了。

……

白鹭回到家，当着我的面，将李易峰的风衣，不，聂致远的风衣剪得稀烂。

我从来不知道处女座的人报复心也那么强。

白鹭睡了一觉，起来化了个精致的妆，对我说，付小丫，陪我去相亲吧。

我有点心疼地看着她，点点头。

白鹭又开始一天赶三场地相亲。

遇见的那些人，奇葩得依然够我们谈笑风生。

但离白鹭三十岁，只有四个月了。

白鹭笑得都有些力不从心了。

7

一个月以后的一天早晨。

聂致远一手拖着行李，一手提着一盒皮蛋瘦肉粥和庆丰包子，站在白鹭家的门口。

白鹭打开门时，跟见鬼了一样，狂叫着，付小丫，你快来看看，我特么是不是出现幻觉了。

我一边刷牙，一边歪出头来看了一眼说，送外卖的。

白鹭把聂致远一让进来，他竟然立刻打开行李箱，拿出了一个牛皮纸，从里面倒出无数证件、几张银行卡和若干美金。

你是几个意思？白鹭瞟着聂致远，给我带的美国特产？

聂致远摇头说，我从小到大得到的所有证件都在这里，我的所有银行卡和信用卡都在这里，密码记在这个本子上，再加上这些现金，我目前大概有三百万左右，我本来还想挣更多一点，能够全款买得起一套房子了，再跟你说的。

说什么？白鹭装作若无其事的样子。

结婚呗。聂致远理所当然地回答，不以结婚为目的的相亲都是耍流氓，我的户口本和身份证都在这里，我们今天就可以去领证。

谁这么弱智，谁说我要嫁给你。白鹭被逗笑了。

我说的。聂致远一本正经地看着白鹭，汇报方案那事，是老板临时通知立刻去汇报了，因为他在美国那边安排好了，所以一看方案，就让我立刻飞过去，当时时间太紧迫，你又生病，我就没来打扰你，后来去了美国又一直忙，根本没时间跟你联系……因为我把两个月的工作拼命往前赶，终于在一个月的时候赶完了。

呃，那不是每天都得加班加点，那么急干吗？白鹭听了聂致远的解释，脸上开始有了笑容。

聂致远皱眉说，还不是听介绍人说，你又开始相亲了。

白鹭笑颜如花，而我则背着包，偷偷地出去，帮他们带上了门。

……

原来聂致远在刚进公司的时候，就对努力工作、认真生活的白鹭心存好感，所以才主动去跟她相亲，引起她的注意，才有了后来的事情。

聂致远从美国出差回来后的第三天，他和白鹭去民政局扯了结婚证。

白鹭妈妈许的愿望竟然实现，她的女儿在三十岁前把自己嫁了出去。

愿得一人心，白首不相离。

白鹭想要的生活了，已经在跟她招手了！

这一路不管付出多少，放弃多少，原来三十岁，广袤的世界才刚刚打开！

带你去看天荒地老

上一秒红着脸在争吵

下一秒转身就能和好

不怕你哭

不怕你叫

因为你是我的骄傲

一双眼睛追着你乱跑

一颗心早已经准备好

一次就好我带你去看天荒地老

——《一次就好》

蒋河和裴莹莹是一对情侣，是我朋友圈里谈的时间最长的情侣，也是我朋友圈里最为天雷勾动地火的情侣。

蒋河是金牛座，裴莹莹是双子座，所以很容易擦枪走火，一决雄雌。

裴莹莹具备双子座的一切特征，能言善辩，脑洞大，情绪化，随时可以分裂出四个人，凑一桌麻将。

而金牛座的蒋河木讷呆板，沉默是金，说半句话都嫌多。

大多数时候，都是裴莹莹在叽叽歪歪自说自话，而蒋河则不动声色默默地聆听。

虽然双子座极少需要谈话对手，但说的时间久了，没有回应，难免会发毛抓狂。

比如裴莹莹是自来熟，玩乐派，每次出来跟我们聚会，就会纵情豪饮，蒋河就会一脸不爽，每次裴莹莹醉翻被扛回家，必定会有一段时间戒酒，因为蒋河肯定在家里跟她出示了黄牌警告。

另外蒋河出身小城市，加上金牛座的特征，在消费理念上以"节省性价比"为宗旨。而裴莹莹却像大多数都市出生的女孩一样，"挥霍无度毫无节制买买买买"。

别看蒋河平时话不多，但绝不好欺负，特别是在金钱问题上，如果触碰到他的原则，绝对会较真到底，碰上裴莹莹这种"买买买"的头脑发热派，分分钟掀起屋顶来。

比如圣诞节、情人节、生日、七夕等节日，蒋河的礼物总是千年不变——某牌子的护肤品。如果圣诞节送了面霜，情人节就送精华，生日就送保湿水，七夕就送眼霜……配合得严丝无缝！

蒋河的理由很简单：实用。

反正裴莹莹都会用护肤品，护肤品是消耗品，用完了就会买嘛……既然如此，送护肤品不是挺好嘛！

不过好在，他们谈了六年，随着收入的提高，蒋河送的护肤品价位和品牌也在不断提高。

所以我总是这样安慰裴莹莹，你看，他至少对你还是舍得的，现在都送一线品牌了。这男人，没有像别人一样，有钱了就眼睛长到天上去了，对吧。

裴莹莹一拍桌子，蒋河这厮，都六年了还跟四季豆一样，油盐不浸，老娘早晚甩了他。

听着这话，我只是冷哼一声。

这世界上，就是有些人，从头到脚都合不来，但却怎么也分不开。

裴莹莹和蒋河从大二开始谈恋爱，到现在一共谈了六年，其中大小分手无数次，真正分手并付诸行动的，却只有三次。

说起来，这三次分手的原因，也是让人哭笑不得。

第一次分手，是大四毕业的时候。

彼时蒋河的父母要他回小城市去，考公务员，第一可以陪在他们身边，第二比在大城市压力小。但裴莹莹家就在这个一线城市，又是独生女，她不想离开这里，去蒋河家那边，更何况她认为一线城市机会多，蒋河的能力必须在一线城市才能得到大展拳脚的空间。

蒋河则一直没有在这个问题上表态，只是默默地实习，完成毕业论文与答辩，各种面试。

然后某天裴莹莹做了一个梦，梦里蒋河给了她一样东西，她无法控制，又不敢放开。于是被这东西折磨得很惨。

醒来她就和蒋河说，不要再见面了，相忘江湖吧。

当时我仰天长叹，你就因为一个梦迁怒他了？

裴莹莹面露忧伤，因为我相信宇宙没有巧合，在另外一个平行世界里，我就是被他折磨得很惨，我不能重蹈覆辙。

双子女的脑洞，我真的是从心底里佩服加无语！

裴莹莹跟蒋河说了分手以后，拖着我们一起喝遍了大大小小路边摊的啤酒，不知道的还以为是蒋河甩了她。

过了一个月，领完毕业证收拾着准备回家的裴莹莹被蒋河堵在了校门口。

蒋河什么都没有说，只是把一张 Offer 递给裴莹莹。

录取蒋河的正是裴莹莹所在城市的一家著名的互联网公司，每年的校招名额非常少，可见蒋河付出了多少努力。

裴莹莹抱着蒋河又啃又亲，要不是我们在旁边提醒她，她可能当场办了蒋河。

后来，裴莹莹说，就喜欢蒋河这个样子，性感又迷人。

好吧，别人毕业就分手，他们毕业还虐狗！

第二次分手，是毕业后两年。

裴莹莹在一家外企做商务，做得八面玲珑。有一次，裴莹莹带蒋河去酒吧和客户同事参加一个聚会。

酒吧那种环境，裴莹莹不撩自嗨，如鱼得水。

蒋河就不一样，他是技术宅，根本不喜欢这种环境，但为了裴莹莹，他还是保持了克制。

问题出在有一个客户是老外，一直找裴莹莹喝酒，还拿出手机让裴莹莹留下电话，裴莹莹估计是喝大了，毫不犹豫地就把电话留给了老外。

这相当于一种信号，老外就开始拉着裴莹莹跳舞，想要上下其手。不过他刚露出那种想法，还没付诸行动，蒋河就冲上去，一拳打在他脸上，然后拖着裴莹莹冲出酒吧。

冲出酒吧，冷风一吹，裴莹莹就酒醒了。

裴莹莹暴跳如雷，你疯了，那是我们公司最大客户公司的市场经理。然后转身回去酒吧。

蒋河等了一个小时，裴莹莹才又重新出来。

看到蒋河还等在外边，在瑟瑟夜风中，站在路灯下，显得特别孤寂。

那一刻，裴莹莹有点心慌！

蒋河看着裴莹莹说，分手吧，我们可能还是不大合适。

放屁，老娘百搭。裴莹莹没好气地回道。

蒋河也怒了，冷冷抛了一句，就是太百搭，才不合适。

蒋河当天晚上就搬出了和裴莹莹一起合租的房子。

裴莹莹在房子里睡了三天觉，然后去辞职了，然后重新找了一份薪水没那么高，但却不用应酬的文员工作。

她去找蒋河说，以后你得养我了。

蒋河白了她一眼，工资卡不一直在你那里吗？

裴莹莹这才想起来，说，对呀，你都把东西搬走了，为什么没找我要工资卡。

蒋河笑而不语。

裴莹莹咬牙切齿，你压根就是故意用这事拿我对吧？

蒋河说，我想你过得轻松随意一点。

好吧，他们连分手也在虐狗。

第三次分手就在最近，更加奇葩。

周末的时候裴莹莹一般赖床。有一天早上，她在床上打了个滚，让蒋河给她买早餐去。

蒋河点点头同意，洗了把脸，问，那你吃什么？

出门前，裴莹莹叮嘱道，除了包子，什么都行。

蒋河一边审阅朋友圈，一边说好，就出门了。

裴莹莹饿得满床打滚，好不容易等回来蒋河。

蒋河屁颠屁颠地把外卖盒递给裴莹莹。

裴莹莹像恶狗扑食一般接过盒子，打开盒子一看，全是包子。

就这一瞬间，裴莹莹一点都不觉得饿了，完全没胃口。

她二话没说，换衣服起床，收拾了一箱子行李，搬到我这里来住。

蒋河一脸懵懂，还不知道发生了什么。

过了两天，蒋河才从我这里打听到裴莹莹发作的原因。

于是蒋河也怒了，心想：就为了几个包子……

我们一班朋友为了劝和，约他们两个一起出来玩。

玩真心话大冒险，轮到蒋河选，裴莹莹出题。

蒋河选了大冒险，裴莹莹就冷冷看了他一眼说，从现在开始不许和我说话。

蒋河面子上挂不住，当场就起身扭头就走。

蒋河一走，裴莹莹绷不住，泪如雨下。

那还是我第一次见到裴莹莹哭。

裴莹莹说包子事小，但蒋河现在的确对她不怎么上心了。刚才大冒险的事情，搁以前，他绝不会这样。

我这才想起来，裴莹莹和蒋河刚谈恋爱那会儿，裴莹莹出了名的作。当时也是玩真心话大冒险，也是蒋河选，裴莹莹出题。

蒋河选了大冒险，两个人也是刚吵了架在冷战，裴莹莹也是像刚刚一样说，从现在开始不许和我说话。

可那时候的蒋河觍着脸说，那我选真心话。

裴莹莹就问，你现在在想什么?

蒋河笑着说，在想，裴莹莹我爱你。

裴莹莹也许想起了那次真心话大冒险，所以哭得更厉害起来。

她一边哭，一边在拿着话筒，干号——

上一秒红着脸在争吵，下一秒转身就能和好

不怕你哭，不怕你叫

因为你是我的骄傲

一双眼睛追着你乱跑，一颗心早已经准备好

一次就好我带你去看天荒地老。

这是平时蒋河最喜欢唱给裴莹莹听的歌。

然而那天晚上之后，蒋河果然就再没找过她了!

裴莹莹原本还抱着几点希望，以为在某个早上或午后，蒋河会笑嘻嘻地出现在她面前，求她原谅，接她回去。

但是一天，两天，三天……一个月过去了，两个月过去了……蒋河并没有来。

裴莹莹懵了，但又低不下头来去找蒋河。

裴莹莹跟我说，付小丫，蒋河一定是不要我了。

我一边敷面膜一边说，你去找他呗，反正这种事情你也不是没干过，对吧。

裴莹莹摇摇头说，这次明明是他不对，为什么要我去示好求他。

我嗤之以鼻，小孩子才争对错，大人只讲利弊。

其实我知道双子座的裴莹莹表面上看起来没心没肺，嘻嘻哈哈，但却极度缺乏安全感。

因为缺乏安全感，就作呗，时常表现得心浮气躁。

再加上这两年，她年龄渐渐大起来，跟蒋河的爱情长跑也不长不短地跑了六年。

六年，裴莹莹和蒋河把最好的时光都给了彼此。

但问题是蒋河一直没有任何求婚的打算。

裴莹莹骄傲啊，也不肯去主动谈起这个事情。

有时候参加朋友同事的婚礼，裴莹莹偶尔会试探着说，哎呀，时间过得可真快，王小利跟他女朋友谈了两年就结婚了。

或者说，哎呀，柳柳真牛，才认识三个月就结婚，真是闪婚。

但蒋河听了就听了，只是附和着点评两句，再也没有下文。

当然裴莹莹和蒋河之间还有一个问题，当初蒋河为了裴莹莹留在了一线城市，蒋河的父母可是过了三年，才让蒋河回去过年，但也从来没有提出过让蒋河带裴莹莹回去。

裴莹莹曾经也提出过，去蒋河家跟他父母赔罪，缓和一下关系。

但蒋河却说，我找女朋友，又不是他们找，你不用讨好他们。

那时候的裴莹莹天真，本来也不擅长处理这种婆婆妈妈的事情，还觉得蒋河宠自己，竟也真的不把这个当回事。

现在就自食恶果，蒋河的妈妈对她印象不好，自然也不会催着儿子和她结婚。

裴莹莹憋得内伤，只好作来作去，耍小聪明，但聪明往往反被聪明误。

兴许这次蒋河是真的被她作烦了，下定决心要分手了。

我犹豫了一下，才看着裴莹莹说，说真的，昨天二波给我打电话，说看到蒋河去新开盘的星河花园买房子了……

他买房子干吗？裴莹莹说话的声音都是抖的。

说是要结婚。我迅速地说完这句，低下头去，不敢看裴莹莹。

裴莹莹的脸色瞬间灰败下来，然后一下子倒在了地上。

我们一些猪朋狗友，曾经有一段时间的娱乐项目是，打赌，看裴莹莹和蒋河什么时候才会分手！

但其实这么多年，我们都习惯了他们的吵吵闹闹，从来没有想过，他们会真的分手。

裴莹莹住院了。

医生说裴莹莹怀孕了，已经三个月了，但胎儿发育不是太好，要住院观察。

裴莹莹决定生下这个孩子。她对我说，不要告诉任何人，特别是……蒋河。

她说这两个字的时候，不知道花了多大的力气才让自己克制住没有流下眼泪来。

蒋河要结婚了，新娘不是她，但她却想要生下蒋河的孩子……

我理了好几遍，才理出个思绪来，但看着她视死如归的表情，只好说了一句，你再想想呗。

想毛线，老娘从不杀生。裴莹莹霸气侧漏地横袖一抹袖子，大口大口地吃着我给她买的鸡腿。

我想了想，觉得这个事情实在太大了，我有点承担不住。

于是，我出卖了裴莹莹。

我把这事告诉了二波，我想只要二波知道了，全世界都会知道了。

果然，不到两个小时，全世界都知道了裴莹莹怀孕的事情。

蒋河当时正在外地出差，据说他整个人都懵了，然后立刻去定了返程的票。

而裴莹莹的爸妈直接就杀到医院来，她妈妈一把鼻涕一把泪地搂着裴莹莹哭。

然后她爸爸直接充满杀气地问，蒋河那小子呢？

裴莹莹瞪了我一眼，面不改色，他出差了，好像正赶回来。

我就说你们这些孩子，太不靠谱了，怀孕了都不知道。裴莹莹的妈妈像复读机一样地重复着这几句话。

最后，裴莹莹使出撒手锏，你们快走吧，求你们，你们再不走，我该烦得跳楼了。

就这样，她爸妈才放过她，赶紧回去给她准备各种补品。

到了晚上，蒋河来了。

看到裴莹莹，蒋河说，我是来负责任的，我们结婚吧！

裴莹莹却冷冷地说，你给我滚！

蒋河说，那你先休息，我明天再来陪你。

然后，蒋河麻利地滚了。

我和裴莹莹面面相觑，不知道他来干吗的。

裴莹莹却说，气死我了，负责任？负他大爷的责任。

如果蒋河是为了孩子才要跟裴莹莹结婚，我想，裴莹莹的确会让他有多远滚多远。

这是裴莹莹对他们的爱情，最后的尊重。

第二天，一直到下午，蒋河也没有来。

我陪裴莹莹下去花园里散步。

裴莹莹有些气恼地看着医院大门的方向。

这时，花园里却响起了音乐。

上一秒红着脸在争吵，下一秒转身就能和好

不怕你哭，不怕你叫

因为你是我的骄傲

一双眼睛追着你乱跑，一颗心早已经准备好

一次就好我带你去看天荒地老。

蒋河拿着一支玫瑰，唱着歌，从花园的另外一边，一步一步地走到裴莹莹的面前。

真是恶俗的求婚方式，我们都看不下去了。

裴莹莹你嫁给我吧！蒋河大声说，我想带你去看天荒地老。

裴莹莹却怒道，为什么只有一支玫瑰花？

蒋河说，一支跟九十九支也没什么区别，反正意思到了就好。

裴莹莹大叫，你有钱买房跟别的女人结婚，却只给我买一支玫瑰。

蒋河立刻说，我是买了房啊，但是房主的名字写的是你啊，再说我从来没有说过要跟其他女人结婚啊，养一个老婆成本已经很高了，我工作了六年才凑够了首付，真的不敢养两个老婆啊！

那你要是将来发达了，养得起更多老婆了，就要养更多吗？裴莹莹皱着眉。

蒋河立刻摇头，当然不会，那我每天早上得买多少个包子。

裴莹莹拍案而起，老娘不吃包子，跟你说过几百遍了，你总是给我买包子。

蒋河赶紧点头，我记住了，下次再也不给你买包子了。

那你为什么这么久都不来找我？

我要加班啊，跑房子的事情啊，各种凑首付啊……总之就是想全部搞定之后，给你一个惊喜……谁知道孩子都等不了了。

……

这世界上，就是有些人，从头到脚都合不来，却怎么也分不开。

蒋河和裴莹莹虽然各种合不来，但蒋河毕竟是最爱裴莹莹的人，裴莹莹也毕竟是最爱蒋河的人啊！

风十八

犀利风格段子手，前新浪微博市场经理，现供职于某大型互联网公司。文字凝练而简约，有多篇作品散见于各杂志报刊，本文为其转变风格第一部作品。

罗拉拉创业记

人生不只是诗和远方，还有眼前的苟且，而且很有可能我们走到远方，发现远方也未必如诗。但我们还是会选择在苟且中死扛着，一直死扛着死扛着，希望能有一天抵达远方。

1

人生不只是眼前的苟且，还有诗和远方……

店里的音响刚播到这儿的时候，还没等许巍把后半句唱完，我和罗拉拉的愤慨之词就不约而同地脱口而出，扯淡！

那是我认识罗拉拉的第一天，也是我最穷的时候。

那时我刚到帝都不久，暂时借住在远房亲戚家，还没有完全领悟到帝都房租的威力，身上还有一点写诗赚来的稿费，以及被这点稿费放大了无数倍的可怕底气。于是，意气风发地给国内各大唱片公司寄了简历和作品，希望能助华语乐坛一振 B 格，要不是英文水平还停留在 how are you、fine thank you 的地步，简直觉得拯救全球词界也不在话下。

在一片苍茫地等待唱片公司三顾茅庐重金聘请的 loading 期间，我坚持闭门创作数周后，觉得艺术还是要来源于生活，毅然决定下楼采风。

当然，以上是我对罗拉拉的说法，实际情况是，简历如石沉大海，宅在亲戚家不出门地耗水耗电数周后，以诗人的敏锐，已觉察到亲戚微妙的态度变化，正好看到楼下奶茶店在招店员，于是……

没办法，诗人也想喝奶茶，艺术家也要吃饭啊。

知道我就住在奶茶店后面的小区后，罗拉拉无比羡慕地说，这连交通费都省了，其实一年算下来也挺大一笔呢。真的，我觉得那歌词就是没考虑交通费的事，以后你去了唱片公司跟他们说，得改改。

我说，怎么改。

罗拉拉说，比如改成，人生不只是眼前的苟且，还有钱和远方。没有钱怎么去远方啊。

我顿时觉得好有道理竟无言以对，怪不得当年要让知识青年下乡呢，劳动人民果然有不一样的见识。

其实，罗拉拉本名并不叫罗拉拉，而是叫罗娜。作为店里唯一的“奶茶妹”，是个合格的颜值担当，头发像牛奶咖啡般顺滑，眼睛像珍珠奶泡般甜美。穿上店里的小清新围兜，俨然是偶像剧的画风，感觉只要等到个霸道总裁来店里考察，甩他两记耳光，就是嫁入豪门的全剧终。

那阵子《杜拉拉升职记》炒得正热，她看得鸡血满满，表决心一定要走上人生巅峰，撩个黄立行！

我开玩笑说，你干脆改名，不要叫罗娜，叫罗拉拉好了。

她说，要真能撩到男神，别说叫罗拉拉，就是叫拉拉都行。

我说，那还能撩到男神吗，得改撩女神了吧。

没想到罗拉拉竟一脸踌躇满志，小手捏成拳头地叫嚣道，不要在意那些细节，我说的是要发达的事！作为天蝎座，事业第一，你不知道我们天蝎是最容易变有钱人的星座吗！

我说，我根本就不信那个，难不成你还想在奶茶店升职加薪，小三上位，成为奶茶店老板娘吗？

她说，升职加薪算什么，创业才是正经事。不靠小三上位，我也能当老板娘。而且为了以示决心，不惜开了两杯乌龙奶茶，与我碰杯一饮而尽。

伴随这两杯乌龙奶茶，没想到后来罗拉拉的发财梦也一如乌龙，跌宕起伏回味无穷，甚至一度还真当上了奶茶店老板娘。

需要承认的一点是，在我认识的姑娘里，罗拉拉不管是不是最具备当老板娘潜力的，但肯定是最具备当掌柜的素质的。

和罗拉拉去买东西，完全不用带计算器，她自带扫货雷达，一看到特价标签就两眼放亮，再配合足以参加奥数的心算水准，第一时间就能做出性价比最高的决策。

而作为一个对数字完全不敏感的诗人，玩扑克 24 把把输，经常忘记各种密码，记不住每一个朋友的生日，罗拉拉的这种特异功能每次都令我叹为观止。

带着这样一只人肉计算器搭档一起去进货，本来应该是件轻松愉快的事儿，但唯有一点，实在是崩溃，那就是搭公交车。

那时帝都公交，有的同一线路会分为两毛和四毛两种版本，而但凡和罗拉拉一起去，每次都是誓坐没空调的两毛公交，以她的理论是，去同一个地方为什么价格要翻一倍，是搭乘交通工具，又不是来吹空调的。她如此言辞灼灼誓不妥协，于是我只得无奈地跟着这个计算器一边在炎炎烈日下进行太阳能充电，一边看着一趟又一趟的四毛空调车绝尘而去。

2

随着夏天的高温逐渐推上高潮一展神威，我日日忐忑什么时候又得再和罗拉拉一起进货，就在这时，我却再也不必为电车难题惆怅了，因为就在那个气温推上 30 度的第一天，罗拉拉突然就从奶茶店辞职了。

辞职那晚，罗拉拉泡完最后一杯奶茶，递给我说，这是我给你做的最后一杯了，味道不一样呢。

我说，咱又不是拍优乐美广告，别搞得那么煽情，小心我喷你一身。拉总，你怎么说走就走了，都没个预兆的。

她哈哈大笑，这才神神秘秘地告诉我来奶茶店打工的原因。

原来，罗拉拉还真不需要找霸道总裁，她自己就是霸道总裁，她家在海南，有好大一片果园等她继承大业，但她毕业后就是死活不想回去，为了这事和家里闹掰了，被无情斩断经济来源，一时又没找到合适的工作，于是就从富二代沦落为打工妹。

我说，那你以后打算怎么办啊？

拉拉说，你还没喝最后一杯呢，你喝了就知道了。

我拿出壮士作别的豪情，一饮而尽，觉得顺滑香醇，完全没有以往的奶精味。

拉拉这才得意地说，这就是我未来的事业，零添加奶茶，我要开家奶茶店。这也是我潜伏这么久的原因，我之前在家当伸手党的时候，还有点积蓄，现在学徒期已满，我要另立师门啦。

我这才恍然大悟，顿时对罗掌柜，不，是罗老板敬佩得五体投地，同样是在奶茶店打工的，人和人的差距怎么这么大呢。鉴于那阵子我已穷困潦倒到极致，罗拉拉简直成了我的精神教母。

罗拉拉的奶茶店开业那天，我是她的第一个顾客。店名叫元气宝宝，据拉拉说为了这个店名她想了半个月，在垃圾短信广告的熏陶下，觉得一定要“取个好名字，好运伴一生”。我顿时觉得是不是《天线宝宝》这种名字得花个半年才能起出来。

不管怎么说，奶茶的味道还是一流的，以前在店里也是，罗拉拉做的奶茶总是比我做的好喝，时至今日，她才告诉我，为了保证品质，每一杯她都偷偷尝了一口……包括我刚捧场喝的她店里卖出的第一杯奶茶。

但作为一个失业青年，根本无力对这种奸商表示抵制，只要有喝的就不错了。因为那一天，也是我从奶茶店辞职的第一天。

在那之前，我的词坛拯救者之梦，已伴随着简历的石沉大海碎了一地，我只好安慰自己说，肯定是因为我英语没有过四级。

没想到被罗拉拉无情地拆穿，摇滚圈里认识 here we go，fuck you 就够了，你还是踏踏实实地找工作吧。

不仅如此，她还帮我遍地撒网地投了一切不需要英语的工作。而就在罗拉拉开业的那一天，我收到了一家互联网公司的 offer，做文案编辑，虽然之前我万般抵触，一个诗人，怎么能去搞 IT 行业呢。但一听到对方还包三餐，诗人也无力拒绝了。

3

就这样过了大半年，我还过着每天盘算明天的午餐会不会有鸡腿的生活，而罗拉拉的奶茶店已开得风生水起了，并且老板娘还招赘了一个老板。

那阵子她还没有走出黄立行花痴症，于是一个有着黄立行般泡沫笑容的学弟就这样凭借色相拿到了奶茶店兼职，继而被奶茶店霸道总裁罗拉拉迅速泡了。在我看来，这简直是个“潜规则”的故事。

我以为这样如偶像剧般的情节，会有个完美的剧终，没想到却出现狗血剧般的大逆转。在拉拉放心地让学弟男友成为奶茶店合伙人，掌管财务大权后，在一次预交店租时，泡沫学弟竟然卷款走人，泡沫般消失了。

拉拉那阵子元气全失，休店了好些天，电话也不接，等她再打给我的时候，就是“元气宝宝”要关店前的最后一天了，她说想邀我去店里坐坐。

我俩一边回想过去的打工岁月，吐槽着高晓松的诗和远方，一边喝着奶茶聊着钱与苟且。

正值初冬，天气不好，店里的生意很是萧条，拉拉抽空打开粉饼对着小镜子补妆，北京暧昧的阳光透过蒙蒙的霾撒在她脸上，有一种新闻纪实片里东莞工厂妹惨兮兮的神情。

拉拉突然扭头问我，你的理想是怎样的。

不习惯这钱串子还有这样的情怀，我一口奶茶差点没喷出来，敷衍说，丫头，咱这是卖奶茶的，不是卖鸡汤的。

拉拉没说话。音乐从“诗和远方”播到“冬天快乐”，颇有几分煽情。

鸡汤就鸡汤吧，我顿了顿，还是挺认真地告诉了她，我的理想是当一个浪子。不抽烟，喝点酒，赌赌小钱，谈谈不负责的恋爱。唯一的问题是，脸却不能一直好下去。所以也不知道老了以后，最后一项理想还能继续实现不。

拉拉说，唉，我怎么就总盼着负责呢。负责自己真心想做的事，负责真心喜欢的人，当然，最好是像黄立行一样，有型有钱还聪明。实在不行，光聪明也行。

我哈哈大笑，看罗老板也恢复了几分元气，没忍住调侃道，嗯，我看你找的那学弟就挺聪明的。

没想到拉总竟还认真回答道，是比我聪明，其实之前我还没跟你说，他还提议过买三无奶粉当配料呢，我当时也没反应过来他的人品问题。

我看她心情好点了，继续逗她，被爱情冲昏头脑的霸道总裁，任性总是难免的，你看电视剧里张翰还给姑娘包鱼塘呢，拉总你这赔个奶茶店根本不算什么。

她也终于忍不住笑了，说那我要不把招牌也改了吧，别叫元气宝宝了，叫大头宝宝。

那时“宝宝委屈宝宝心里苦”的流行语还没出呢，但我知道拉总委屈拉总心里苦，可拉总就是拉总，元气宝宝转手完就开始准备第二次创业。用她的话说，那歌词也不算写错了，只是写反了，人生不只是诗和远方，还有眼前的苟且，而且很有可能你走到远方，发现远方还是苟且。所以苟且就苟且吧，你得自己把苟且过成诗。

4

那阵子我在 IT 公司忙得昏天暗地，也从亲戚家搬出来了，住得远就很少见面了，也已经很久没写诗了，天天抱着本《程序员的自我修养》，研究如何写代码才能交齐房租安生立命改换新天。

闲时偶尔给拉拉打个电话，得知她又陆陆续续创业了几次，时赚时赔并未发达，无惊无险又是一天。但似乎每一次创业，都伴随着一个聪明的男朋友。

再见面时，是她请我吃海鲜，那是因为过年前的一次创业又失败了。她谈了个江浙男友，聪明的两人分析了下土特产市场，觉得应该卖些北京没有的东西，于是分别凑了点钱订了一批海鲜鸡，据说比饿了吃蚂蚱的走地鸡更高大上，这批鸡都是饿了吃海鲜，打算养到过年时供给各大单位当礼品。

但没想到等到快过春节，开始跑各大单位联系时，才发现即便是北京没有的特产，也不是那么好卖的，各大单位的大妈不是嫌家禽麻烦有隐患，就是已经有往年常用的供应商懒得换样。

直到这批童女海鲜鸡都快养成老母鸡了，也没能来首都赴死，最后只好在当地餐厅贱价处斩了。而拉拉与江浙男友的关系也因此吵着吵着一刀两断。

把海鲜鸡处理掉的那天，拉拉突然约我吃饭，她说这鸡都吃了几个月海鲜过的年，我都忙得没吃海鲜呢，这必须得补上。

我说那行吧，咱俩也体验一回鸡的待遇。

找了家海鲜自助餐厅，面对面坐着，相视彼此都是黯淡的神色。春节已经过了，但北京的冬天却好像根本过不完，霾越来越重，总也看不见远方。

拉拉和我一边惨兮兮地撸着龙虾生蚝，一边感慨，勤劳致富都是骗人的，人生怎么这么艰难啊。

我问，靠什么顶住生活压力。

她说，无名的动力始终存在。

我说，扯淡，有毛线动力啊。

她说，有的，就俩字——死扛。

我哈哈大笑。她也哈哈大笑。于是，我俩死扛着吃完海鲜自助，扶墙而出。

5

拉拉最终还是去了远方，而我依然留在北京，不写诗也有几年了。

她回了海南，一个离北京非常远的远方。

其实那时她已经刚攒下点儿钱，在北京加盟开了家美容店。店里刚刚小有起色，却接到家里电话，爸妈身体抱恙，于是这个宁在商海沉浮也死扛不回海南的拉总，这次却突兀又火速地回去了。

正如初识拉拉时，她所说的，她总是盼着负责，负责自己真心想做的事，负责真心喜欢的人，也许这就是远方需要她负责的时候到了。

回海南前，又是一次关店前夜。

我特意打包了两杯奶茶去美容店里看她。她仍然不忘动员我打个玻尿酸、拉个皮什么的。说这样就可以让脸一直好下去，就能一直当个浪子，继续谈不负责的恋爱。

我说，我不打，反正我老了也当浪子，我就死扛着。

她说，嗯，那我也死扛着吧。好多事，扛着扛着也就没事了，心无旁骛方能成仙。

我知道她是又想到家里的事心绪黯然，于是逗她说，那以后我也不叫你拉总了，改叫"扛仙"吧。

她说，哈哈，那好，我要真成仙了，一定收你当童子。

我说，哈哈，当不成童子，当童子鸡管吃海鲜也行。

6

又是一年春节后，大冬天的时候竟收到拉总寄来的海南特产——西瓜。

拉拉回海南后，继承了家业。霸道总裁不是承包鱼塘，而是接手了那一大片果园，虽然之前一天农活也没干过，但竟也搞得风生水起。据她说，前些年的失败经验，到这儿全化为成功之果了。

她还找了个农科院的硕士生男友。

我问，他聪明吗。

她说，做生意不算聪明，但挺有责任心。我现在觉得，聪不聪明没那么重要了，关键遇事时能和我一起死扛就好。

我继续开玩笑问，那至少得有型有钱吧。

她说，他不算有型有钱，但他送我的科研成果倒是有型有钱。就你收到的那个西瓜，是我们的独家品种，已经卖到北京了。我留不下的远方，就让我的瓜去吧，哈哈。

我仔细看了眼那瓜，只见瓜蒂系的吊牌上，写着比死扛更傻兮兮两个字——罗瓜。

再看窗外，北京的冬天依旧雾霾沉沉，回想起奶茶店、海鲜鸡、美容院，再到眼前的罗瓜，于是忍不住狠狠地手起刀落，仿佛一种告别仪式，与过往艰辛的苟且一刀两断。

暮冬的阳光，懒劲依旧，透过霾照在红彤彤的西瓜上，一如多年前照在拉拉红彤彤的脸庞上，任性依旧。

人生不只诗和远方，还有眼前的苟且，而且很有可能我们走到远方，发现远方也未必如诗。但我们还是会选择在苟且中死扛着，一直死扛着，死扛着，希望能有一天抵达远方。

也许那时，回首向来萧瑟处，也无苟且也无诗。

但我们至少曾拥有过那种苟且、落拓时也能死扛和任性。

Hello，World

也许，每个人的内心都有一段代码，而路过的人只能看到乱码。因为我们是那样计较付出，是那样害怕受伤。于是，有的人将它加密了，有的人将它隐藏了。

但有的人不，他将这段代码毫无保留地开源。

1

就像姑娘们每个月总会有那么几天，就像我这样的懒货，每年也总有那么几周，抽风似的鸡血满满，居然去报了个英语班。

这要怪那个夏天，简直鸡血满满地高温，我刚从上家公司辞职没多久，家里的空调就彻底坏了。紧接着，冰箱也一起抽风，每天总有那么几个小时鸡血满满地升温。我之所以不认为是辞职后经济问题上的“雪上加霜”，是因为不管“加霜”还是“加氟”都没有治好这二货的病。

就在刚领到最后一个月工资的那天，我一边沉思着路在何方，一边沉重地走到人生的十字路口，纠结着是去左边电器城买个新空调，还是去右边旧货店收个二手冰箱。一张传单竟宿命般地从天而降，上面一行大字让我豁然开朗——学习改变命运，英语改变人生，住宿制暑期班，一个月只要2999。

你要知道，在摄氏四十度的高温下，人的意识是非常不容易冷静的，那一瞬间感觉像是被命运击中的网文主角——我要好好学英语，打通任督二脉，斗破星空逆天改命，出人头地喝人头马撩外来妹。

就在这样悲壮的气氛下，我用原本买空调的钱，火速地交了学费。在可以住宿的第一天，一大早就搬到了培训机构的宿舍。带着满满的热情，接受命运的安排。不是因为学习热情饱满，而是因为家里没有空调，真的很热。

其实交钱后半个月的时候，鸡血已趋于稳定，理智也趋于清醒，其间曾尝试退班要回学费，因为发现是个野鸡培训机构。多次交涉无果，只有自食其果。而能够一大早就出发去学校，也是因为想着到了宿舍，也许就能有空调了。

但即便如此，我是全班第二个来报道的，只是那时我还不知道。

领完宿舍钥匙，我就怀着激动的心情，哼着《运动员进行曲》，一路豪迈地飞奔而去，颤抖着拧开锁，以为自己是第一个占领根据地的，准备仪式性地力拔山兮气盖世地一脚踢开宿舍门，昭告空调我来了。

结果就在一脚踹门的瞬间，就听到“duang”的一声，一个矮胖的身影应声倒下。

原来这才是报到的第一人，和我住同一宿舍。

看他痛得抱头蹲在那儿，我的内心是忐忑的，不会撞毁容了吧。看不清脸，但能看出头很大，也不知道是不是刚才被门撞肿的。

那一下不轻，大头同学却像个闷葫芦一样忍痛蹲着，没呻吟没抱怨，也没骂我。

万籁俱寂。

我手足无措，脑子里一片空白，不知怎的竟冒出一句，我会对你负责的。

他吓了一跳，赶紧说不用不用，我涂点药油就好了。

我陪着大头去找药店，看我一路拼命地道歉，大头还拼命地自认倒霉，没事没事，你也不知道宿舍里有人，是我到得太早了。

我说，你几点来的啊。

他说，7点吧。

我说，你来这么早干吗啊。

他说，因为我平常6点就起床跑步了，今天想就正好跑到学校报到。

我说，不是8点才开门吗，那你不是等了很久。

他说，没事啊，我正好在教室背了1个小时单词。

两个小时前，我还艰难地挣扎着，是忍着热躺在床上，还是起床去蹭空调，而大头已“一日之计在于晨”了。这种学霸的生活轨迹，简直让我高山仰止。

我问大头，这种野鸡培训班，我这样的学渣吃亏上当也就算了，就当花钱租了一个月空调吧，你怎么也花钱来这儿学英语。

没想到大头有点儿不好意思地说，我没花钱，其实还能挣点儿钱。这边招勤工俭学的助教，我其实是计算机系的，不过英语考过雅思了，他们问我会弄局域网吗，我说会，就要我了。

我再次高山仰止。就这样，不撞不相识，虽然大头与我以往的朋友圈画风完全不同，但怀着一颗虔诚的赎罪之心，这个暑期我就和大头买一送一地绑定了。

当然，除了不撞不相识以外，助教有权限24小时使用教室电脑且不断网，也是激发我赎罪之心的一个重要原因。而且事实证明，撞门的重创消肿后，他依然是我的朋友圈里头最大的，这真的不是我的责任。

2

除了每天都要被其语折磨以外，有空调有电脑有网，晚上偶尔还能和大头偷摸在教室里吃着西瓜打几盘《实况足球》，已经足以让当时山穷水尽的我满怀感恩。

然而好景不长，一堂暗流涌动的口语课后，我的午夜教室、实况乐园、我的空调、电脑网络统统江山易主。而这种历史性的风云巨变经常离不开一个原因，那就是红颜祸水。

那是一个阳光异常明媚却充满黑暗宿命感的早上，作为一名已逐渐头脑冷静下来的失业青年的我，在得到面试通知后，果断逃课去谋生存大计。

也就是在这个早上，大头和一个妹子说话了。

和一个妹子说话了。

说话了。

当时我看到那个场景，满脑子都是这样的回声。那时我面完试赶回教室时，口语课快结束了。我悄悄透过窗户瞄了眼，居然看到大头作为助教，临时顶替了我的位置，和我那个同桌妹子 Anglia 在练习对话。

要知道大头是个金牛座的闷骚男，一直自认颜值低，大大的头总垂得低低的，别说平常和妹子说话了，就是妹子们在他那儿签到，他都不敢多看一眼。

而这机构的口语课，与其说是课，不如说是英语角。老师因为最近炒股赔了，并没有什么上课的心情，基本也就限定个对话选题，剩下的时间就让大家自己和同桌相互练习，他好安心继续刷着手机上的沪深大盘默默哀号。

等我赶回时，大头居然已经和 Anglia 姑娘对话了近三十分钟，虽然是用英语，但和异性的对话量，目测已经超过了他前半生的总和。

据我对大头形影不离的观察，以往他和异性每天一句的规律性流量，都是发生在食堂——食堂大妈问，你要几两饭。

而据大头交代，那天还是 Anglia 主动搭腔，找他对话的。虽然那妹子是全班除了我以外，英语最烂的。但在大头的耳朵里，这简直就是 VOA 主播的天籁之音。

Anglia 用一年级的英语水平问他，Hello，What is your name？

大头说，World。

我才知道，原来大头的英文名叫这个，居然不是常用名而是一个单词，太不符合学霸的身份了，于是我问大头，为什么叫这个。

大头有点儿不好意思地说，因为他是学编程的，当他知道世界上的第一个程序就是 Hello World，就改叫这个英文名了。

看他说这个的时候，还有点小羞涩，我不怀好意地推断，这个不爱说话的闷骚程序员，应该是有点浪漫情怀的，叫 World，是想有人和他说 Hello 吧。就连不相信星座的我，这次也觉得这个名字颇具金牛座的浪漫与闷骚。

所以，当一个姑娘，突然主动跟他说了 Hello，对大头这样一名荷尔蒙满满又涉世未深的青壮年男性而言，简直整个 World 都要坍塌了。

虽然 Anglia 紧跟的下一句是，为什么要叫 Word，不叫 PPT 呢。

但这都不重要。重要的是，自此以后，大头就和她在教室里双宿双栖，我的晚间休闲 World 也就这样随之坍塌了。以往每天七点到九点的游戏时光，已一去不复返，看到宿舍里大头的空位，唯有夜夜哀叹，那天怎么跑去面试，自作孽不可活。

大头这个稳重朴实的闷骚男，一旦鼓起勇气开始追妹子，就像程序一样按部就班，生活上每天带早餐甘当外卖小哥，学习上一对一晚自习甘当免费家教。虽然 Anglia 对这段关系定位并没有正面点过“确认”键，但这丝毫不影响大头程序员每天的例行客服。

这也是唯一能让我这个单身狗略感欣慰的，大头每晚还是会在熄灯前回来就寝。

3

其实，对于大头追 Anglia 这事，作为哥们儿，我一开始是拒绝的，不完全是因为电脑所有权问题，还因为总觉得这事不靠谱。

虽然 Anglia 的英语是除我以外全班倒数第一烂的，但颜值却是全班正数第一高的。每次下课时，喜欢拿手机玩自拍，斩获的点赞数基本约等于全班男生人数。

这姑娘能看上大头，这不太可能吧。就是出于自拍的考虑，也不可能选大头啊，那拍合影手机屏幕绝对显示不下。

但这并不影响大头程序员的逻辑判断。他说，1972 年 Brian Kernighan 写下 Hello World 的时候，也没想到会有今天的虚拟世界。虽然我以前没有追姑娘的经验，但从结果上倒推看，这辈子总有一天我应该是能结婚的吧，那在结婚之前逻辑上就会有个女朋友。反正我先试试吧，我想约她看电影，你觉得怎么样。

我说，我觉得不怎么样，看电影时怎么说话呀，不说话怎么撩妹啊。

他说，那应该去哪儿，你教教我，你都约哪儿啊，是去酒吧吗……

我说，我哪去酒吧啊，都直接约酒店。

大头信以为真，一脸羡慕嫉妒恨的神情。程序员真是好骗。

大头说，不瞒你说……我还没去过酒吧呢……

我立马拍拍胸脯说，包在我身上，今晚就带你去见识见识，只要你买单。

那晚，是我和大头第一次一起喝酒，也是大头第一次喝十块钱以上的啤酒。其实培训机构临近市郊，勉强找到的那间酒吧披红挂绿的，九十年代春晚 Style 的装修风格，播着广场舞热门歌曲的慢摇版，但大头看什么都新奇。

大头说，我没觉得这啤酒和燕京青岛有一倍的差别啊，价格倒翻了一倍多。

我说，那你新买一千块的什么机械轴键盘，我也没觉得和网吧的有几倍差别啊，你那价格不也是贵了几倍嘛。

大头被问住了，想想觉得好像也有点道理，喝了口十几块的啤酒，想想又感叹道，还是键盘好，至少键盘不会让你焦虑吧。

我说，那键盘也不能跟你开房呀。

大头小脸红扑扑地说，我没想开房……我就想约她吃个饭什么的，又怕说错话。

程序员的世界真的好单纯，我顿时善心大发，决定指点他一二。

我说，撩妹我都是因材施教，像你这种程度，要不我们试试用程序的方式。

大头两眼冒光，问怎么设定。

我说，你不就是怕说错话嘛，那要不就试着先约其他的姑娘吃饭，如果哪句话说错了姑娘不高兴了，就先记着存盘，第二天再约另一个姑娘loading之前的约会步骤，重复正确的，说错话的地方就修正，以此类推，约过七个姑娘集训上一个星期，凑齐七天的谈话经验，应该就可以去完美攻略Anglia了。

没想到大头居然一脸认真地说，这事还是有bug吧，那其他姑娘跟Anglia说了怎么办。

我这样的浪子也顿时被问住了，暗叹25岁的处男程序员的世界，太可怕了。看来大头的终身大事，也许只能靠相亲碰瓷了。

就这样，那晚两人喝掉了大头两周的助教薪水。

4

大头还是一如既往地用他7×24小时客服的方式，持之以恒地希望能感动女神。在大头学霸的帮助下，Anglia女神的英语竟也突飞猛进，不得不承认，这种霸占女神全部课余时间的方式，还是卓有成效的。

虽然之前我作为大头的朋友，曾在班上计划开个盘口，赌大头追不到Anglia，希望可以借此局赢取冰箱维修费，但因为并没有人愿意赌他能追到，所以这个赌局也就终结了。看大头现在居然一片形势渐好的样子，我暗自庆幸当时没坚持把那个盘口开下去，不然恐怕连空调的钱都要输出去。

尤其是，那个突然停电的夜晚，大头居然没有回寝室。

那是又一个风云变色的日子。

下课时还是三十多度的高温呢，我回寝室躺着与空调双宿双栖，而大头为防中暑，已改例行的操场跑步为泳池的“乘风破浪”。

没想到的是，等大头游完，洗了澡，换了干净衣服，出了游泳馆，外面突然狂风大作，下起暴雨。机智如大头，果断回了更衣室。

这就是为什么，等大头跑步回到宿舍时，是光着膀子穿着泳裤的。大头程序员的理由是，这样就不会把干净衣服淋湿了。

他一边和我解释着，一边嘚瑟地换上之前的那套干净衣服。

虽然这样的理由，从逻辑上是可以接受，但是脑海中大头赤身穿着泳裤狂奔的画面，我实在是不想接受。

尤其是，在这样暴走画风的当天晚上，大头并没有像往常一样回宿舍就寝。

更为关键的是，据女生反馈，那天 Anglia 也没有回去，这样惨烈的事实更不能让我这样的单身狗接受了。

那晚大头换了衣服，一如既往地冒雨去赴 Anglia 的晚自习之约，结果他刚出门没多久，就雪上加霜地停电了，据说是电线被刮断了，宿舍黑漆漆的，没有 WiFi，一片哀号。

等大头回来时，已经是第二天早上了。

大家都问他去哪里了，不是真的和女神去开房了吧。他一个字也不肯说。

但这丝毫不影响大头成为一个传说，因为确实有目击者看到他和女神去了校外小旅馆。

在那以后，班上男生就默认 Anglia 已被大头攻略，感叹程序员也有春天，这俨然在班上的八卦圈里成了一个史诗级的大事件。

而女生们一开始不太能接受这样“画风”迥异的搭配，但慢慢也发现程序员严谨细致的行事作风，不仅帮 Anglia 补习出全班前三的英语成绩，而且各种考雅思和出国的申请材料，也是大头帮忙整理的，于是逐渐刮目相看，要是这么实用的男朋友能够量产，她们表示想团购一打。

5

暑期班终究结束了，我和大头各回各家。

等我搞定了一份稳定的工作，发薪那天，请了大头和其他几个要好点的同学出来喝酒，那已是分别几个月后了。

我们都以为大头会带 Anglia 一起来，没想到他还是孤零零的一个人。

这是他第二次进酒吧，到了站在门外，没看到我们不敢进，打电话给我。

几个月没见，他还是那样和酒吧不合时宜的画风，居然穿着一身运动装，大大的头一头的汗，矮壮的身体一身的汗，还带着一点一如既往的小羞涩。

我说，你怎么穿得跟跑步似的。

他说，嗯，我就是跑步过来的啊，你看我的手环，今天有 2 万步了呢！

好吧，我接受了，穿泳裤跑步他都干过，这事根本不算什么。

好久不见，大家一片闹腾，喝嗨了玩 never。每个人说一件自己的事，如果桌上有人没有做过，那就那个人喝，但如果每个人都有过，他自己就得罚酒一杯。

我开头，试试大家底线，于是开玩笑说，我和姑娘开过房。

没想到在桌的，不管男女都违莫如深地相视一笑，我只得一边感叹世风日下，一边准备自裁一杯。

而就在这时，没想到大头居然说，你不用喝，我喝。

大家一片错愕。

我赶紧打圆场说，得得得，不就没开过房嘛。我跟你说，为了请你们喝这顿大酒，我空调还没装呢！大头，要不你带我去开房吧，只要有空调，你干什么都行。

大头默默干掉那杯酒，程序员的酒品好，谁劝酒他也不推。

那晚他喝得很醉，我只得扛他回我家住，我听他含糊地念了一路 Anglia。

6

后来，大头告诉我，其实他和 Anglia 那晚没发生什么，那天没回来是因为当晚必须要上网提交出国申请。他是带 Anglia 去开房了，但是开了两个房间，他帮 Anglia 弄完申请，就回房睡了。Anglia 有男朋友，在澳洲。她上英语班，考雅思，就是为了去和男友团聚。

我说，那你知道，还帮她弄这弄那的，这不是冤大头吗。

大头说，没关系，她是不喜欢我，但我知道我是喜欢她。

我说，她和你在一起，就是想让你帮她学英语写申请。

他说，没关系，能多见见就挺开心了，我是喜欢她。

我说，她就是利用你。

他说，我知道，没关系，我是喜欢她。

我本来挺生气，替这个冤大头打抱不平，但大头反倒还来劝我，说真没关系呀，你看我这冤大头的当事人都想开了，你还想不开。真的，我挺感谢她的，要不是她，我到现在还不敢和姑娘说话呢！

我看他一脸自认倒霉的样儿，我又想起认识大头的第一天，不禁有点哭笑不得，那时他也是这副愿打愿挨的神情，一眼就能看到心底的干净，像程序一样直接而单纯。

也许真的是简单的人反而会更容易快乐吧。

她是第一个和我说 Hello 的姑娘。就这样一句简单的 Hello，改变了一个 World。

也许，每个人的内心都有一段代码，而路过的人只能看到乱码。因为我们是那样计较付出，是那样害怕受伤。于是，有的人将它加密了，有的人将它隐藏了。

但有的人不，他将这段代码毫无保留地开源。喜欢一个人，明知自己会受伤也要去喜欢这个人，假装自己没有受伤般去喜欢这个人，让简单的回归简单。

这个穿着泳裤奔跑的程序员的世界，也许我永远不懂。

我唯一可以做的，就是帮他加密隐藏那串心底的代码。

我知道，我没有说，我一辈子也都不会说，在把喝得烂醉念着 Anglia 名字的大头扛回去的那个晚上，我看到过程序员的眼泪。

大龙的双眼皮

美，确实不必有固定形式，也不必寻求认同，你用心去感知到了，便是美的。你的心是怎样的，你看到的美就是怎样的。真实的，便是美的。

1

太阳在窗外很耀眼，大龙边泡着龙井边轻飘飘地跟我说，他要割双眼皮。

他说这事，我一点儿也不奇怪，反正这事他十几年前也提过，那时我还和他上同一个小学。

大龙是注定要走上先锋艺术道路的男人，这一点在他小时候就明目张胆地表现出来了。

在小学时，大龙就是一个艳名远播的人，这不仅是因为他是班里画画最好的，而且还因为他幼儿园时放荡不羁的行为艺术。

那时，我们还都少不更事，没有意识到幼儿园是你此生少有的可以合理合法地男女混睡的场所，然而幼年大龙却早已敏锐地看穿了这一切。

在一个午休时分，在濒临崩溃的阿姨斗智斗勇终于安抚好每一个熊孩子入睡后，大龙就在被窝里悄悄脱掉自己所有的衣裤，然后突然一下从床上一跃而起，光着身子满屋子乱跑，吓醒每一个小伙伴，引得午休室里再度鬼哭神号，阿姨再度崩溃，气急败坏地捉他。大龙顿时刷出满满的存在感，深以为乐，此后每隔一阵子便会出其不意地再次巡演一轮。

而大龙这项勇斗阿姨的光荣事迹，也由幼儿园的目击者们口口相传地在小学发扬光大。大龙刚入学，变成了女同学们眼里的怪人。而等到上初中，大龙在男同学眼里也成为怪人，则是因为动画片的缘故。

那时，男生们都酷爱打篮球，《灌篮高手》风靡全国，好像每个班都有一个樱木、流川枫、三井寿。女生则痴迷于《美少女战士》，每个班都有一个水冰月、火野丽、爱野美奈子。虽然女生也有追《灌篮高手》的，但班上却没有一个男生说自己看《美少女战士》，除了大龙。大龙上初中时很宅，从来不和我们打篮球，但他依然是全校画画最好的。

我和大龙是同桌，平时聊得多点。

我说，那种少女漫画无聊死了，哪有三分球和小宇宙厉害，有什么好看的。

没想到大龙神神秘秘地说，变身的时候，还挺好看的。真的，能看到胴体，很美。

当时我就震惊了，你能想象，那时年少的我还不知 A 片为何物，连胴体两个字都写不全，而同样年少的大龙居然能如此熟练精准地描述，我顿时服气得不行。不愧是校园小画家，看问题的角度就是和我们这些凡夫俗子不一样。

大龙其实长得并不难看，白白肉肉的，单眼皮翘嘴唇，还有几分萌态，但也许艺术家对审美要求高，所以对自己的长相并不太满意，在我的印象中，他总是默默地低着头画画。因为大家总觉得他有几分怪气，所以除了我这个同桌外，他也很少和其他人说话。

他说，他喜欢美的，别人喜不喜欢不重要。自己觉得美，就是好的，这就是美好。

大龙第一次提想割双眼皮的事，是在高中的时候。高一我们还在一起，高二分班，大龙去当艺术生，我帮大龙搬东西去画室。我很认真地帮他一张一张地收了那些他随手勾勒的画稿，于是大龙画了张我的肖像送给我。

大龙的手很快，不到半小时的速写，画得很神似。

起笔前他盯着我的眼睛看了很久，画完后又盯着看了很久，然后说，十八，你的眼睛形状很好看，我也想去割个双眼皮。

我都被他看得心里有点儿毛了，捶了他一拳，赶紧从画室溜走。这辈子头一次有人直勾勾地夸我眼睛好看，还不是异性，要不是了解大龙自小以来的艺术家品性，我就得担心了。

2

大龙的初恋发生在高中，是大他一届的艺术生学姐凌波丽。

据大龙老实交代，是因为一次漫展的冒险经历。大龙在初中经历过《美少女战士》的人体艺术启蒙后，迅速投向日漫的广阔天地。不仅饱览群书，还笔耕不辍，画了不少胴体练笔，还馈赠过我几幅。我珍藏许久，每晚一阅，觉得艺术情怀大受熏陶。

得到群众一致好评后，大龙深受鼓舞，不惜放下孤傲不群的艺术家身段，加入了学校的美术协会。主要是那时获得漫画的途径很少，而通过会长可以邮订买到热门漫画和杂志，而这个会长就是学姐凌波丽。

凌波丽是当时另一部经典热漫《EVA》里的女主角，学姐看不起那些自比水冰月的小屁孩，被买到漫画感恩戴德的众粉丝拥趸为女战士凌波丽，因为每次漫画到货，学姐都要悄悄躲过学校老师的重重包围，送货到各个班上，颇有 EVA 中大斗使徒的英雄气概。

而同样桀骜不驯的大龙，对学姐的路转粉，则是来自学姐凌波丽气场全开的一次临时逃票行动。那次是在大龙干事协助学姐会长去邮局搬运漫画的途中，突然意外发现有场漫展，但当时两人身上的钱不够买票，大龙本已黯然打算放弃。

没想到学姐凌波丽说，这楼我来过，我知道消防通道在哪，逃票你敢吗？

据大龙事后回忆，那一刻简直看到学姐背后在发光，大龙毅然决然地回答道，走。于是，两人从消防通道爬上了楼，然后学姐用一张饭卡，别开了门上的弹簧锁逃票成功。至此，师姐也别开了艺术家大龙心里的弹簧锁，大龙陷入情网。在大龙心目中，学姐俨然成了从漫画中走出的美少女战士。

甚至被爱情蒙住艺术家敏锐的洞察力，开始迷信星座。

大龙说，我就喜欢学姐这样先锋的天秤座，和我很配，我也是天秤座的。

我说，少来，你之前还说自己是先锋艺术家，星座这种东西，只有庸俗大众才信。

大龙说，只要说我俩能配的我都信。像我这样的艺术家信了，星座也能先锋起来。

但年少自信的艺术家大龙，只是在思想上先锋，行动上却拖延。而且，学姐身边玩得好的朋友，不是颜值巅峰的，就是时尚先锋的，这两点都不具备的大龙，感觉艺术家底气也不那么足了。

这段暗恋，还没来得及等大龙表白，学姐就找到了男朋友，是学校公认的校草，还是双眼皮。

少年大龙再次暗暗下定决心，对我说，等我有钱了，我一定要去割个双眼皮。

3

终于有一天，大龙上班了，也有了割双眼皮的钱了。见过他几次，比在学校胖了不少，但依然还是那双妩媚的小单眼皮。

我问他，你不是立志有钱要割双眼皮的嘛，怎么不割了。

大龙说，妹子不让，她说她就喜欢单眼皮的。

空窗期许久的我顿时羡慕嫉妒恨。

我说，别说妹子不让割了，只要有妹子愿意要我，让我马上去割双眼皮都行。

大龙说，你别割啊，十八，你眼睛的形状真的很好看。

说完，他再次直勾勾地盯着我的眼睛，我再次下意识地心一紧。

虽然大龙大学所上的那所美院是有口皆碑的活泼开放，但那时先锋艺术家大龙却始终守身如玉，醉心于艺术世界，终日流连于画室，从不与艺术圈同学混迹所谓体验生活的各大晚间场所。除了偶尔给我打个电话，我都怀疑大龙是否还跟其他人说话。

与此同时，大龙的人体艺术不仅没有蹉跎，还更上一层楼，融入科技的力量。他自学了 3D max 建模，还发了胴体的建模习作给我，并告诉我，3D max 比真人还厉害，胸部想拉多大就能拉多大。

有一次我去学校找他，他还当着我的面展示了此神技，就看他当场建了个凌波丽的 3D 模型，胸部都快被他拖到地了。我终于目测出了，那段失败的暗恋在艺术家心里产生的阴影面积有多大。

所以，当这次大龙第一次说交到女友的时候，我一定要确认下是真人 3D 版的。

我逼他约妹子出来吃饭，为此不惜提出我请客。

大龙极不好意思地当着我的面，一脸羞涩给妹子打了个电话，没想到居然告诉我说，妹子在家做饭呢，让你也一起去吃。

我顿时一股花式虐狗的感觉涌上心头，居然大龙都同居了，这次真不是二维的，是 3D 真人版。

更让我这个单身狗一片酸意翻江倒海的是，大龙的 3D 版女友，是会做饭的双眼皮的田螺姑娘，还是 34D，我反复确认了几眼，这真不是 3D max 拖出来的。那阵子大龙一直沉迷在实体 3D 当中，连画都很少画了，话倒是说得多了。

每次见他都比上次更胖一点儿，他说田螺姑娘做饭手艺太好，总忍不住多吃，这叫幸福肥。每次说这个的时候，他胖得快挤成缝的小眼睛总是闪亮闪亮的，单眼皮被多出来的肉填得堆堆的，大龙却再也不提割双眼皮的事了。

他说，我现在觉得，美不必有固定的形式，可以规则，也可以无序。美只是一种真实的表达，可以追求极致，也可以强调直觉。她感觉到了我的真实。她喜欢的，就是美的。

4

和田螺姑娘分手的时候，大龙闭关了很久很久。

我尝试打过几次电话，他都挂断了，我知道他不想说话，也许是之前和田螺姑娘一起的时候，已经把沉默艺术家大龙的说话配额用光了吧。

等大龙愿意开门的时候，已经是三个月后，还是因为房租快到期了，他找我帮他搬家。

他打开门，我都不敢认。瘦了一大圈，又憔悴又潦倒，感冒了，不停地咳嗽。胡子渣渣的，参差不齐，估计是看我要来才随手剃了几下。

他的单眼皮肿肿的。我没有问，大龙却突兀地说是熬夜熬肿的。

太阳在窗外，很耀眼。画稿散落一地。我想起小学时第一次帮大龙搬东西，我很认真地一张一张捡起地上的画。

有正面的，有侧面的，有局部的，有半身的，有全身的，有坐着的，有站着的，有笑的，有哭的……每一张都是田螺姑娘。

我一边收拾，大龙一边咳。

我看气氛惨兮兮的，开玩笑说，现在还是颜值才是王道，要不咱还是去医院割双眼皮吧，说不定割完就能撩到新妹子了。

大龙说，真能撩到，那你陪我一起割。

我说，真要能撩到，别说割双眼皮了，割包皮都行。

大龙终于发出久违的笑声，笑得很痴狂，咳得满脸是泪。

后来，大龙真的去了医院，不是因为割双眼皮，是因为结石割胆囊。手术失误，整个过程痛苦不堪，但因祸得福的是，居然撩到了医院的小护士当女朋友。

我接大龙出院。我再问他，大龙你还割双眼皮吗。

他头一次毫无艺术家风度地，气急败坏地跟我说，谁敢再把我弄到手术台上，我就割了他的包皮。

大龙终于恢复了艺术家该有的先锋态度。

美，确实不必有固定形式，也不必寻求认同，你用心去感知到了，便是美的。你的心是怎样的，你看到的美就是怎样的。真实的，便是美的。

太阳在窗外很耀眼，窗棂像画框一样勾勒着这个静止的午后。

我不禁想起大龙边咳边画了三个月的肖像，那一地的百日咳画集。

只有在画架上的那张纸，没有画，写着一首静止的小诗：

阳光照在画上，

你打开窗。

我望着窗外，

你化好淡妆。

天色还算晴朗，

时间还算宽敞。

远山开满野花，

春风些许微凉。

你走出门外，

我目送很长。

花痴少女小小苏

在这个寂寞的世界上，总有一个美好的人在等你。但你只有先相信美好，才会遇见美好。

1

如果说我认识的姑娘里，我最盼着谁能早点嫁出去，那就是花痴少女小小苏了。

这糟心丫头烦透了，小小年纪简直是痴女排行榜 No.1，天天念叨着想要个男朋友。要不是我立志当个浪子，我可能早就扛不住把她收了，只当为民除害。

我是在广告公司时认识小小苏的，我是文案，她是美术。初识的印象觉得这丫头还挺正常的，小小的个子，圆圆的眼镜，齐齐的刘海，卷卷的短发，甜甜的酒窝，尖尖的小虎牙，打扮总是有几分夸张的卡哇伊，像从动漫里蹦出来的软妹子。

但这一切幻觉都是因为我当时和她还不熟，等熟了见识到污力少女小小苏的本来面目时，已经晚了。

其实小小苏，本名叫苏小小，浙江钱塘人氏，偶尔听见她给家里打电话，一口吴侬软语总是嗲嗲的。据说，历史上有个钱塘名妓也是叫这个名字，卖艺不卖身颇有风情。但这小姑娘家家的却正好相反，别说卖身了，只要能找到男朋友，恨不得时刻准备献身。

没办法，少女漫画和玛丽苏剧构成了她的精神世界。作为一个广告狗，生活只会被两件事填满，上班和加班。而小小苏却能在这两件事之间，挤出宝贵的睡眠时间，一边吃着小小酥一边战斗着追漫补剧，毫不在意圆圆的眼镜后面掩不住的黑黑的眼圈。这是怎样的一种精神，这简直就是无敌爆炸的宇宙级少女心。

我和小小苏的孽缘之花，是加班时的一碗碗泡面浇灌出来的。在寒风萧瑟的凄凉晚上，能鼓起你加班勇气的，绝对不是鸡汤，而是泡面。

随着每晚悲催的消夜时光，我逐渐领教到小小苏真实的痴女画风。不仅是个电台晚间节目的复读机，每天都念叨着我要找个男朋友，男朋友，男朋友，重要的事情说三遍。而且，还是个很神奇的话题太极宗师，因为不管我怎样岔开到任何话题，她都能最后完美地回归到这个终极母命题。

比如在茶水间泡面的日常对话，你们感受一下。

我说，人生果然不只有诗和远方，还有傻缺甲方。

小小苏说，问题是甲方的傻缺，还得我们来补缺。

我说，我真不理解为什么有加班狗这种说法，狗每天都比我睡得多，好吗？！

小小苏说，以前我在传媒学院上学的时候，老师说干这行有两种狗，一种叫动画狗，一种叫后期狗，没想到毕业来了广告公司，广告狗简直是狗中狗，至少狗还不用吃泡面呢。

我说，也许傻缺甲方觉得在广告公司里，连狗都是不要睡觉的吧，接单的时候估计咱老板把这个竞争优势写在 PPT 上了。

小小苏说，唉，顿时好想找个傻缺甲方当男朋友，不仅可以睡觉复活，还可以睡他复仇，一举两得，人生圆满了。我想要男朋友男朋友男朋友。

我说，没用的，你睡了一个，还会有下一个，傻缺甲方那么多，你睡得完吗？无良老板还是会让你加班接客的。

小小苏说，唉，那还是找个无良老板当男朋友好。不仅可以睡觉复活，还可以睡他复仇，上天快赐给我个霸道总裁吧。我想要男朋友男朋友男朋友。

这样类似的对话，每天都在发生，就像脑白金洗脑广告的痴女版，唯一不同的是，有时还会是夹杂黄暴内容的限制级版。

2

终于有一天，银河系最强痴女小小苏不声不响地进入了恋爱模式。

之所以说是不声不响，是因为进入恋爱模式的小小苏整天戴着耳机不再叨叨，而之所以说是进入恋爱模式，而不是找到男朋友，是因为她的恋爱对象是来自二次元领域的叶月 sama。

那个夏天，小小苏在一款叫《心跳回忆：女生版》的 NDS 掌机游戏中彻底沉迷了。这个少女向恋爱游戏的剧情设定是，进入校园的你要跟各路男神建立羞羞哒暧昧关系，你可以通过学习、打工、旅行、约会等各种方式来提升数值，每达到一定数值就可以攻克一位男神，而其中最具王子光环的男主角叶月陛下，则是由日本声优界顶级性感声线的绿川光大人献声配音，对单身宅女来说，简直是靡靡之音。

但想要攻陷叶月陛下，需要刷出逆天的好感度数值要求，即便是看了攻略，也依然是一件不容易达成的史诗级任务。而且作为单机游戏非常良心的一点就是不需要充值，所以也不能通过充值来快速推倒男神。

而对于小小苏来说，这丝毫不能阻止她与叶月王子双宿双栖的终极梦想，而且爱情怎么能用金钱来买卖呢！之所以说是双宿双栖，是因为她除了上班和加班，连泡面都不吃了，所有时间都宿在家里或栖在公司沙发上分秒必争地搞定叶月王子，以求早日打出叶月王子浪漫之吻的游戏 ending 终极动画。

要知道广告公司熬夜生活，基本到一定段位后就对咖啡免疫了，除了靠泡面，就要靠“午夜三宝”——烟、酒、红牛，但临近通关关头多巴胺快爆炸的小小苏已完全不需要这些低 level 的道具，她只用靠沙发！能听着各路男神对她温柔地耳畔软语就恨不得高潮了。而且据小小苏说，这个游戏超贴心的一点是，可以将女主角设定成自己的名字，而且用触摸笔戳戳男神的臂弯、耳垂、脸颊、嘴唇还可以提升好感度，于是画风各异的完美帅哥任君蹂躏，高冷的、野性的、可爱的、颓废的，谁还需要邋遢懒丑的三次元男友。

这几个月小小苏的日常生活大概是这样的，你们感受一下。

叶月说，小小，居然不知不觉就走到了海边呢，感觉好优哉。

小小说，嗯，浪涛的声音好温柔，像风在和海低声耳语。

叶月说，小小，夜空中绽放的大朵烟花，很美。

小小说，嗯，即便是转瞬即逝的迷幻，恍惚像今晚月色一样，很美。

叶月说，小小，我们去坐摩天轮吧，也许牵着手，在空中安安静静地眺望。

小小说，有个传说，只要两个人在摩天轮升到最高处时牵着手，就一辈子都不会分手了。

所以，不必在意什么逆天数值要求，这对于踏入二次元迷途、春心爆棚、火力全开的花痴少女来说，根本不是问题，只要有绿川光大人冷感磁性的声线，那感觉就像天天被耳机壁咚。甚至在预知马上就会通关的那天，小小苏居然厚颜无耻地用姨妈到访痛经不能的万恶理由调休了一天，在家里花痴于叶月王子的终极之吻。

而继得手叶月王子后，小小苏依然色性不改，在绿川光大人的引诱下，浸淫于声优领域一发不可收拾，从岛国 H 版 DRAMA 听到国产古风广播剧。不得不承认，小小苏还是个忠犬情种，虽然其间她也换过无数次花痴对象，但像所有偶像剧里的傻白甜女主，羁绊最深的终究也只有两位，一位是带她入道的岛国初恋绿川光大人，而另一个是古风广播圈的网红，ID 叫相爷。据说声线极为风流华丽，听起来语意自带三分笑，天生富贵又多金。

那段时间小小苏不声不响的恋爱模式，就是每天早上听着相爷的早安起床，听着相爷的数羊入梦。幻想恨不得听完一万遍相爷的靡靡之音后，某一天相爷能从耳机里跳出来告白。

那阵子小小苏简直神情恍惚，设计稿做得一塌糊涂。

我说，小丫头，大白天的咱就别做春梦了，单身狗也要有骨气，上班挣狗粮才是王道，好好画图才有肉骨头。

小小苏说，肉骨头算得了什么，相爷才是真绝色。春梦还是要做的，蠢萌还是要保持的，心诚则灵，也许有一天，梦想就成真了呢！

3

一个又被甲方鞭挞的夜晚，我和形容憔悴的小苏拖着步子从写字楼走出来。

北京的深秋总是带着凌厉而悲伤的凉意，不知道谁偷偷燃了一地的烟花，灰烬的味道，有一种不真实的恍惚感。

小苏哈啾一声打了个可爱的小喷嚏，不好意思地揉揉了俏皮的鼻尖，低声说，今晚的夜色好凉啊。

我看这小丫头被晚风吹得有些微微颤抖的娇小身影，莫名地竟有几分心疼。于是脱下大衣，轻轻披在她身上。

看小苏神色一惊，有些意外的样子，我若无其事地说，你穿着吧。

小苏面露娇羞，有些不好意思地说，风好凉的，你别感冒了，你穿吧，真的，我不冷。扭捏着想要脱下大衣还给我。

我说，别说话，穿着。然后不容分说，仗着身高优势，直接用大衣把小苏裹得紧紧的。

看着小苏不知所措，呼吸急促，浑身僵硬，一脸呆萌的神色，我笑了笑，碰了下她可爱的小鼻头，又摸了摸她的头。月光下的小苏，像一只可爱的小兔子。

就在这时，从路边突然蹿出一个玉树临风的身影，猛然地把我推出，冷冷地说道，不许你碰她，她是我的。

我有些恼火，抬眼一看，果然是相爷。这个讨厌的家伙，每次小苏发微信，发十条他就回一条，知道他胃不好，小苏打电话提醒他按时吃饭，他嫌婆妈不耐烦，从来没承认过和小苏的关系，连句我喜欢你都没有，傲娇得要命。小苏柔软的心都被他伤透了，好不容易才走出泥泞，这个时候他又出来干吗。

我不服气地喊道，你这个混蛋，小小以后由我来守护，不用你管。

没想到相爷只冷冷地看了我一眼，便视若无人地转身，紧紧地一把抓住小小抵在墙壁上，声色俱厉地狠狠看着她说，你是我的，不许再让任何人碰你。

小小没想到相爷会这样霸道地擒得她生疼，一脸委屈地眼泪要掉下来了，一边把相爷往外推，赌气说道，就不就不就不，你这个讨厌鬼，我再也不想见到你。

我在一旁叫道，你放开她，你不喜欢小小，就早点放手。

相爷看也不看我一眼，狠狠地盯着小小的眼睛，一句话也没说。

深秋中秋风萧瑟，树影婆娑，如海涛般清冷的声音。

夜色中烟花易冷，月光如水，如泡沫般温柔的味道。

一片安静。

相爷满脸怒意，突然用力一把将小小拥入怀中，抱得紧紧的，狠狠地大声说道，我喜欢你，我喜欢你不听话的样子，我喜欢你黏人地发消息，我喜欢你婆妈地总提醒我吃饭。你这个笨蛋，我喜欢你，难道你看不出来吗？今天我就告诉全世界，我喜欢你，喜欢你，喜欢你。

没想到傲娇的相爷会如此突兀地表白，小小被吓到了，一脸懵圈，慌张得不知该如何反应，只觉得手臂被他捏得发麻，下意识地反抗着想推开他。

相爷哪里容得小小抵抗，突然捏着她的下巴，于是一个粗暴的吻深深地咬在她粉嫩的嘴唇上。

被虐成狗的我在一旁呆呆目视，泪如雨下，心中默念，我可以等，小小，你要知道，这世界上总会有一个人在等你。

The End.

看到这我简直快吐了，因为以上这就是小小在离职后，历时一个月做出来的 YY 风脑残动画《霸道相爷爱上我》。集少女漫与玛丽苏剧于一体，壁咚、摸头杀、捏脸杀一个都不放过。

为了完成这个终极幻想大作，连续一个月她都没出门吃过饭，而且连吃什么都懒得想，就死磕一家送餐速度最快的，不仅外卖小哥，连接电话小哥都认识她了。

这几个月小小的周末生活大概是这样的，你们感受一下。

小小说，要个番茄炒蛋盖饭噢。

接线小哥说，中午也点的这个，你今天一天又没出门啊！

小小说，额……是……还是要番茄炒蛋。

我劝小小苏说，你以后还是少吃外卖吧，都是地沟油不健康，实在不行还是吃泡面吧。小小苏说，唉，我啥也不想吃，我就想要是有个男朋友就好了，我就每天做番茄炒蛋给他吃。

4

许久没与花痴少女一起吃泡面，还有些怀念小小苏叽叽喳喳的热闹。怎么说也算是《霸道相爷爱上我》的男二号，我出于人道主义关怀，带着一箱泡面去她家投食。

小小苏的房间是薄荷色的，连电脑都是薄荷色的，以前做设计也是，她喜欢用薄荷色，像她一样有种清清爽爽的自得其乐。

我帮她修电脑，她在旁边煮泡面。

我问小小苏，你为什么喜欢薄荷色。

她说因为我是属于夏天的天秤座，但夏天的绿太热烈了，天秤又是腼腆纠结的小羞涩星座，只有薄荷色能浅浅地描绘出我们天秤少女心底又寂寞又美好的花色。

我说，少来，我不信这个，看你以前偷吃我泡面的时候，可一点没腼腆纠结小羞涩。

小小苏说，好啦好啦，这锅泡面煮好了还你还不成嘛。

我说，腼腆纠结小羞涩还拿我当狗血剧男二，这煮再多的泡面也无法洗刷我的内心阴影。

小小苏说，哈哈，那是因为每次你下了设计要求，我说画不完，你总说，我可以等。每次你说这句话的时候都特别凄凉，我就脑补成玛丽苏剧里一辈子也等不到女主的男二。

我说，我不说等，你会老老实实地加班给我画嘛，每次都要加班等到后半夜，我能不凄凉嘛。

这时小小苏的电脑，突然抽风似的响起了一首无比应景凄凉的歌《我还没有男朋友》，吓我一跳。估计这就是小小苏这几个月宅家的循环单曲。

小小苏说，我才凄凉呢好吗，我还没有男朋友……

我说，至少你还小呢，你还没听这个才是真凄凉。说着我找到邵夷贝的《大龄文艺女青年之歌》，点了播放。

小小苏听了说，这个真心好凄凉。再过几年，我不会就得改听这个了吧。

我说，不会啦，以你这种花痴程度，就是靠碰瓷也会搞定一个男朋友的。

小小苏说，哈哈，我觉得也是。

她想了想，又很认真地说，我相信这个世界上，一定有一个人在等我，等着我给他做西红柿炒鸡蛋呢！也许等我先把西红柿炒鸡蛋学会了，他就出现了。

5

后来，小小苏没有再上班，开了家淘宝店，卖各种少女漫画玛丽苏剧的周边。

我又去她家投食过几次泡面，各种各样的公仔、手办、画册堆了一地。开淘宝店很累，但她乐在其中，7×24小时客服，经常和买东西的花痴同好少女们聊得春心荡漾，在薄荷色世界里优哉做梦。如她所说，我卖我喜欢的东西，卖给同样喜欢这些东西的妹子，虽然大家都寂寞着，但却能一起感受到这个世界的美好。

过了很久，小小苏还是没有找到男朋友，番茄炒蛋倒是越做越熟了。泡面终于升级成打卤面了。

我问小小苏，你还相信吗？

她说，我信。在这个寂寞的世界上，总有一个美好的人在等你。但你只有先相信美好，才会遇见美好。

也许，这个世界上，真的总有一个人在等你。也许你们还没碰面，也许转个身的瞬间你们就错过了，也许你们遇见了又彼此徘徊纠结。也许会美好，也许会凄凉。但请先相信，总有一天你们会碰面的，总有一天你们会再相逢，总有一天你们不再徘徊纠结，请先相信这个世界总有一个人在等你。

小小苏问我，那你还相信吗？

我说，我不是信，我是知道，这个世界上有个人在等我，还等得挺不耐烦，这个人叫傻缺甲方。快快，把打卤面端上来，我吃完得去加班了。

神隐少年

总会有一天，这段回忆会与你擦肩而过。因为那些很珍贵的东西，只要发生过，就永远不会神隐。

我们不是忘记了，只是没想起来。

1

一个很寻常的阴天，我很寻常地过马路的时候，林凡和我擦肩而过。

他是那么寻常的一张路人脸，以至于等我反应过来好像是他的时候，他已经走远了。

他一直就是这么寻常，就像这次要不是意外地打了个照面，我已记不起自己遥远的高中生涯中还曾有过林凡这么一个朋友。

我高中读的是寄宿制学校，林凡是隔壁寝室的，超爱踢足球，只要不上课就在球场上，除了熄灯前回来睡觉外，很少在寝室待，仿佛是个看不见的神隐少年。而那时的我却是个终日沉迷于武侠小说的失语少年，如果不是因为他家正在我回家的路上，每个周末他搭我的顺风车回家，也许画风迥异的我们，并不会成为朋友。

那辆自行车是一架除了铃铛不响其他地方都响的老爷车，每当周末放学，便是它哀号遍野之时，承担着两个近百斤的追风少年，吱吱嘎嘎地向远方的夕阳狂奔，以求早点回去，趁爸妈还没回来，还能偷偷看一会儿球赛。

而这老爷车也不是好惹的，经常有老爷脾气，不是掉链子，就是胎漏气，还有一次闸失灵，加上追风少年的速度与激情，险些酿成人员伤残，两人完整地回到家时，都有一种劫后余生的庆幸，相视一笑，简直是生死与共的患难之交。

然而这段相依为命的时光并没有太持久，直至林凡谈了女朋友小采，我们的交集就少了，更不可原谅的是，为此他各种欺骗家长，买了辆自行车。以前的周末都是我带着他，现在的周末变成他带着小采。

2

对此重色轻友的举动颇为不满的，除了我，还有菠萝。

菠萝是和林凡同寝室的一个哥们儿，是个热衷于练俯卧撑的肌肉男，所以被我们称为阿波罗。但这小子极讨厌看书，一度以为阿波罗是一种菠萝，所以干脆就叫他菠萝了。菠萝对学习没有兴趣，经常跷课，但好在老爸是公安局局长，觉得能四肢发达也不错，以后可以去读个警校，出来后就接班继续保护人民，也就逐渐放弃审问他的成绩了。

菠萝对自己的六块腹肌极为自信，总觉得妹子们都在偷瞄他。那阵子古天乐正红，菠萝对着镜子研究一番，觉得自己的鼻子还是很像古天乐的，于是更加自信。

高中是禁止早恋的，能找个女朋友，球场上有个妹子来为你加油打气，是件令男生侧目的事。但是，就是菠萝这样一个长着古天乐鼻子的六块腹肌男，却没有女朋友，而同寝室其貌不扬其身材也不扬的林凡，却找到了女朋友，这令自信满满的菠萝那幼小的心灵蒙上了一层酸酸的阴影。

据林凡老实交代，他和小采是在补习班上认识的。那是因为林凡的数学考了全年级倒数第一，爸妈非给他报了个周末补习班，他本来一开始是拒绝的，被强逼着去了，没想到因祸得福，还是艳福。

上补习班的第一天，神隐少年林凡又一如既往地迟到了，于是习惯性的从后门溜了进去。对此林凡有个观点是，后门是专为迟到的同学修的，如果我不迟到，不是浪费学校资源吗？

就当林凡轻轻拉开门，悄悄坐下，假装若无其事地拿出本子，象征性地记了几道笔记后，偷偷瞟了同桌一眼后，顿时整个补习人生仿佛都有了意义。

这个同桌就是小采，一脸认真地听着课，飞快地低头记着笔记。虽然那时小采还没完全发育，其身材不算扬，但其貌还是很扬的，弯弯的睫毛，亮亮的眼睛，瞳孔中散发宫崎骏笔下千与千寻的倔强神情。

据他描述，那一刻感觉神的光芒终于照耀在神隐少年的身上，内心其实无比激动，表面上却强装人模狗样地低声搭讪，同学，你们用的是不是这本辅导书啊？

可没想到小采注意力完全聚焦在前面那个在讲导数的长得像排骨的老师身上，完全看不见身边的神隐少年。

林凡备受打击，却色字当头不屈不挠，又鼓足勇气提高音量问了一遍。这回效果显著，因为不光是她，连排骨老师的注意力都一起吸引过来了。

小采这才看了林凡一眼，红着脸小声说，好像不是的，你这个版本好像不对。

林凡直勾勾地看着她说，哦，那你是在哪买到的呢？

小采低着头小声说，我是之前班级群里发通知的时候一起订的，要不你下课去问问班长吧。说完指了指前排一个相思成疾、满脸红豆的男生。

林凡色眯眯地看着她说，好的，我再去买本。那这节课前面的笔记能借我抄抄吗？

于是，后面一切都是只要脸皮厚铁杵磨成针的故事，林凡以探讨功课为名顺利地要到了小采的电话号码，并从那天起成为补习班每节必到且从不迟到的好学生，让不明真相的宿舍群众们，一度还以为林凡要发奋图强了。

补习班结束后，林凡成功地把小采收入囊中。更令人羡慕的是，小采也是同一个高中的，只是不同班。少男少女春心萌动，于是只要下课，两人简直是和强力胶黏一样腻歪着，神隐少年林凡更不怎么在寝室待了，美其名曰要和小采一起复习功课。

3

接下来的几个月是神隐少年最神龙见首不见尾的一段日子，每天和小采一起吃饭、上自习，周末骑单车带着她回家，整个人陷入头昏脑热的情网中。偶尔的迷之傻笑经常吓我们一跳，感觉就像整个世界一片光明，只要小采高兴，就算要林凡把地球炸掉都可以，可事实是地球倒没炸，只是他把小采宿舍楼砸了。

那是一个伸手不见五指的夜晚，宿舍的关门时间是十点整，可林凡和小采在操场上跑完步畅谈完人生，回过神来已经十点二十分了。

看着小采一脸慌张的神情，于是林凡英雄救美的豪情顿起。

他站在女生宿舍楼门外，壮着胆子大喊了几声，阿姨，开门！

可里面没反应，于是林凡提高嗓门又喊了几声，还是没有人应。那时高中还没流行出去过夜，小采从来也没遇见过这种事，想到马上就要成为不按时归寝的坏孩子被通报，顿时窘迫得手足无措。

看小采慌张得快哭出来了，林凡索性在门外狂吼，阿姨开门开门开门啊！

直到把六楼走廊的声控灯都喊亮了，不知道为什么那天阿姨也没来。

据林凡老实交代，也许是因为那天晚饭后吃了一块士力架，当时格外的豪气万丈，回头看到小采无助的样子，突然觉得力量在心中，猛地拥吻了小采一下。转过身就一脚把宿舍的玻璃门踢破了，扭过头就对小采说，我爱你，快进去。看着小采惊慌地逃进宿舍后，林凡也趁被保安追杀前飞快地跑掉了。

这次也是林凡的初吻。

在高涨的荷尔蒙、多巴胺、肾上腺素的联手作用下，让一时兴起的林凡跑到江滩边的石凳上挺尸了一晚上，也没觉得冷。他先是为砸门的事兴奋得意得一个小时没睡着，而一个小时后的五个小时后依然也没睡着，是因为那晚妖风巨大，每次刚睡着，稍微一个重心不稳紧接着就扑地了，好不容易熬到天亮，估计宿舍该开门了，爬起身才发现腿都弯不了了。

此后，林凡感冒了大半个月，并在我们的一片羡慕嫉妒恨的眼神中，享受小采每天带来的爱心早餐，感觉一辈子感冒下去也认了。

4

秋天来了，树叶黄了。

我还记得以前有篇课文曾写道：一群大雁往南飞，一会儿排成“人”字，一会儿排成“一”字。

但那时林凡考试作弊被抓，怨念很重，说课文要与时俱进地改成这样才对：秋天来了，考试黄了，一群烤鸭往南飞，一会儿排成“S”，一会儿排成“B”。

这个秋天短得就如同林凡的春天，因为在那么短的秋天里，林凡的“春天”就没了。先是作弊被抓，然后手机被盗，接着踢足球骨折，最后是小采跟他分手了。

小采的生日也在秋天。

那个秋天，经常没影的神隐少年林凡，老老实实地在寝室现了一个月的真身，吃了一个月的泡面。

我问他，你怎么最近不去踢足球了。

林凡说，好饿。

林凡用省下的饭钱，还跟大家借钱凑了点儿，买了一条银手链送给小采当生日礼物。

也就是那天，林凡的手机有预兆性地先一步跟人跑了。但当时林凡没有意识到这是一个不幸开始的预兆，抱着破财免灾、球场必胜的念头参加了年级足球赛。

接下来的故事是，林凡在带着银手链的女友小采的首次观战下，为了一展自己的洪荒之力，用那只曾英勇地踢破过宿舍门的英勇的腿和对方火拼，然后骨折休课了一个月。

他手机丢了，没法联系上，我和菠萝只好直接杀去医院看他。

林凡问，和我火拼对腿的那哥们儿怎么样了啊？

菠萝说，没骨折，比你好多了，早就回去上课了。

林凡说，这次太失败了，我以前和他也火拼过的，那次是他骨折。

我说，可能这次你吃太多泡面了，缺钙吧，下次再战。

他说，唉，其实骨折也没什么，主要是这次小采在看，觉得太失败了。

林凡跟菠萝借了手机给小采发了条短信：小采，我想你。但小采没有回，我们安慰他，最近手机信号不好。

林凡回学校后的第一件事就是找小采，他有一种不祥的预感。但 20 分钟后，这种不祥的预感消失了，因为它变成了事实。

林凡等在校门前，默默看着小采坐在另一个男生自行车后座上，亲昵地揽着他的腰，就像曾揽着林凡一样。

据林凡老实交代，他当时像偶像剧里演的那样，酷酷地对小采说，只要你跟我说他是你哥，我就相信你。

但小采却没有像偶像剧里演的那样感动得流泪拥抱，而是有点窘迫地什么也没说。

后来，小采身边的男生用拳头回答了这个问题。

他是小采过去的前任和现在的现任男朋友，而林凡的角色则调整为小采过去的现任和现在的前任男朋友。这还不是最郁闷的，最郁闷的是，经过我们认真鉴定，那个不知是他抢了林凡的、还是林凡抢了他的女朋友的那家伙，和林凡长得还挺像。

林凡不想承认小采当初那么快答应他，很有可能是因为他长得像她前男友，所以林凡对我们说，小采现在那么快接收她的前男友，不过是由于他长得像我。

唯一值得安慰的是，林凡的作弊被抓没有录入档案。对此事他还是很在意的，他说作弊虽然不可耻，但作弊被抓还是很可耻的。不过，林凡用一份很有文采的检讨跟学校里换了一个大过。

每次回忆那天写检讨的过程，林凡都表示简直是一字一泪。他说为了防干扰，他特意起了个大早，赶在早自习前跑到教室去写检讨，结果一不小心，在楼梯上跌了一跤，把那只有着辉煌历史旧伤未愈的腿又摧残了一次。生理上的痛楚连带引发了心理上的痛楚，想到自己如今作弊被抓，手机被盗，腿被踢残，女友被抢，现在连楼梯都跟他过不去，顿时感觉身心俱疲，写起检讨来声泪俱下，洋洋洒洒的两千五百字一下子就搞定了。写完又看了一遍，真情实感果然最能惊天地泣鬼神，简直可以代表学校最高水平参加作文比赛了。

最后，林凡把那篇检讨很舍不得地交了上去，一次通过，他觉得学校应该裱起来，挂在教务科作为模范检讨，好让以后的学弟学妹们也有个范例。

5

接下来是林凡最颓的一段日子，觉得人生失去目标，未来了无生气。

神的光芒原来只是支手电，只扫一下林凡，就又去扫别人了。

虽然我和菠萝都劝他说，别灰心，泡面会有的，女朋友也会有的。

林凡说，我不是不信，我只是怕我撑不到泡面和女朋友出现的那一天。

虽然女朋友没了，但为了尽早还上给女朋友买手链时的借款，林凡又开始吃泡面了，有时连泡面都不吃了。

我和菠萝看他万念俱灰的样子，时不时接济他一下，但林凡却说，我吃不下。

这期间，我和菠萝曾碰到过小采几次，她已经没戴那串银手链了。林凡说小采分手时曾要还给他，他说别还了，你就留着吧，反正这种东西，总有一天会不见的。

那段时间，林凡天天单曲循环《分开旅行》，感叹说失恋就应该去趟巴黎，喂喂鸽子散散心。我和菠萝吐槽说，你的英语巴黎的鸽子应该听不懂。

后来，林凡在网上看了个叫《懒散的阳朔之行》的帖子，说"只想放松心情，或许在阳朔只是睡睡懒觉，光线好的时候拍拍照，下午暖和的时候坐在路旁的咖啡馆里聊聊天，看看书，有心情和体力的时候租辆自行车随处逛逛"，于是又移情别恋开始向往阳朔。

再后来，无意中听到一首老歌《我想去桂林》，林凡终于下定决心改为向往去桂林。歌词是这样的：我想去桂林啊我想去桂林，可是有了时间的时候我却没有钱；我想去桂林啊我想去桂林，可是有了钱的时候我又没时间。

林凡说，他很羡慕这唱歌的哥们儿，因为他自己从未出现过后一种情况。所以他依然只能待在原地。

6

菠萝还是出手替林凡报仇了。

菠萝是踢足球的时候，碰上小采的前前任兼现任男友的，菠萝过人的时候故意没有收脚，那哥们儿也不是善茬。两人直接动手打了起来，然后两边的球队唯恐天下不乱的热血少年们，也都参战了。

此事在学校闹得沸沸扬扬。菠萝伤得不轻。

我和林凡是事后才知道的，赶紧直接杀去医院看菠萝。

等我们见到菠萝的时候，手术已经做完了，他哼哼唧唧地躺在病床上，头裹得像个粽子。

最不幸的是，菠萝长久以来引以为豪的鼻子骨折了，还有一只眼睛肿得十分夸张，据林凡分析说，这肯定是别人一拳掼过去的。

我不禁为菠萝的鼻子扼腕叹息，那帮家伙太不厚道了，脸上就这地方帅点儿，就这么给打没了。

出院后，菠萝一度还想再找那小子，以报破相之仇。

被我和林凡拼命劝住了，我们安慰菠萝说，虽说你以前那个是古天乐的鼻子，但现在只不过变成了谢霆锋的鼻子，现在也是很流行的。

可能是鼻子的问题解决了，菠萝终于勉强同意不通过暴力手段找那小子麻烦。而那小子却在学校放话，说交学校的罚款就当花钱练了回散打。当然，这些话我们都故意忘了转告菠萝，毕竟菠萝以后是要当人民警察的人，不是要当城管的。

这段时间我们三人都很颓，林凡是因为失恋，菠萝是因为打架后又挨了局长老爸打，而我是因为迷上了摇滚。

我们试图用抽烟来排解颓废，此招是跟玩摇滚的辍学师兄学的，此师兄曾在校内校外的摇滚圈名噪一时。后来，他酒后对着一个摇滚造诣不如他但颇有势力的哥们儿大放厥词：摇滚摇滚，摇完就滚。遂被教育了如何滚，自此他很长一段时间戒酒只抽烟。

这师兄烟龄甚长，从还是祖国花朵的时候就开始了，他说小学抽烟是因为好奇，初中抽是为了耍酷，高中抽是因为郁闷，现在走上社会再抽是为了思考。

这句话让我们一度觉得他深不可测，但当他向我们借了三百块钱并至今未还后，这个迷信被破了。

我们三人也因此戒烟了，主要是因为没钱了。

依旧生活，且生活依旧。

7

再后来，林凡、菠萝和我分别考去了不同的学校。

最开始还能偶尔聚聚，后来聚着聚着就散了。

再后来，居然就这么多年过去了，我们再也没有见过了，连手机号都不见了。

我看着擦肩而过的已走远的林凡的背影想，不知道他是否现在还在打篮球，也不知道后来菠萝是否当上人民警察。

回想起那段没有烟抽的日子，我们爬到天台上闲谈，困却睡不着，我们打赌小采是不是把手链早丢了。

现在很多年过去了，就像小采的手链，很多很多回忆不知道是否早丢了。

但总会有一天，这段回忆会与你擦肩而过。因为那些很珍贵的东西，只要发生过，就永远不会神隐。

我们不是忘记了，只是没想起来。

但我还是想起来了，想起在那个没有烟抽的夜晚，在那个天台上，林凡告诉我们说，其实他是帮小采作弊的，但他没有供出小采。

今晚，请许我再抽一支烟。

傻子

小镇的竹林还是像当年那样喧闹，又有很多放学的孩子拿着竹枝弹来弹去，重复着我们当年的游戏。一代一代的我们，重复着同样的故事。

1

当我再次见到大力哥的时候，他正在天桥下摆地摊卖竹拖鞋，旁边有个很破的山寨音响，在放周董的《稻香》。和我第一次在竹林见到他时相比，除了个头儿高些，还是那脸不合时宜的傻样儿。

南方的夏夜，闷热得像个早熟的处男，一腔多余的精力，一到暮色降临，便不知羞耻不声不响地猛然宣泄出来。

暮色下的处男大力哥，像一尊古希腊石雕像，一身肌肉不知羞耻地在紧身背心里挤着轮廓，一头大汗顺着自然卷的长发宣泄而出，一身睥睨天下的豪情半坐在竹马扎上，随着音响里的旋律，吹着一支过时的旧竹笛。身边破旧的音响里，含着痰般吐字不清的周董用 R&B 的调调哼唧着：

对这个世界如果你有太多的抱怨，

跌倒了就不敢继续往前走，

为什么人要这么的脆弱堕落。

我不声不响地走到大力哥背后，猛然地大喊一声“城管来了”，吓得大力哥一抖，差点儿从竹马扎上坐到地上。

无证摊贩下意识地要去紧急收摊，我哈哈大笑，他回头一看，愣了一下才认出我来，傻傻地笑了，又捶了我一拳，用一口含着痰般吐字不清的乡音笑骂道，你这小子，这么多年不见，还以为你死了呢，这一出来就来吓死老子啰！

我笑骂着回应他，真吓死了我给你收尸，备个竹棺材，比水晶棺上档次。

大力哥也不避讳，捏着我肩笑言道，那到时你可得真送，还得是找镇上老篾匠祥叔手工打造，不然我死不瞑目天天缠着你背单词。

大力哥是真喜欢竹子。虽然他从小功课是最差的，长大后一直也没啥文化，但他还就附庸这个风雅。

诗人苏东坡说，宁可食无肉，不可居无竹。大力哥不会写诗，但这两点都做到了，租的小破房里堆满了要卖的竹拖鞋、竹簸箕、竹枕头和竹马扎。就是生意一直不太好，所以确实也很少舍得吃肉。

我认识大力哥的时候，是在老家的小镇插班念小学的时候，那时他还是个傻傻的少年，我是个自以为聪明的少年，但我们都同样喜欢在同一片竹林里待着。

那时我没有太多的小伙伴，总是一个人，放学后便躲在竹林里看小说，听风和竹叶好像在说话，觉得自己也就不寂寞了。那时还没有“装”这个字眼，多认得几个字的我，便自嘲为附庸风雅。

而同样喜欢在后山竹林里耍的大力哥却说，附庸屁的风雅，有鸟蛋掏着吃，有竹子弹着玩，就喜欢呗，喜欢就是喜欢呗。有风吹着凉快就好了，要个屁的风雅。

大力哥并非浪得虚名，论个头他是同年级里最高的，力气也是最大的，玩掰腕子时所向披靡，但是他是个老实孩子，从没动手欺负过人，反倒是有时还被人捉弄，所以总被人笑话。

他和我不是一个班，原本我们不会有太多交集的，但就是那片放学后每个孩子都共同拥有的竹林让我认识了大力哥。

那时网吧游戏室还不普遍，小镇里更是没什么可玩的，男生会掰下竹枝，相互弹来弹去，但只有大力哥经常弹到自己，简直傻翻了，于是成功地吸引了我的注意。

那是有一次打闹着玩，他成功地弹中了自己的眼睛，大力哥蹲着地上哀号，小伙伴都嗤笑着跑了，同样没有小伙伴躲在竹林里看书的我，送他去了卫生站。

自那以后，大力哥逢人便说，我救了他的一只眼，他以后要以眼还眼，听到这话，顿时吓得我不敢不和他做朋友。

2

大力哥在镇上小学里，注定是个名留史册的人，这不仅仅是因为有次下暴雨大家抢着上厕所，大力哥为了拔得头筹，差点儿脚滑跌进屎厕，还因为他那次傻翻了的离家出走经历。

作为大力哥的好朋友，有一天放学，大力哥在竹林悄悄告诉我，他喜欢上我们班上的一个女生张小花。对此，即便要以眼还眼，我也忍不住流露出严重不屑的眼神。

张小花是我们班的学习委员，扎俩小麻花辫，收作业极为较真，还打过我抄作业的小报告。在我看来，这种人以后就是好管闲事以排解空虚内心的村委会大妈啊，大力哥居然喜欢上这种女孩，难道以后要去陪她跳广场舞吗?

但我怎么劝说都没用，大力哥义无反顾地陷入情网，甚至为吸引非同班同学小花的注意，义无反顾地搞了一件轰动全校的大事，就是离家出走。

随着大力哥的这次一往情深，大力哥的犯傻行径也走上巅峰。

天真的大力哥，暗暗认为少女们都会喜欢学校的风云人物，而成绩一片乌云的他，想要成为风云人物，唯有留下一个传说。

于是，在一个狂风暴雨的晚上，收到乌云成绩单的大力哥，不想再面对家里的狂风暴雨，毅然在放学后奔赴狂风暴雨的远方。

离开时他跟我说，我要去省城，小花以前去省城，说天桥下的矮子饼很好吃，我要去省城带一份矮子饼给她。

那时同样天真的我，不仅没有劝他，还深有一种参与到传说行动中的荣耀感，即便是为了我看不上的张小花。于是我义无反顾地表决心，在大力哥回来之前，我会帮他死守这个秘密，他去省城的事，打死我也不招。

但七天后，在一个没有狂风暴雨的上午，广播体操结束，从省城归来的大力哥站在全校师生面前做检讨的时候，这件离家出走的大事，并没有如想象中那样成为轰动全校的风云传说，而是成为轰动全校的愚蠢笑话。

那晚，大力哥买票到了省城以后，兜里的钱已所剩无几，也舍不得住宿，在车站睡了一夜。

到了省城才知道，原来一个地方是可以有很多的天桥的，大力哥走了好几个天桥，也没有找到张小花说的好吃的矮子饼。

大力哥好不容易才找回车站，又在车站冻了一夜，出发时的踌躇满志，已被化为惆怅呆滞，迫不得已两天也就买了两个包子垫肚子，再耗下去，恐怕连回去的车票钱也不够了。

饿够肚子的大力哥终于恢复了智商，毅然决然地买了返乡的票。但回去后，据我的情报，大力哥离家出走后，他爸妈在学校里闹得沸沸扬扬的，有群众提供线索，看见大力哥曾去了车站，于是家里还报了案。

天真的我和大力哥曾以为的结局是，大力哥神秘地失踪，又神秘地出现，神不知鬼不觉地一日往返八千里，买到如同传说的矮子饼，然后像个英雄一样出现在张小花面前。

没想到闹成这样窘迫愚蠢的结局，大力哥现在再回去，以后就只能像个矮子一样出现在所有人面前。

大力哥不好意思回家，更不好意思回学校，怕被张小花耻笑，于是便在后山竹林里的一个小石洞里躲了几天。临近冬天，连鸟蛋都掏不到了，其间作为好朋友的我，每天省着饭钱，买两个包子去给大力哥投食，饥寒交迫的大力哥，待遇并没有比耗在车站强多少，而且出于节省开支、打持久战的长远规划，我买给他的还是菜包。

可惜大力哥在石洞里待了没几天，就决定还是走出竹林缴枪投降了。

本预谋作为英雄盟友的我，大为失望，也只得陪他一起下山。

我说，你这是在山洞面壁思过，所以想洗心革面，立地成佛了吗？

大力哥说，我只是想吃肉。

后来，回家吃饱肉的大力哥，终于有勇气与力气走上台，当着全校师生的面作检讨。在我看来祸水源头的张小花，也毫不知情地站在台下，一脸鄙夷地听着大力哥忏悔。那篇检讨里，很多句式都是以“我以为”开头，以“没想到”结尾。

就这样，大力哥成了轰动全校的可笑傻子，但傻子大力哥一个字也没提过矮子饼的事。

有时看着张小花也跟着一起取笑大力哥，我有些气不过。他却跟我说，笑我傻就傻吧，也没什么不好，她开心，我也没觉得吃什么亏啊。

他说这话的时候，竹林里有风吹过，嗦嗦沙沙地仿佛也在笑他傻。

3

后来，我离开小镇去了城里，很多年没有再回去，也没再见过大力哥。只是很久以后，听人说他跟人打架，高中没毕业就被学校开除了，然后就开始混社会。据说因为他傻得彪悍，长得又壮，打架时还没出手，对方就闻风丧胆，在救了行里的某个前辈后，深得重用，逐渐成了混混里的领军人物。

听到这个消息的时候，我总觉得有点不敢相信，大力哥那种笨蛋也能去混社会。

而等在电视上见到大力哥的时候，我更是觉得难可置信。不过好在大力哥不是出现在《法制进行时》，而是省城电视台的一档《都市十点档》的八卦新闻中。

那是一档探访都市里民生百态的节目，报道过耍鞭子的老头，卖嗨碟的大妈，会认字的狗。而大力哥则是因为在天桥下，边摆摊边用竹笛吹出周杰伦的歌，成功地吸引到栏目记者的注意。

那段新闻还有个风雅得吓人的标题，叫《摆摊竹匠弄笛 R&B，民间曲艺重焕新生》，整个报道有六分钟，占了当晚节目的五分之一，大力哥没想到摆个摊还会遇上这阵仗，镜头中紧张得有点颤抖，操着一口带着小镇乡音的夹生普通话，不管记者怎么问，他翻来覆去地就这么几句话，这没啥，我就是喜欢，嗯啊，就是喜欢。

末了，突然又想起一句，问记者，这节目播完，城管不会来抓我吧。

时隔多年在电视机前突然看到他的我，顿时觉得这些年过去，傻子大力哥的智商还是有提升的。

为了赶在城管抓他前见他一面，我关了电视就出门。

于是就发生刚开始在天桥下的那一幕。

其实大力哥来省城摆摊，也没几个月，突然以这种方式，碰到这么多年没见的年少伙伴，彼此都觉得不可思议。

陪大力哥收摊回了他的出租房，俩人买了一打啤酒，喝到半夜。

我问他，你当古惑仔的事是真的吗？

他有点不好意思地承认说，这事你也知道啊……是当过一阵……

我说，不是吧，你这么老实，怎么会出手欺负人啊。

他说，可能我真傻吧，算了，不提也罢，喝酒。

事后证明我和大力哥的担心都是多余的，节目播出了大半个月，城管也没有刻意来抓过大力哥，而且也许是天气太热，连出勤的次数都比往常少多了。

倒是有附近的酒吧老板，后来请大力哥去驻唱过五六个月，哦，不对，是驻吹，大力哥用竹笛吹着周董的歌，酒吧的歌手在旁边伴唱。为了加强反串的爆点，伴唱还特意找的是一个女歌手，这节目居然还真火了一阵子，来场子的客人多了不少，老板也给了大力哥不少分红。

而且，更令人眼红的是，他还和那个伴唱的女歌手小冉走到了一起。小冉表示很仰慕大力哥的才华，同为音乐界演艺圈的人，她伴唱这么多年都没火过，但大力哥作为半路出道的素人，居然凭借一支竹笛，就成了酒吧演艺头牌。年近三十的处男大力哥，从未想过还能遇到这样的迷妹，于是很快两人就同居了。

就这样，依仗着一支竹笛，大力哥觉得自己终于成了充满人生传奇的风云人物。那段时间，不管什么时候见到大力哥，他都笛不离手，甚至坐地铁里也时不时地把弄下，得意之时嘴里还忍不住哼唱几句，在喧嚣的都市中，仿佛一个刚从时光诡域中穿越而来的侠客。但迷妹小冉表示，这就是巨蟹座男人与生俱来的神秘气质。

4

然而好景不长，没多久客人们就对这个节目看厌了。老板多付了半个月的薪水，让大力哥走了。

因为也没有其他技能，大力哥折腾了两个月，也没找到合适的工作。

小冉也走了，是不辞而别的，只留了张纸条说分手，还偷偷取走了大力哥所有的积蓄。那几晚大力哥跟疯了一样，我陪着他一家家酒吧地挨着找，终于找到小冉。她还在台上伴唱，旁边有个造型夸张的摇滚青年在用贝斯炫技。

小冉突然看到台下的大力哥，先是一惊，然后强作镇定地继续唱着饶舌。

我以为大力哥会冲上台，但大力哥什么也没做，只是站在远处静静地听着。

小冉唱完，慌慌张张地将大力哥拼命拉出酒吧外，一脸厌烦地说，你怎么找到这里来了，我陪你那么久，那些就算分手费。

大力哥说，我不是来要钱的，我只是想你回去。

小冉说，不是说了我们分手了吗？我们在一起不合适。

大力哥说，哪里不合适？你不是说过最喜欢听我吹笛子吗？

小冉说，哪里都不合适，我现在不喜欢笛子了，我喜欢饶舌，饶舌你懂吗？

说完，小冉还一脸不屑，甩开大力哥的手，掉头就往酒吧里走。

我气不过伸手要去拉小冉，却被大力哥拉住了，他还是那么大的力气，猛地一扯，我还有点站不住。

他说，算了，让她走吧，她喜欢就好。

晚风吹过，这个城市没有竹林，只有路灯下的大力哥，脆弱得像一枝孤独的竹子。

陪他站了许久，大力哥突然问我，刚才小冉唱的是什么歌，他没听过，以前她也没唱过。

我说那是首英文歌 ***Boyfriend***，丁日唱的饶舌。

大力哥突然大吼一声，我去。

后来，大力哥又回天桥摆了几个月的摊，只是不再吹竹笛了，其间还被城管抓过一次，被天桥下的其他摊贩取笑了很久。

当时一听城管来了，其他摊贩迅速收摊走了，只有大力哥当时不知怎么的，傻傻定在原地，被逮了个正着。

我问他怎么不跑，他说，当时看到马路对面有个人好像是小冉，就想多看几眼。

就这样，此事过后，竹林里的傻子大力哥，又成了天桥下的傻子大力哥，在无证摊贩圈中，傻名远播。

5

大力哥最后还是回小镇了，但不是因为城管，是因为生意确实不好。

省城里并没有那么多人像大力哥这样喜欢竹子，除了我接济他吃过几次酒肉以外，大力哥常吃的还是包子，还经常是菜包。

直到离开时，大力哥亲手做了个竹马扎给我，我才知道原来他卖的这些竹器有些还是他自己做的，他说是退出古惑江湖后，跟镇上老篾匠祥叔学的手艺。

我逗他说，你当时不是混得挺风云人物的嘛，干吗去搞这不挣钱的匠人情怀。

大力哥没有正面回答我，只是说，这竹马扎你留着，我记得你以前读书时说要什么风雅的，宁可食无肉，不可居无竹。

我说，风雅个屁，我都不记得自己说过了，现在我觉得有肉吃就挺好。

大力哥说，反正他回镇子以后，这辈子都不想再吃包子了。

后来，我也再回了小镇一次，是大力哥结婚，请我去喝酒。

见到年少时的小伙伴，我突然有一种穿越过时光诡域的感觉，那么多年没见了，如果不是见到，我也许已经遗忘人生中曾有过这么多熟悉的脸庞。

听他们在酒桌上窃窃私语，我才知道，大力哥当年打架辍学是为了张小花。张小花放学路上被小混混调戏，据说衣服都脱到一半了，是大力哥出手救的她，但大力哥力气太大，出手太重，事情闹大了，派出所就找上来了。

大力哥怕事情传出去张小花被人笑话，就说是自己跟混混斗气惹的事，一个字也没提张小花。后来为了让那个混混也封口，还自愿被混混又打了一顿。但那个混混没有信守承诺，还是把这件事张扬出去了，张小花转学去了邻镇。而大力哥的讲道义倒被混混老大颇为赏识，不仅教训了那个手下，看他辍学没事做，还收了他。

一直到有一次打了场大架，大力哥这个傻子拼着命，帮老大挡了致命的一刀，被送进抢救室，他妈疯了似的在边上哭，我只有你一个儿子。大力哥出院后，终于浪子回头，逐渐退出社团，跟老篾匠祥叔去学手艺了。

那天大力哥的流水席，大家从中午吃到下午，讲了很多话，喝了很多酒。

喝到暮色渐起，像当年一样，大家打打闹闹地又去了学校后山的那片竹林。正是放学的时候，小镇的竹林还是像当年那样喧闹，又有很多放学的孩子拿着竹枝弹来弹去，重复着我们当年的游戏。一代一代的我们，重复着同样的故事。

新郎大力哥取出那支旧竹笛，开始吹着 R&B，还是周董的那首《稻香》。

新娘张小花，用一口夹杂着乡音的普通话唱着：

乡间的歌谣永远的依靠，

回家吧回到最初的美好。

不要这么容易就想放弃，

就像我说的，

追不到的梦想换个梦不就得了，

为自己的人生鲜艳上色。

先把爱涂上喜欢的颜色。

笑一个吧，

功成名就不是目的，

让自己快乐快乐，

这才叫作意义。

一切浪子都是纸老虎

知我者谓我心忧，不知我者喂我火锅涮肉。

1

重庆是个好地方，火锅啤酒串串香。

传说中的老油快手、手机麻圣手、阿姨杀手——小民哥，就大隐隐于此地。

如果说我的记忆中，哪个城市最让我记忆犹新，那就是麻辣江湖的重庆了。如果说我的记忆中，重庆的哪个人最让我忧心，那就是小民哥了。

每当一弯明月画上滚滚翻腾的长江夜色，小民哥总会边看着滚滚翻腾的鸭肠毛肚老肉片，边若有所思地感叹道，知我者为我心忧，不知我者喂我火锅涮肉。

其实论岁数我叫他民叔也不为过，但每次和小民哥一起撸串串的时候，一点儿看不出他快四十了。牙好，胃口好，身边带着的姑娘也好，每隔一阵子还能换着样的好。

小民哥长得一脸正气，不管什么时候见，他总剃着毛光的头，额头很是饱满，显得一脸天圆地方的，胡子也剃得干净，一看就是讲究人儿。

包括在完成吃火锅、打麻将、泡吧撩妹的这三大任务时，也极为讲究。

先说这吃夜宵，那得是纯正的老油火锅。所谓老油就是得滚了又滚，每次食客吃完，锅底要回收，下桌接着滚接着吃，如此反复，生生不息。听起来不太卫生，但本地人习以为常，这么多年都是这么吃过来的，不这样还不正宗不够味呢！

原本重庆到处都是老油火锅的，但有关部门出于卫生考虑，在一次重庆火锅改革创新动员大会后，老油火锅就此退出历史舞台。各大火锅店都开始力推一次性锅底，想找到一家冒着关门风险保护一锅老油的苍蝇馆子，简直像当年联系地下党一样不易。但是小民哥是讲究人儿，坚持吃火锅要有吃火锅的追求，表示只有百家筷子涮出的一锅老油，才是食魂之精华所在，不是老油就无法领悟重庆火锅之奥义。每次吃火锅，都坚决指定必须老油，不管多远多堵多隐蔽，都不容我们反抗。

虽然为了小民哥的追求，我这个没有经过本地历史积淀熏陶的肠胃，屡次表示不满，但想约小民哥吃饭，就只有按小民哥的规矩办事。

同为重庆老油卫士，小民哥让各道友不得不服气的一点是，不仅能吃出绝对压倒性的量级优势，而且下筷子的速度，颇有古侠客们剑扫落叶之势，总能吃出高度，吃出速度，吃到你服，堪称山城火锅界传说，江湖人赠一美名“老油快手”。

再说打麻将这件事，重庆对这项历久弥新传统文化的热爱程度，并不亚于成都。

在机麻诞生之前，大家都还手动洗牌，耗时耗力，但机麻诞生之后，就分流成两支队伍，一支还是继续以往的手工活，觉得这才是正经的麻将奥义，而另一分支，则是机麻的拥趸，感恩科技改变生活。一般麻将室里，复古的和现代的都会备上，以满足山城人民群众的不同休闲需求。

而小民哥虽然在火锅上是个怀旧派，但在机麻上却是个坚决的拥护者，自第一批机麻引入山城，小民哥就投入高科技的怀抱中。这结合小民哥老油快手的行事作风也不难理解，小民哥打麻将也是把好手，不仅牌技好，从不赖账有牌品，而且出牌还特别快，配合机麻简直所向披靡，所以江湖又赠一美名“机麻圣手”。

至于“阿姨杀手”这个称号，则是我送给小民哥的。小民哥不仅在饭桌赌桌上能平沙落雁横扫千军，在酒桌上撩妹，不对，是撩姨，也依旧不减快男风采。

对此，小民哥自认为有节操的官方说法是，他不喜欢小女生，心智不成熟，麻烦黏人玻璃心，动不动就哭哭啼啼寻死觅活的，所以，他只找大龄女青年，心理素质好得多，不过既然岁数大，那也不能玩太久，总不能耽误人家嫁人。

小民哥家境颇为优越，小小年纪就开始混迹于山城各大酒吧，那时，出来泡吧的姑娘们，对当时的小民哥来说，都可以算是阿姨了。据小民哥说，他第一次撩泡吧的姑娘，内心羞赧却强作镇定，终于得手，没想到等事后姑娘告诉他，其实今天是我 38 岁生日，他一脸错愕，保养太好了，感觉像是被阿姨骗了。

然而小民哥就是在一波又一波阿姨的关怀与指点下，终成一代浪子。不仅酒量惊人，还颇为风趣大方善解人意，简直是酒吧大龄单身女青年之友。但小民哥多年来万花丛中过，片叶不沾身，交往的每个姑娘都不超过半年，据说半个解放碑的姑娘都跟他有仇。

因为小民哥说，我不结婚的，我这辈子只想当个浪子。并且慷慨地对我表示，世界是你们的，也是我们的，但姑娘是大家的。

就是这样共同的价值观，我和已近不惑之年的小民哥成了忘年之交。只可惜算术比酒量还差的我，即便得悉老司机指路，也依然在酒吧毫无斩获，骰子读数把把输，没有姑娘愿意跟一个把自己灌醉的蠢货回家。

2

在重庆的那段时间，我经常借宿在小民哥家里。

他说我家里房间多，空荡荡的，闲着也是闲着，不如你过来住吧。

于是，我也就懒得客套，经常厚着脸皮在小民哥家蹭吃蹭住，美其名曰，老年人需要年轻人的陪伴与关怀。而且，他家也确实大，他一个人住简直浪费资源。

那是套李子坝公园附近的复式，六室两厅，别说住我了，住葫芦娃都够了，但小民哥从来没带过姑娘来过家。而且，不管是去酒店还是去姑娘家，12 点前，一准回来睡觉，真是个有原则的浪子。

但只有那晚，他没回来。

他被一个姑娘缠上了，还是一个年龄未达标的小丫头。

这是一个即将伸手不见五指的黑夜，命中注定小民哥要遇到这个能留住他过夜的姑娘——茜茜警官。

因为那天晚上他开车和别人有点小剐蹭，对方争执了几句，接着推搡起来，对方先打了交警电话，又打了 110。

于是，正义的化身茜茜警官现身了。

然后，小民哥据无理仍力争，就被前来调解的茜茜警官直接带去拘留了。

第二天我接到警局电话后，前去警局领人。等我到了的时候，浪子界健康生活楷模、早睡早起的小民哥，已经起床好几个小时了。

小民哥抱怨说，你小子睡到现在才来接我，我一把岁数等你好意思吗？

我说，自作孽不可活，你又不差那点儿钱，这么大把岁数折腾到警局去干吗？

他突然狡黠地一笑说，你看这是什么？说完掏出一串钥匙，还有个粉嘟嘟的兔子钥匙扣。

我说，这是什么，你不是偷了警局的钥匙吧，怎么着你还想劫狱不成？

小民哥神秘地说，不是警局的，是警花的。

看着我一脸懵圈，小民哥接着极为嘚瑟地解释道，刚才领你过来接我的那个姑娘你看了吧，好看吧，不然你以为呢，我这么大把岁数为什么要来警局折腾一晚上。昨晚就是她陪审我的，嘿嘿。

据小民哥交代，他确实也不在意那点剐蹭的钱，看 110 过来，他本来也想息事宁人了的，但没想到来的警官还带了个小警花。这就是小民哥初见茜茜，娇小却胸大，还一身制服诱惑，一瞬间击倒了纵横情场沧桑已久的小民哥。

因为这交通纠纷，这路也堵了很久了，茜茜警花焦急而认真调停，但在小民哥看来这简直就是调情，尤其是想到还没撩过警花呢，于是果断决定不依不饶地纠缠下去，得把握机会把这成就刷了。

于是，非闹着闹着就闹成拘留了，然后顺手在车上顺了小警花的钥匙，还借审问他的时候，各种旁敲侧击她多大，有没有男朋友。比如一脸诚恳地道歉，是刚才太冲动了，给警官大大添麻烦了，这么晚了不回去，你家那口子不会担心吧。结果各种软磨硬泡，还真让他打听出来了，茜茜是个单身。

虽然后来得知，茜茜警花看着成熟，但不过是个毕业生，并没有达到小民哥的年龄硬指标，然而小民哥表示，对警察同志要有一定倾斜性，不要在意那些细节。

3

借着还钥匙的各种由头，小民哥顺利约到茜茜警官见面。

那天，茜茜没穿警服，穿了件粉色的棉布连衣裙，上面有只毛茸茸的兔子图案，还印的几个字“茜茜宝贝宠物店”。

小民哥毫无心理压力地扯谎说钥匙是捡到的，茜茜一再表示感谢。

小民哥继续毫无心理压力地提出，那你请我吃顿饭吧，茜茜自然不好意思拒绝。

于是小民哥开车带她去了火锅店，那是小民哥少有的没选老油火锅店的一次，他说把人民警察吃坏了，谁来保护我们啊。

不仅如此，吃完小民哥还抢着买了单。

那天，不穿警服的茜茜，竟有几分不知所措的羞涩，像一只粉色的小兔子。

再然后，在据侦察茜茜休假的周末，小民哥就出其不意地去了那家“茜茜宝贝宠物店”。居然真是一家以兔子为主题的宠物店。在川渝地区这种充斥着麻辣兔头的地方，开一家满是食材的宠物店，小民哥表示，这小丫头也是挺有勇气的。

作为一个陪小民哥横扫过几家山城兔头店的蹭吃党，记忆中是有过这样的片段的。

小民哥曾告诉我说，可以麻辣的兔子才是好兔子。

小民哥还曾告诉我说，可以真空包装的兔子才是乖兔子。

小民哥还曾告诉我说，你知道兔子哪里最好吃吗？脸蛋。

但是，现在那些细节都不重要了。

在为了撩到兔警官的岁月里，小民哥俨然已经成了一个“兔兔那么可爱，怎么可以吃兔兔”的浮夸表情包。

当然，功夫不负心机人，涉世未深的兔警官终于中了敌人的圈套。

当然，也可以说是，涉世过深的山城浪子最终还是难逃法网恢恢。

反正此后，有很长一阵子，小民哥像变了一个人似的，可能是因为保护人民警察是一件成就感极高的事吧，他暂时不需要在饭桌牌桌酒桌上刷存在感了。

而因为总找不到他人，我的蹭吃蹭住也因此告一段落。

这也没有什么，作为一个浪子，只要脸皮厚，总能再蹭其他人的，但有什么的是，精神偶像浪子前辈小民哥的论调有了变化，这太可怕了。

以前小民哥叱咤风云，制定各种撩妹攻略。

现在小民哥随叫随到，已被警花各种攻略。

以前我问小民哥，是你先走，还是姑娘先走。

以前小民哥说，我先走，因为我睡得早。

现在小民哥说，一起走，我送她回去。都是警察保护别人，也得有人保护警察吧。

以前小民哥带我去夜店，会友情提示我，那个姑娘你别撩，她酒量特别好。

现在小民哥带我去夜店，会友情提示我，我先出去接个电话，这信号有点儿差。

后来这段警民鱼水情还居然突破了小民哥的半年守则。

虽然小民哥依然表示，是茜茜一头扎进他的生活的，结果就甩不掉了，他这风一样的浪子是被碰瓷了，很无奈。

但他说这话的时候，却看不出无奈的神情。难得约到小民哥吃老油火锅的几次，他都越发显得年轻了。

我表示多巴胺的美颜功能比美图秀秀强大，简直像返老还童。

4

我一度以为阿姨杀手、情场浪子小民哥就这样收山了。

事实证明，我想得太简单了。

没多久，小民哥就又恢复常态了。不，是变本加厉，不仅去夜店，而且居然还打破早睡早起的作息习惯。有几次约我出来撩姑娘喝酒，都耍到半夜。

我一开始还以为他是被茜茜警官给甩了。

没想到他说，比那更惨，她想逼我领证了。

他说，第一次听茜茜提起这事的时候，他都要吓尿了，这才交往半年啊，他刚适应没分手，怎么就跳级到谈婚论嫁的地步了。而且作为一个久经沙场却流水无情的浪子，以往每次和阿姨们交往时，火候都拿捏得恰到好处，游刃有余，一旦发现有这两个字出现的苗头，就果断分手防患于未然。

我说，你都搞定了那么多阿姨，怎么折在这小丫头手上了呢。

小民哥说，可能就因为以往都是阿姨，阿姨们都常以退为进，都会等着我开口，只要我自己守住，就可以规避风险。但这小丫头根本不按套路来，居然自己开口了。

我说，那你打算怎么办，要是实在不想结，要不实话告诉她吧。

小民哥说，那万一她又实话告诉她爸怎么办，她爸虽然现在是个退休的老警察，但以前是全市的散打冠军。

我说，那要不你还是买个保险吧，到时看是太阳先升起，还是意外先来临。

小民哥无奈地哀叹道，好好一个人民警察，怎么谈着谈着，就成碰瓷的啦！

那段时间，浪子小民哥陷入了极度的恐慌当中。一方面继续对茜茜百依百顺，继续尽职尽责地扮演暖男角色；但另一方面，就是不肯同居，同时还和几个姑娘暧昧着，以此来形式化地说服自己，叔依然还是个浪子。

我说，那你就不担心机智的茜茜警官早已敏锐地洞悉了这一切吗？

小民哥说，这个战斗经验我还是有的，我铺垫了很多伏笔，说准备创业很忙。

还真是工作忙，在小民哥的手机里，这些姑娘依次命名为客服、运营、产品、市场，我说你真可以组个创业团队了。

小民哥又一次无奈地哀叹道，那创业团队能一起团建组队去看电影吗？每次同一部新片上映，我就得陪着看好几遍，每次还得假装是第一次看，唉，她们能别每次都挑一样的片吗？

5

最后结果证明，小民哥再怎么反抗也是徒劳的，一切反动派都是纸老虎，终究还是抵挡不住正义之铁拳的。

小民哥打电话邀我喝喜酒的时候，我已离开重庆了。

又一次回到山城去蹭吃蹭喝的机会，自然不容错过。更不能错过的是，看着驰骋夜场雄霸情场的浪子小民哥，居然有一天会穿着西装打着领带，戴着傻兮兮的新郎绸花，假装一本正经地站在台上致辞敬酒。

这就是曾经那个坚持到快 40 岁，信誓旦旦地在圈里表态，誓不结婚，要当一辈子浪子的前辈啊！

台下围坐的渣男哥们儿看小民哥表演着与他画风不符的表忠心致辞，无一不投来幸灾乐祸的眼神，而小民哥则眼神闪烁，那感觉就像是被粉丝吊打。

我坐在台下，看着小民哥打脸般地展示结婚证，也觉得颇有喜感。任凭浪子小民哥再怎样或明或暗地反抗，可最后还是从了，从此下半生就被这九块钱绑定了。

茜茜在台上喜气而调皮地说道，这证我掏了 5 块钱，我是大股东，以后得听我的。

我想起婚礼前夜，小民哥和我难得的一次喝到后半夜，喝到宿醉，喝到断片。很多话想不起，只记得隐约。

我隐约记得小民哥说，小时候他爸做生意总是忙，他妈总在外面打牌，他回家总找不到他们人，对面的阿姨就让我去家里蹭火锅吃。

我隐约记得小民哥说，他每次出去打牌，茜茜从来不拦他，有时还给他送夜宵，送完就默默地坐在旁边看，居然就这样看了一年多。

我隐约记得小民哥说，有一次在外面和别人起了争执，动起手来，没想到茜茜情急之下，居然也直接参战了，一个小擒拿手，把对方给扭起来了，然后肚子疼得蹲在地上。那次他才知道，茜茜怀孕了。

我隐约记得小民哥说，茜茜怀孕了，算了，不玩了，我从良吧，她学过擒拿，我怕打不过她。

好了，小民哥什么也没说，我不记得了，我喝多了，喝断片了。

原来，一切浪子都是纸老虎。

这个世界这么仓皇，每个人都在流浪，空空的房间，也许未必会被填满，但所爱之人的心，便是你的家。

后来我又去过小民哥家蹭住过几次，以前空空的房间都快被堆满了。

一次是他宝宝满月，虎头虎脑的男孩眼神飘忽，极为像他。他在家和我涮着火锅，却不再唱忧心的词了，改唱滚滚长江东逝水，浪花淘尽英雄，说完依旧快速夹起一块翻滚的老肉片。

再一次是他家二宝要生，他让我陪他偷偷去麻将室过几把牌瘾，他说茜茜看他打了一年麻将后，比他还会打，后来就变成他陪警察悄悄去打麻将了，完全不给他上场的机会。再后来，茜茜怀孕了，他得小心伺候着，于是更不敢去了。

我开玩笑说，浪子小民哥这次算是彻底被“胎咚”了，老司机遇上碰瓷的了。

小民哥笑笑，什么都没说。但我看得出那笑中带有浪子不该有的安稳与蜜意。

一切浪子都是纸老虎，只怕你遇到命中注定的那个碰瓷的。

空心人

年轻的时候，我们总在心里积攒了很多很多爱，直到有一天，有个人打开你心里的门，偷偷地把那些爱一点一点取走。等那个人走了，再也不会来了，你的心被偷空了，你也就老了。

1

年轻的时候，我们总在心里积攒了很多很多爱，直到有一天，有个人打开你心里的门，偷偷地把那些爱一点一点取走。等那个人走了再也不会来了，你的心被偷空了，你也就老了。

这是老了的蓬蓬跟我说的。

我是一点一点看着蓬蓬的心变空的。

如果说颜值即正义，那么蓬蓬就是我合租室友里正义的化身 No.1，要不是后来搬走了，我估计迟早有一天要被他掰弯。

初见面时，蓬蓬就热情地自我介绍，我叫蓬蓬，天蓬元帅的蓬。但蓬蓬一点不像天蓬元帅猪八戒，倒像八戒的师傅唐僧，肤白貌美，自然也容易遇上女妖精。

蓬蓬是个阳光的网瘾少年。阳光和网瘾听上去好像不太搭，但放在蓬蓬身上却很和谐，他除了上下班以外，基本都腰杆笔直地端坐在电脑前，一脸安详地敲击着键盘。有时，温柔的阳光薄纱似的洒在这个美少年身上，恍惚间你会以为他是在弹钢琴。

直至他突然回头，用不温柔的语调喊住我，十八叔，你是下楼吗，帮我带个外卖，就是最近的那家，要牛肉面，多放辣，不要葱。

我就说星座不准，如此事儿妈的蓬蓬居然是射手座的，还是一个来自东北鸡西的射手座，应该是举东北罕见。诸如此类的还有：十八叔，帮我带个可乐上来吧，要冻的，要易拉罐的，别买塑料瓶的；十八叔，你还在楼下吧，帮我买盒薯片上来吧，要乐事的，厚切袋装的那种，番茄味番茄味番茄味，别买错了。

每到此时，蓬蓬的钢琴少年形象，就变成了我那个超级麻烦的前女友，要不是看他脸好，经常贱兮兮地卖萌求我，我真是一天也不想忍。好吧，还有他略胜前女友一筹的是，每次蓬蓬都会补一句，你想吃啥，随便拿，计在我账上。

蓬蓬也算是个小小的富二代，而且他真的学过钢琴。

他说自己小时候有阵子很喜欢钢琴，小小年纪就有这种高大上爱好，家里当然斥以重资，给他又是买琴又是请老师，但没想到爱好只是爱好，不是天赋，而且更可怜的是，上天还赋予他一双小短手，于是百练也没有成“钢”，每次都是勉强过级，但他依然在音乐的道路上手残而志坚。

蓬蓬说，最后，家里托了各种关系把我弄去了音乐学院，然后，我就没再怎么练钢琴了。

我说，为什么，是因为同学太强了，难过不学的吗？

他说，不是，是因为同学带我打了盘魔兽，和神秘的艾泽拉斯大陆比起来，钢琴弱爆了。

就这样，蓬蓬的游戏瘾一发不可收拾，从脑残偶像剧里唯美画风的钢琴少年，逐步演变成新闻纪实片里魔兽画风的网瘾少年。但只有一点是不变的，那就是装备党的属性，就算我的技术不如人，装备也不能输人。学钢琴时，用的是不输人的琴；打网游时，也得是不输人的装备。

大学四年，蓬蓬学钢琴练出来的神速小短手，在游戏的键盘上蜻蜓点水，从魔兽打到 CS，又打到单机，又回归网游，成为众多游戏不容小觑的充值用户，在人民币的庇护范围里，经常砍瓜切菜所向披靡。

2

毕业后，家里为了让网瘾少年明白生活的艰辛，于是给蓬蓬在北京找了个稳定的工作后，就斩断了他的零花钱，以为他会迫于生活压力，至此走上励志青年的道路。

然而，他们并没有料到，网瘾少年通过四年艰苦卓绝的练习，已经可以通过打金、种田、倒卖装备等各种形式自食其力，依然在游戏世界中叱咤风云。

不过，蓬蓬虽然为了持续作业不下楼，可以对我各种无节操地耍赖卖萌，但在游戏里却是个很爱炫很要面子的人。

有一次，蓬蓬种田种出一种极小概率才能获得的绝世草药，这是很多高级玩家追捧的稀罕玩意。作为高级玩家的蓬蓬自然也舍不得卖，想留着以后自己用。但这并不妨碍他在大区里最热闹的路口摆了个摊，把这草药摆上。来来回回很多玩家问，出多少钱蓬蓬也不卖，他就是要这份嘚瑟。

还有一次，蓬蓬打到一把全服务器最牛的刀，这把刀最牛的设定就在于，只要有人拿到它，全服的玩家都会收到广播提示：某某某已获得全服最牛的刀。于是，在蓬蓬得手这边刀后，每天会做的一个动作就是，找一个四处无人的空旷地图，把这刀丢下，然后再捡起，于是全服的玩家每天都会收到提示："宇宙超级无敌大蓬蓬"已获得本区最牛的宝刀。就为了刷这句话，蓬蓬这样乐此不疲地玩了一个月。

还有一次，他看到有个胡子法师在卖一个上等坐骑，蓬蓬问了句多少钱，胡子法师报了价，蓬蓬想了想，觉得还是去买个更好的，于是就要走。胡子法师补了句，穷鬼，买不起就别问。气得蓬蓬立马就把坐骑买下，买下就转手送给碰巧路过毫不相识的妹子了，哥就是这么任性。

蓬蓬就是这样认识"萌萌哒小桃子"的，而"萌萌哒小桃子"也就是这样被任性高帅富"宇宙超级无敌大蓬蓬"瞬间征服的。在获赠坐骑后，羞涩地问金主蓬蓬要不要一起骑着去兜风。在目瞪口呆的胡子法师的注视中，两人绝尘而去。

这就是肤白貌美的蓬蓬，命中注定要遭遇的清纯女妖精。

很难相信蓬蓬这种花样美男，第一次谈恋爱，居然是网恋。提起这个，蓬蓬痛心疾首地解释，因为以前眼里只有钢琴，简直鼠目寸光。

自那次邂逅以后，蓬蓬就开始追求小桃子，一个陷入初恋的富二代，就是一位不分时段上班的圣诞老人，给小桃子送过各种宇宙超级无敌的礼物。

然而，面对这样一个有钱任性的高级玩家，穷得有骨气的低级玩家小桃子依然不为金钱所动，屡次拒绝蓬蓬的礼物，迟迟不肯接受蓬蓬的求爱。

蓬蓬看过小桃子发的照片，相貌如气节一样的清纯，蓬蓬觉得面对这样出尘脱俗的邻家女孩，唯有用诚意才能打动，于是改变策略，跑了全服各个地图的任务点，收集了 199 个金钱不能买到的孔明灯。

在 199 个清纯的孔明灯升天的那一刻，看到了高帅富之真心的小桃子，终于答应了蓬蓬的求婚。

最后，两人在全公会玩家的见证下，举办了一场并不清纯的婚礼。蓬蓬斥以重资，买了游戏中所有最贵的结婚道具，这就是作为装备党的执着与骄傲。在弥漫着铜臭气氛的全服最耀眼的奢靡烟花中，小桃子与蓬蓬正式在游戏中挂上标记有主的夫妻称号。

那时候蓬蓬的心每天都是满满的，陪着小桃子一起做任务、下副本、打Boss，爆出的所有好东西，都第一时间献给老婆小桃子表忠心，虽然小桃子一次都没有和蓬蓬视频过。

小桃子说，她还在上大学，她是在寝室上网的，不想去网吧，女生寝室人多不方便，先这样柏拉图式地慢慢相处，等毕业后她会去北京再见面。

虽然这被我吐槽为人妖的清纯借口，不视频连小桃子是男是女都不知道，但蓬蓬置若罔闻，依然凭借着小桃子的照片和语音，持续爆发着满满的多巴胺与肾上腺素。

3

在两人红尘作伴策马奔腾地游览完游戏地图中的每一处人间繁华后，已经距离结婚有大半年了。宇宙超级无敌大蓬蓬决定，他已经忍不到小桃子毕业了，他要在结婚199天纪念日给老婆一个惊喜，当一回千里送，去找现实中的小桃子，将虚拟米煮成现实饭。

小桃子是在东北鸡西上大学。自从被斩断经济来源后，蓬蓬一直和家里绷着劲儿，很少回鸡西老家。而得知小桃子在鸡西上学后，蓬蓬觉得这就是命中注定的缘分，为了真爱，他要杀回东北，更何况在鸡西他如履平地，在熟悉的地图上，拿下这个副本一定十拿九稳。

出发前几天，蓬蓬连外卖都懒得吃了，天天黏在游戏上，保守着这个巨大惊喜秘密的心，简直满得要爆炸。

那日子正值十一假期，火车票的紧张程度仅次于春运，前往鸡西的票更不好买，蓬蓬为此不仅额外充值，还一路过关斩怪，爆出了道具。

从操作层面具体来说就是，蓬蓬在火车站找黄牛买票，额外加了 200 块，黄牛却卖了张假票给蓬蓬，于是蓬蓬就找到黄牛，把黄牛揍了一顿，要到了一张真票。

这是在奔赴鸡西的列车上，蓬蓬打电话告诉我的。他说，找警察警察没工夫管，找黄牛黄牛不承认，那我就只好用大蓬蓬的方式解决问题了。听口音，这黄牛也是东北人，我觉得这解决方案他应该能理解，在我们东北愿打服输。

接电话的那一刻，我无法想象出鸡西钢琴美少年小宇宙爆发的画面，只能祝贺他真爱无敌，宇宙超级无敌大蓬蓬在鸡西也一定所向披靡。

蓬蓬找到小桃子宿舍楼下时，已是傍晚了，鸡西已有了几分初冬的寒意。蓬蓬发短信告诉小桃子他来鸡西了，小桃子却没有回复。蓬蓬好不容易找到大四女生宿舍楼，厚着脸皮在楼下喊小桃子的名字，小桃子却依然没有回复。

风风火火说走就走的蓬蓬，历尽一路艰辛，却没有想到是这样的副本结局，一瞬间从宇宙超级无敌大蓬蓬，又坍缩成了那个青涩迟钝的钢琴少年，茫然地站在女生宿舍楼楼下，不知何去何从。

小桃子一晚上都没有回消息，蓬蓬说不知道自己那一刻是怎样想的，也许是心里的燃料烧尽了吧，既不想回北京，也不想回家，于是就像个傻子一样，在小桃子的宿舍楼下站了很久，希望她也许能看到自己。

虽然才十月，鸡西那夜竟戏剧化的下起了第一场雪。蓬蓬说他站到半夜，想起程门立雪的故事，觉得自己有些好笑。痴痴地看着地上很快铺了一层薄薄的雪花，然后又是一层，他站着许久没动，只觉得身上有些僵，却不觉得冷。

等铺了有一地浅浅的雪毯时，蓬蓬想了想，找树枝在雪地里写了一行字：小桃子老婆，结婚 199 天快乐，爱你的蓬蓬。

这是在返程北京的列车上，蓬蓬打电话告诉我的，他说鸡西很冷，雪不会化得太快，希望小桃子能看到。

但小桃子是否真的看见了，蓬蓬却永远不得而知了。因为在那天以后，小桃子居然就不声不响地消失了，而且还在消失前盗走了蓬蓬的游戏账号，卷走了蓬蓬游戏里的所有家当，清纯地变卖成了人民币。

游戏里公会的朋友都很气愤，帮蓬蓬各种找小桃子，却始终没有什么结果，小桃子应该是彻底退出这个游戏了。后来，有人说，其实小桃子是个东北大汉，玩的人妖号，那些照片其实是从某个校园妹子的网络相册里扒的。

蓬蓬并不相信，仍然执着地给小桃子留言：小桃子老婆，你回来吧，那些东西只要你想要，我本来也愿意都送你的，我不知道你发生了什么，我只是很想你。

蓬蓬说，在一起度过的 199 个日子，虽然游戏是虚拟的，但那种感觉是真实的，从来没有人这么贴近过他的心，也许别人不信，但他相信小桃子不是有意骗他的。

然而，一个多月过去了，等来的依然是灰掉的头像与停机的语音，小桃子真的就这样从蓬蓬的世界中删号退出了。

蓬蓬说，没有小桃子，他的心空了一半。

阳光网瘾少年蓬蓬再也不打游戏了，他收了架最便宜的二手钢琴，又开始弹钢琴。到十一月快结束的时候，他弹的最多的是肖邦的《夜曲》。

蓬蓬说，这曲子我比过去弹得好，因为我知道十一月有多冷了。

那年十一月的北京，天天都是阴霾，一点阳光也看不到。

4

蓬蓬空窗了一年，后来辞了工作，搬去了京郊，还养了一只黑猫。

他还是依旧不爱下楼，有次我带着外卖去看他。

喝多了，我问他，你还想小桃子吗？

那天阳光出奇的好，蓬蓬看着窗外似乎若有所思，又似乎若有所失。

他没提小桃子，想想说，刚开始疯狂喜欢钢琴的时候，有次老师突然跟我说，喜欢钢琴的人是敏感而孤独的。我那时小不太明白，但现在，敏不敏感我不知道，反正至少我不想再这么孤独了，算了，至少要是有个姑娘骗骗我也好。

后来蓬蓬就把钢琴卖了，开始玩摄影，走过阳光网瘾少年与阴郁钢琴少年阶段的蓬蓬，似乎有种与众不同的敏锐感，拍出的画面总有一些不一样的调调，很快在摄影圈小有名气。

蓬蓬跟家里要了一笔钱，开了一家摄影工作室，还拍前卫的私房照，总有迷妹姑娘慕名而来。蓬蓬拍得好，脸长得也好，但对姑娘们却不太好，交往起来总是一副吊儿郎当的态度。

蓬蓬话变少了，还开始抽烟，烟瘾很大，一天至少一包。

蓬蓬心空出来的地方，似乎就用烟瘾与玩世不恭填满了。谈过几个姑娘，也有过几个姑娘一起谈。

就这样，来来去去了很多姑娘。蓬蓬笑说，心会越用越少，心里来过太多人了，心也就越来越空了。

姑娘们越是对蓬蓬百依百顺，蓬蓬越是纨绔风流，有时还去夜店鬼混。

直到遇见觅觅。

觅觅是找蓬蓬拍写真时认识的。那是北京的初夏，摄影室里一地阳光。初次见面时，觅觅一脸阳光地笑着说，我叫觅觅，不是秘密的秘密，是寻寻觅觅的觅觅。

觅觅长得很清纯，很像小桃子，或者说是像小桃子的照片。当然，这一点我和蓬蓬都心照不宣地从来没有提过。

宇宙超级无敌大蓬蓬的少年心，这一次似乎又满血复活了，终于收起了嬉皮笑脸，又有了温柔安定的样子。

蓬蓬的烟也抽得少多了，话也慢慢多了些。

觅觅对蓬蓬说，抽烟对身体不好，能不抽就不抽，你要是真忍不住想抽，那我帮你点。于是，蓬蓬每次要抽烟的时候，觅觅还真就给他点烟，蓬蓬有些不习惯，但也就逆来顺受了。看我们在一旁偷笑他俩的腻歪，觅觅就开玩笑说，蓬蓬这小短手，我是怕他烧着了。

不同于秋天的萧瑟，夏天的恋情总是格外热烈些。戒烟中的蓬蓬迷上了游泳，因为觅觅喜欢游泳。蓬蓬偷偷抓拍过一张觅觅的泳姿，他说，觅觅游得很美，在水里她那么快活那么自在，像一只不谙世事的美人鱼。

我说给觅觅听，你看你那么美，蓬蓬都被你带腻歪了。

觅觅开玩笑说，蓬蓬才是真貌美呢，他长得那么好看，他说什么都是对的。说完突然又有些沉默，低声自语道，我真像美人鱼吗？

转眼蓬蓬和觅觅在一起快大半年了，而蓬蓬居然成功地把烟戒了。蓬蓬悄悄告诉我说，他想等周年纪念日的时候，就向觅觅求婚，钻戒都买好了。

但还没等到这一天，觅觅就突然消失了。觅觅先是说生病，几天没见面，蓬蓬要去看她，她却不让，再后来就不声不响地消失了。手机停机，蓬蓬找到她住的地方，房东说觅觅已经搬走了。

更悲剧的是，这次觅觅也卷走了蓬蓬的家当，而且这次不是游戏虚拟财产，蓬蓬银行卡上的钱被觅觅取走了。回想之前蓬蓬说，不想这么孤独了，有个人骗骗我也好，没想到竟如此讽刺地一语成谶。

我们说要不报警试试。蓬蓬却不愿意，他只是很难过，他说，找到又有什么意思，心都没了，还在意那些钱吗？

蓬蓬又开始变本加厉地抽烟，泡夜店，撩妹子。笑多了，话也多了，却似乎并不开心。他说，出来玩，没带心，怎么开心呢？

这次，蓬蓬的心是真的空了。

5

没几个月，蓬蓬闪婚了。

蓬蓬说，我老了，不想折腾了，跟谁结婚不是一样啊，过日子呗。

闪婚那姑娘是楼下新来的送外卖小妹子，叫小美，蓬蓬开玩笑说，以后不用下楼也有饭吃了。

他说这话的时候，我们是在酒桌上，我也有点喝多了，不知道说什么好，忍了半天还是没忍住，问他，你真心爱她吗？

蓬蓬一脸醉意地敷衍道，什么爱不爱的，喝酒喝酒。

我有些生气地说，你这对感情也太不负责了，不就是被觅觅骗了吗？

一提到觅觅，提到这个这么多月来一直没人敢提过的名字，蓬蓬竟被刀子戳了般抖了下，一下子吼了起来说，是，我就是不负责，就是没有真心，谁让她骗走了我的心，她没有心，为什么还要骗走别人的心。

也许是酒劲太大，蓬蓬说完竟蹲在地上，抱着头呜呜哭了起来。

婚礼那天，我去喝蓬蓬的喜酒，虽然并不觉得欢喜。那是我第一次见到蓬蓬的正式老婆小美，新娘小美的妆容很淡，一脸清纯的模样，长得像觅觅。

我以为蓬蓬和觅觅的故事，就这样并不清纯地结束了。

直到有一天，我打开邮箱，收到一封信，是觅觅写给我的。她说她回来找蓬蓬，却发现蓬蓬早已搬家了，手机也换了号，摄影工作室也关了。

那是封长长的信，直到看到那封信我才知道，原来，觅觅就是小桃子。她从小长得丑，总被身边的小伙伴嘲笑，直到在游戏中突然遇到蓬蓬，有个人突然对她那么好，她觉得生活中终于有了阳光。

她怕失去这束来之不易的阳光，怕蓬蓬嫌弃自己长得丑，所以发给蓬蓬的照片都不是自己的，也不敢管蓬蓬要照片。没想到在蓬蓬去宿舍找她的那一天，她第一次看到蓬蓬，那么好看，好看到她甚至不敢下楼见他。

于是，小桃子下了一个莫大的决心，她决定去整容后再去见蓬蓬，但作为一个没什么收入的学生，她只得偷走了蓬蓬的钱来做手术，变成了后来的觅觅。

觅觅说她无意中发现了蓬蓬买的钻戒，知道蓬蓬要和她求婚，她内心一直很煎熬，正打算和蓬蓬说这件事，结果没想到那时就出了事，整容面积太大了，有些后遗并发症，整个脸全部发炎了，根本没法看。她不敢见蓬蓬，于是去韩国又接着做补救的手术，费用太高，没办法只得又偷走了蓬蓬的钱。

她说手术后，她一直在努力攒钱，她要把蓬蓬的钱还给他，然后鼓起勇气告诉蓬蓬全部的真相。

她说，她相信蓬蓬会原谅她，因为敏感而孤独的蓬蓬，曾那样走进过觅觅同样敏感而孤独的心。

她说手术很痛很痛，但她想到蓬蓬，就觉得一切都可以忍，就像小美人鱼为了王子，不管每走一步脚有多痛，她都会带着微笑和王子跳舞。

看完觅觅的信，我突然想起老了的蓬蓬说的：年轻的时候，我们总在心里积攒了很多很多爱，直到有一天，有个人打开你心里的门，偷偷地把那些爱一点一点取走。等那个人走了再也不会来了，你的心被偷空了，你也就老了。

也许彼此以为是空心的人，其实伤得比谁都深。

我不知道该怎样对觅觅说。

我只能对蓬蓬说。

蓬蓬听完，许久许久没有说话。

我问他怎么办。

他说，我不知道，我只觉得，心很疼。

我说，能感觉到疼，至少有心了。

遇见你，真美好

Word 是个很神奇的东西，当你打开它看着空白的界面，你会发现，自己指甲该剪了，肚子上的肉好像多了一些，地板脏了该拖地了，还有几件衣服没洗，该烧壶开水了……

1

酒桌上，小民哥问我，饭饭和小纪到底有事没事。

我笑着回答他，用以前地下党的话说，饭饭的秘密我知道，小纪的秘密我也知道，但我不能告诉你。

先说饭饭这个人，我认识她的时候，她都是个中年妇女了。在这个很多中年妇女还死撑着说自己是少女的年代，“中年妇女”这个颇有年代感的词，却是饭饭自己给自己定位的。

那时我在重庆的一家杂志社晃荡过一阵子，饭饭是另一个部门的编辑，我俩有个共同的朋友，就是小民哥，所以电梯间碰到相互也常打个招呼。

饭饭算不上惊艳，但也算好看，细皮嫩肉的却有股帅气劲儿。

有个同部门的女编辑叫包子，和饭饭同岁，三十岁整，生完孩子回来感叹道，生完猴子，青春就连尾巴都没了。

饭饭接着就是一句，可不是嘛，中年妇女了。

这一句接得包子无比惆怅，幽幽地说，本来还以为大龄女青年呢，被饭饭一句话就给划拨成中年妇女了。

饭饭满不在意地说，你看我这还没当妈的都不怕当中年妇女，你怕什么，哈哈！

后来没多久我离开重庆去了上海，除了偶尔还和小民哥网上聊几句外，和重庆似乎也没什么联系了。

再说小纪，我认识小纪的时候，还是他有头发的时候。小纪是上海某个报社的记者，跑新闻经常昼夜颠倒，头发也逐渐日薄西山。

小纪是四川阆中人，阆中是一个清雅素朴观自在的小山城。好山好水虽没帮他养出一头秀发，却养出一个好脾气。再忙再累也待同事如初恋，说话柔风细雨的，做事特别认真，甚至有时耐心得有些絮叨，被大家开玩笑称他幼儿园园长。

本来饭饭和小纪这两人一个在上海，一个在重庆，这辈子可能都没什么交集的，却因为自行车，就这样有交集了。

那时社里安排小纪做个骑行生活的选题，要选几个城市采风。小纪随手填了几个城市，其中就有重庆，因为小纪是四川人，但之前却一次都没去重庆看过，想借这个机会去重庆玩玩。

想起我在重庆待过，小纪就让我给他介绍一个熟人带路。我找了重庆朋友小民哥，小民哥觉得自己文化程度不够，于是想起有一个杂志社的朋友挺合适，就是饭饭。

我也想起，重庆还认识饭饭这么个中年妇女。因为好久也没联系了，鉴于小民哥的人品，我怕有啥节外生枝的事，再三和他确认，这姑娘和你关系清白吧。

小民哥说，我倒是想不清白，但她学过拳击。放心吧，饭饭耍男朋友了，我不干端正子的事。“端正子”是重庆话挖墙脚的意思，小民哥虽然是个采花大盗，但还是很“盗”亦有道。他这么说我就放心了，于是跟他要了饭饭的联系方式，寒暄了下，就把小纪来重庆搞自行车的事跟饭饭说了。

没想到饭饭恨不得在电话那头跳起，说这人是没来过重庆吧，重庆嘿都是山路，骑个啥子自行车哦，过山车还差不多。

我被饭饭一说也想起来了，还真是这样，重庆是个山城，上坡又多又陡，还真没什么人骑自行车，我待过我都忘了这茬，估计小纪当时报选题的时候，也没想那么多。

但事已至此，小纪好像连机票都订了，就硬着头皮上吧。我说，我不管了，反正人交给你了，要是找不着骑自行车的，你就让他买辆自己骑去。我跟你说，小纪这人特认真，为这选题，他跪着也会骑完。

饭饭大笑说，要啥自行车，我在重庆扛把子的，唧个这点事还搞不成嘛。

就这样，小纪和饭饭就狭路相逢了，而且后来还真一起扛了回把子。用那年春晚的梗来说，这段渊源还真是出于“要啥自行车”。

2

和小纪接上头以后，饭饭给我打电话说，小纪这人还不错，看着挺文艺的吧，但不矫情，有时还挺呆萌。

据说，小纪到的第一天，饭饭带他去看大桥。两江交汇处黄浪翻滚，煞是壮观，小纪一时有点恍惚，看着满眼黄沙竟脱口而出说，这是黄河吗。

饭饭大笑说，亲，这是长江。

小纪这才反应过来，对哦，感叹道，长江好黄啊！

晚上饭饭忙完，想着带小纪去吃夜宵接个风，小纪也不客套，于是又叫了小民哥和几个朋友，一起去吃串串香喝啤酒。

重庆的串串有种特有的江湖烟火气，重庆漂亮的妹儿多，白天光艳水嫩得晃眼，晚上来吃串串又是另一种随性，经常能看到美女穿着睡衣趿着拖鞋就来了。夏夜就穿短袖短裤的睡衣吃，冬天就穿夹棉夹绒的睡衣吃，一点儿都不讲究，吃得悠然自在。

重庆人都有几分江湖豪情，几个人在酒桌上喝得痛快得很。一顿串串吃下来，小民哥对小纪好评如潮，夸小纪酒量不行，但酒品好，真性情。算半个同行的饭饭和小纪更是聊得投缘，从上学聊到听歌，又聊到星座。

喝多了的小纪说，以前他上学的时候，他唱的《红梅赞》简直是红歌好声音。

饭饭说，比这个我可不输你，我在学校也没少唱，还被选上去渣滓洞演江姐了呢！

小民哥说，那干脆咱去 KTV 里比比看，我再看看选谁。

于是一伙人又去 K 了歌，又闹腾到下半场，酒量不济的小纪喝得满脸油光，本来作息紊乱弄出的一脸痘，经过一夜的鏖战，感觉每颗痘都饱满得唱着红歌。

饭饭打趣他说，我告诉你小纪，重庆有个地方能治好你脸上的痘。

小纪满怀希望，赶紧问在哪里。

饭饭指着窗外示意他，你看没，你顺着那路走下去五百米，左手边有个上坡，你顺着上坡再走二十米，就有个电器店，卖各种小家电。

小纪听得一脸认真，不知道重庆有什么高科技，只觉得颜值有望，频频点头。

饭饭憋着笑，接着说，进了那个店里呢，左手边货架的第二排有个东西，叫熨斗，你拿它往脸上熨熨，痘痘就平了。饭饭说完，这才忍不住哈哈大笑。

小纪愣了一会，这才反应过来，也跟着大笑起来，一点也不在意。虽然相识并没有多久，但有些缘分就是倾盖如故，尤其是小纪这么个好脾气，到哪都是投缘人。

笑完，饭饭问，小纪，你什么星座啊。

小纪说，天蝎座的。

饭饭说，不是说天蝎都很阴郁的嘛，怎么一点看不出你阴郁的一面。

小纪说，不敢阴郁了，阴郁的一面这不都要给熨斗熨平了嘛。

饭饭忍不住又哈哈大笑。

3

小纪和饭饭关系变得有点不一样，还是得说到自行车上。

重庆的路况起起伏伏，又是山洞又是高架的，明明暗暗得跟打地道战似的，根本没什么人骑自行车，但为了小纪做选题，饭饭还真帮忙联系上了一家自行车俱乐部，找了几个车手，做了采访。

自行车俱乐部听说小纪是上海来的记者，还热情地借了辆自行车给他。小纪闲来无事就骑着单车在城里转悠，偶尔也骑着去找小民哥或是饭饭吃夜宵。

那晚，小民哥有事，小纪就和饭饭两个人又去吃串串喝啤酒，自行车就随便找了个暗处停了，旁边是辆 SUV，两人还特意离着远点。

结果没想到，酒足饭饱回来取自行车，就被喝大了的 SUV 车主诬赖说，SUV 有剐蹭，按剐蹭位置推测是自行车刮上的，说吃饭前还好好的，就是吃饭这会儿刮的，旁边没别的车，就是这自行车，让小纪赔钱。

小纪书生意气地辩驳了几句，SUV 车主仗着酒劲，就推搡起来。饭饭也火了，重庆姑娘的火暴脾气登时就上来了，看了下周围没有摄像头，于是上去就把 SUV 车主揍了一顿，这几年拳击习得武艺全使出来了，那车主本来喝多了就有点站不稳，这下猝不及防，被打嘿惨了。

后来等交巡警过来时，SUV 车主已瘫软在地，于是三人都被带去询问。结果，刚一坐下，饭饭就开始装委屈，一边哭，一边说，是他先动手的，我一个女孩子，他还动手打我。小纪也配合得非常默契，说那车主是他打的，饭饭是她女朋友，动手是为了保护女朋友。

就这样，在交巡警同志饱含理解的关怀下，小民哥终于把他俩都给接出来了，SUV 车主还在里面没有醒酒呢。

这次美救英雄以后，小纪对饭饭更是刮目相看，打电话给我时，不停称赞她有勇有谋。

我说，这是仰慕饭饭了，哈哈。

小纪说，我们是互相仰慕，哈哈。

事后小民哥也对我表示，幸亏当年没招惹过饭饭，比中年妇女更可怕的就是会拳击的文艺中年妇女，有勇有谋还会看摄像头，必要时还能从中年妇女马上变身成为委屈的女孩子，揍你一顿都没处说理去。

对于这段扛把子的经历，吃了几次饭后，在朋友圈子里广为流传。因为小纪急中生智地保护女朋友的借口，朋友们有时消夜时没看到饭饭，也开玩笑跟小纪打趣说，你女朋友呢，怎么没来。

小纪也就跟着打趣地应和着，她加班，一会过来，一起喝点儿一起回家。

有时还会主动开玩笑逗大家，不喝了，早点回去，明天还要给女朋友买早餐呢。

从来没去过重庆的小纪，没想到这第一次去就玩忘形了，待了半个月，稿子一个字也没写。天天吃肉喝酒，挥斥方遒快意人生，临被报社催着回去开会，才惆怅起交稿的事来。

临走的前一天，小纪决定破釜沉舟一把，于是叫上那天同样有写稿任务的饭饭，在朝天门找了家江边的咖啡馆，想着相互激励一起憋憋稿子。

关于拖稿这件事，永远慢条斯理的拖稿天王小纪，曾经有个很经典的总结：Word 是个很神奇的东西，当你打开它看着空白的界面，你会发现，自己指甲该剪了，肚子上的肉好像多了一些，地板脏了该拖地了，还有几件衣服没洗，该烧壶开水了……

结果没想到，叫上饭饭后，Word 的神奇变本加厉，这个故事可以总结是，当一个拖延症遇上另一个拖延症，两人望着江坐了一下午，饭饭还溜出去买了张 CD，最后小纪和饭饭都一个字也没写。

小纪临走那天，饭饭把那张 CD 送给了小纪，说也不知道下次见是什么时候，就当留个纪念吧。那张 CD 是“猫头鹰之城乐队”的，是个很奇葩的电音乐队，说是乐队，其实只有一个人。饭饭说，每次赶稿我就听这个，一个人也能搞成乐队，还有什么事搞不成，心里就觉得一切还在我的掌握之中，结果就奇迹般地赶完了。

然而加持过猫头鹰力量的小纪，还是没有赶完稿，并且因为拖稿又被狠批了一顿，但加持过串串力量的他，却足以风轻云淡不以为意。

后来小纪跟我说，饭饭送他那张猫头鹰之城的 CD，其实他上大学时还真有一张一模一样的，但是毕业时给弄丢了。那天饭饭竟无意中送他了，看到那眼熟的封面，他突然心有戚戚，觉得比 Word 还神奇。

4

后来没过多久，突然有个另外的项目，小纪没想到这么快又被派去重庆。

之前那篇骑行的文章登出来了，重庆朋友圈里人手买了一份，虽说之前有拖稿，但小纪有情有感，写得确实好。连小民哥这种很少看字的人都称赞，我以前不喜欢文化人，觉得矫情，但小纪不一样，小纪是真厉害。

这次小纪又来，大家都挺高兴，挨个做东，排着队轮流给他接风。

可等饭饭给小纪接过风后，小民哥给我打电话说，这次饭饭带他去唐姐那吃拿破仑了，他俩不是有啥事吧。

我说，吃个拿破仑有啥事，我看是你想他俩有事吧。

唐姐，以前是饭饭那家杂志社的主编，没有哪个版面内容是她不擅长的，是社里头牌，后来生完孩子，想换种生活方式，于是就潇洒地离职了，开了家很前卫的店，既卖麻辣小面又卖咖啡甜品，装修风格洋气得很，味道也做得地道，以前人脉又广，所以店里生意很好。

唐姐有个小侄子，叫小贝，经常在店里写作业。饭饭喜欢吃唐姐家的拿破仑蛋糕，每次去都买一个，看到小贝，就和他一起分着吃。小民哥偶有几次来了遇见，也凑热闹要抢着吃，饭饭就不给，说我喜欢吃的东西，只跟喜欢的人一起分。

结果这次小纪来重庆，饭饭就接小纪去唐姐那吃了小面，还和小纪分着吃了拿破仑。小贝放学过来，正好看到拿破仑被吃完了，想到往常都是分给自己的，结果一下子委屈得哭了，说饭饭阿姨不喜欢我了。

饭饭怎么哄小贝都没用，于是说，那我告诉小贝一个秘密。

小贝停止了嘤嘤嘤，看着饭饭说，什么秘密啊。

饭饭说，那你闭上眼睛。

小贝闭上眼睛，饭饭就凑在小贝额头上亲了下。

小贝睁开眼睛，破涕为笑，说饭饭阿姨还是最喜欢我的。

偶遇此景的小民哥当下表示，我也没吃到饭饭的拿破仑呢，怎么不给我个秘密。

饭饭笑着说，没秘密多好，安全啊，哈哈。

小民哥转头就问小纪，你想有秘密不?

小纪突然被他问得一脸懵圈，竟呆萌地答道，我不知道，不知道。

饭饭笑着看着小纪说，放心啦，放心啦，你也是安全的。

5

小纪这次来，大家更熟，也就更随意了，还是经常拿小纪和饭饭两个人开玩笑。

饭饭爱吃小面，有次大家打趣说，要不小纪就留在重庆，也开个小面馆得了。

小纪就接茬说，好，那到时饭饭当老板娘。

于是，饭饭就又从小纪的“女朋友”升级成了“老板娘”。

小民哥对于此事，颇有些醋意，跟我汇报说，小纪是有女朋友的吧，再说他也不怕饭饭有男朋友嘛，小纪和饭饭这是要出事啊。

我说，你这是怕人家不出事吧。

小民哥说，出事也行，这事出我身上就好了，我不怕。

我说，哈哈，也就这么一说，小纪不会出事，饭饭也不会。

选题做得差不多了，小纪又要离开重庆了，下次再来又不知道什么时候了。

离开前一晚，大家一起去吃了烧鸡煲，喝完酒就各自散了。因为饭饭家和小纪住的酒店顺路，于是便一起回去，小民哥找了代驾，送他俩一程。但后来小民哥想起有点东西还落在饭饭那，于是又转头去找饭饭，却发现她和小纪一起往反方向走了。

小民哥没好意思再打电话，于是也就让开车的走了，觉得好像真发现了一个秘密。

小民哥不好意思问的事，我当然更不好意思问，本来以为小纪和饭饭的秘密就这样成千古悬案，不得而知了。

结果，倒是饭饭主动跟我说了，她说小纪临走的前一晚，他俩还真有点故事。

他俩吃完烧鸡煲后，走到酒店附近的分岔口，小纪想了想说，下次再来吃宵夜不知道什么时候了，要不再补顿串串吧，于是两人就又去了马路对面的串香居。吃完串串，感觉辣得人又精神了起来，说要不去看个午夜场吧，于是两人就去看了《丁丁历险记》。看完电影晚风一吹，越发睡不着了，想起来重庆这么久，好像还没去过中山四路看银杏，于是就跟两个夜游神在中山四路溜达了半个多小时。

那晚两人晃到大半夜才回去，临分别时，饭饭说不上怎样的情愫，倒真觉得有些舍不得了，走得有点慢，突然想小纪会回头看吗，于是自己便回头看了一眼，却只见小纪的背影。

有点遗憾，不知道该说不该说，想想也没什么不可说的，于是，等小纪回了上海，饭饭也就网上跟小纪说了，说当时你走远的时候，我回头看你了。

没想到小纪说，我当时回头了的，可我回头的时候，你却没有回头。

听到这，饭饭大笑说，咱们这是在拍《东京爱情故事》吗，太老的桥段了，哈哈。

饭饭是当个有趣的事讲给我听的。

听完我问，然后呢。

饭饭说，然后什么。

我说，就这样了吗，然后啥都没有吗，连手都没牵啊。

饭饭说，然后就这样了啊，还要怎样。

我说，这算什么故事。

饭饭哈哈大笑，这又不是在东京，是在重庆嘿，你想要什么故事喽。

我说，好吧，小纪临走也没有晚节不保，这故事应该叫《丁丁历险记》。

6

小民哥给儿子摆满月酒的那天，我又去了重庆，饭饭也在，据说快结婚了。

我隔着桌和饭饭打个照面，相视一笑，隔空相互敬了个酒，突然想起距离小纪离开重庆也有几年了，这几年他都快从文艺青年变成郭冬临了，不管是体型还是发型，也不知道再见面饭饭还能认出来他不，不过好像小纪后来也真没再来过重庆。

有些遇见，不必有故事。

有些故事，不必有结局。

有些结局，不必有意外。

遇见你，真美好。哪怕相忘于江湖，只要美好过就好。

小民哥喝多了，又问我，饭饭和小纪到底有事没事。

我说，我不知道。

小民哥说，那就是有事。

我说，我不知道。

小民哥说，那意思是他俩没事。

我说，饭饭不就坐在那嘛，你自己问去啊。

小民哥说，我不敢，她可是练过拳击的。

致没有的青春

迷茫的夕阳下，一切真实都仿佛幻影，说不清是有过，还是没有，是该，还是不该，是对，还是不对。

1

以前有青春的时候，我吹过牛，哥从来不搭讪，哥都是被搭讪的。但其实这个吹牛的后半段从来没有实现过。而等我到了没有青春，不知该算大叔，还是该算师傅的高龄时，过去这个荒唐的吹牛，居然神奇地实现了。

那是三十岁的夏天，天气像以往的每个夏天一样热烈，每到热至深处，我经常会产生一种恍若隔世的混沌感，而这个夏天尤甚。

那会我也算小有了一笔积蓄，只是对未来有些恍惚，于是想歇一阵子。在家里宅了很久，整个人从发霉到发福，颜值从巅峰往下信马由缰，而就在这个时候，我又重新遇到了青春。

我还记得那一天，迫于无奈要出门办点事，阳光像抹了药一样，照得久未出门的我晕晕的，感觉自己像要伏法的吸血鬼。

办完事好不容易找了家老麦，吹空调吃薯条喝可乐，就是在这个时候，青春美少女小淳就这样出现了。我就这样被她搭了前半生中第一次也是唯一一次讪。

她轻轻地坐在我对面，扎着一个丸子头，一身日系小清新的装扮很是可爱，其实没搭讪之前，我的萝莉雷达就已经偷瞄到她了。

小淳先是略带羞涩地看着我微笑，突然被这么一个小可爱盯着，让我一度自信满血，以为自己还是那个二十岁出头的帅哥，于是本帅也回给了她一个羞涩的微笑。

看到我的友好回应，小淳终于鼓起勇气，主动跟我说话了。

她说，您好，那个……是这样呢……您能借我二十块钱吗……

原来我的人生第一次搭讪，只价值二十块，好吧，至少她不是推销安利给我，我忍了。

还没等我接话，小淳赶紧解释道，我是大二的学生，来这边做家教，结果回去路上手机钱包都被偷了，刚去买汉堡的时候才发现，现在也找不到警察，也没办法，想先借点钱回学校再说呢，大叔，你看可以借我吗？

大叔，我年过三十的人生中，第一次被人叫大叔，不是大哥，也不是师傅，我顿时有种自己魅力与阅历并重的病重幻觉，当下表示，别说二十了，借你五十吧。就冲这句大叔，我必须把自己第一次被搭讪的价格提上去。

没想到我是这样爽快，小淳千恩万谢地表示自己不是骗子，一定会还给我的，还留下了我的手机号。

小淳笑起来很好看，露出小兔牙，还有小酒窝，我当时想，真是要被这么可爱的小骗子骗了，我也认了。

然而，小淳诚不欺我也。那时还没有手机转账的功能，几天后，我接到小淳电话，约我出来，说还钱给我。

我本来想说，别还了，叔不差那五十块钱，但听到她的声音，不知怎么的，想再见她一面，也就答应了，于是约她去了上次那家老麦，那个卡座。

小淳穿着牛仔裙、白球鞋，还是那么可爱。我颇有心机地提早到了，点了两杯可乐，还有薯条炸鸡，她还了钱，在我热情地邀请下，于是大大方方地坐下喝可乐了。

我问小淳，那天为什么选我借钱。

小淳说，就是看你面善呢。

我说，什么面善，是我脸大吧，哈哈。

小淳说，好吧，微胖界大脸人士都面善，哈哈。

我们就这样有的没的轻松愉快地聊了很多，像一场有组织有预谋的约会。其实回想起来，那时好像也并没有真的想撩妹，也许只是孤独已久的空洞感，一下子被那种青春无防的张力击中。

我说钱就不用还了，下次请我吃薯条吧，于是就这样莫名地留下了小淳的手机号，想着就算没有了青春，至少能有一位青春的朋友也不错。

2

小淳当家教的地方就在我家对面的小区。后来每次下课后，她就叫我出来到老麦家吃薯条。

每次打电话给我，都是用下命令式的不容拒绝的口气说，十八叔，出来啦出来啦出来啦，只要你说愿意，薯条就是你的啦。

小淳说她是狮子座的，这就是她的控制系魔法。

我逗她说，我不信星座的，你别想控制我。

小淳说，哼，休想逃离我的魔爪，不接受控制的话，那我就把你手机号码贴到租房网上去。

那阵子空洞感爆棚，许久没笑过的我忍不住被她逗笑了，于是假装被吓到地接受了小淳的控制，放下手中的游戏机手柄，无奈地去老麦家吃薯条。

小淳智商很高，我之所以没说聪明，而是说智商高，是因为她说她在准备考门萨了，说的时候，那态度跟玩游戏似的。门萨是个高智商人群俱乐部，唯一的入会标准是必须通过一场高智商考试。

我以为她是个爱学习的好少年，夸她还挺少壮知努力的。

没想到小淳说，谁想努力了，我就是想要那个证而已。

我逗她说，这是被上次偷过，觉得自己傻，要靠国际组织来认证恢复信心吗?

小淳说，哼，我这么聪明，哪需要什么认证。

我问，那为什么还考。

小淳说，我妈说了，我每考过一个证，就奖励我五百块呢，知识就是财富啊。

后来，小淳没去考门萨，而是考了另外一个证，普通话等级证。

我说，喂喂喂，聪明的小丫头，说好的门萨呢。

小淳说，反正哪个证都是五百块，这个好考多了，这才是聪明的选择。

我说，这是投机取巧的选择，两个证含金量不一样好吗?

小淳说，都是价值五百块人民币，含金量是一样的。

我说，少来，这普通话等级证可不够炫酷啊，大把的人都考过了。

小淳说，以后就炫酷了，我打算考去香港大学读研，到时我就是港大里普通话的标杆，文化传播的桥梁。

我说，哈哈，就为弘扬普通话，考去港大啊。

小淳说，不，是因为香港美食文化博大精深，我要去深入学习下，哈哈。

作为未来文化使者的小淳，一拿到五百元奖励后，当下就把家教的工作辞了，那还是她要去上课的当天，一收到家里的转账短信，马上就给学生家长打了电话说，这家教就不做了呢，从今天开始就不来了。

然后，马上就给我打了电话说，十八叔，我有钱了，请你吃薯条，走起。霸道女家教如此不负责的率性，竟搞得我哭笑不得。

我一边吃着白食薯条，一边问她，你当初为什么要去当家教啊。

高智商少女小淳犹豫了好一会儿，才低声告诉我说，其实……那个……在上次钱包被偷之前，我还有一次是被骗子把生活费骗走了，所以我只好找了份家教挣点饭票。不要问我为什么不跟家里要钱，我这种神童被骗的事，我能随便跟人说吗？

我忍不住再次被她逗得哭笑不得，末了，还被小淳威胁不能告诉任何人，这件事要是敢说出去，她就在薯条里下毒，毒死我灭口。

那天，我带小淳去网吧打了局游戏，以示庆祝。因为小淳说她以前从没去过网吧，她要刷下这个成就，她读大二才十八岁，是个跳过级的天才少女。

我是在网吧前台查验身份证的时候，才知道这件事的，之前也不知道为什么，从来嘻哈笑闹着，被小淳十八叔十八叔地叫着，却从没认真想过小淳多大。

小淳的身份证崭新，她说刚办下来。那一刻我有些恍惚，突然想不起十八岁的自己曾在做什么，也不知道年近三十岁的自己，怎么会和一个十八岁的小丫头来泡网吧。

好吧，今天就让我假装十八岁吧，我带着小淳组队打 CS，疯狂地玩着一个过去时空的游戏，甚至像年少张狂时一样爆着粗口，恍惚中感觉像穿越到十八岁的时空。

没想到的是，小淳第一次打游戏，竟颇有天分，走位风骚，而且情绪投入得也学我爆了几句入门级的粗口。

和小淳竟不知不觉地枪林弹雨了数个小时，两人筋疲力尽地走出网吧时，小淳突然感叹道，唉，这游戏，害我把这辈子会的粗口都用光了。

我说，值得表扬的是，你粗口的时候依然普通话标准，字正腔圆。

小淳哈哈大笑，得意地说，我可是要做文化传播使者的人噢。

3

相差十二岁，我不能虚伪地骗自己只是把小淳当作小妹妹，但那阵子的浑浑噩噩，确实我也并没有对这段关系想太多。

只觉心绪繁重，唯有看到她时，才会笑，仿佛青春的载体给生活带来了张力，这难道是衰老恐惧症导致的依赖吗？

而等我觉察到这段关系已经变得有些微妙，是在小淳快生日的时候。

那天，一向使用控制系魔法的小淳，在给我打电话时，竟用了半征求的语气。

她说，十八叔……我快过生日了……

我说，十九岁了吧，想要什么，买买买。

她说，不想要什么……要不你就带我……再刷个成就……好不好……

我说，你又想刷什么成就，想去网吧通宵啊。

她说，不是呢……那个……我还没有过生日约会呢……你能帮我刷下这个成就吗……

我突然一下子醒了，从恍惚与空洞感的胁迫中，终于意识到自己的荒唐，相差十二岁，我这是在做什么呢，这就是不负责任的暧昧吗。

我沉默了很久，终于还是答应了她说，好吧。

小淳在电话那边，似乎激动地笑出了声。

小淳生日那天，我带她去了游乐场，我说你是小孩子，就带你去小孩子该去的地方吧。

坐了过山车，她一点也不怕，笑得张扬；坐了旋转木马，她像个小公主，笑得俏皮；坐了摩天轮，她安安静静的，笑得恬美。

当摩天轮升到顶端，小淳说，十八叔，我们拍张合影吧，我还没有你的照片呢。

我看着窗外，觉得不知不觉间怎么就到了如此惊险的高处，看着小淳，突然有些不明白自己都做了什么，假装没事地逗她说，不拍了，我脸大，拍不下。

小淳看着我的眼睛，仿佛从我眼中看出了什么，安静了好一会儿，又假装没事地说，那叔你先减肥，以后我们去海边玩再拍，我还没去过海边呢，你要带我刷这个成就。

看她越是像没事，我越觉得心有些锥锥的，一瞬间变得柔软。

好了，卑劣也罢，温情也罢，就让我在你的生日再荒唐一天吧。我摸了摸小淳的头说，走吧，那就现在带你去把这个成就刷了。

晚霞随着落日缓慢地铺开，宁静而曼妙。

我们就这样在沙滩上看着，有风浪的声音，什么也不必说。

不必拍照，不必拥抱，不必留下什么，就让这一刻永远停留在记忆中，像从未发生过，像从未忘记。

后来我再也没有看过比那更梦幻的海，虽然那其实不过是游乐场一隅的人造海滩。

太阳缓慢地坠出晚霞的怀抱，游乐场的环园小火车优哉地从空中驶过，水中的倒影被风拨弄。

小淳突然开口说，你看过《千与千寻》吗？你说千寻还会再见到白龙吗？

我笑说，会的，然后弯腰帮她拍干净脚上的沙，穿上鞋。

小淳呆呆地看着我，眼中似乎要泛起涟漪。

我怕场面一发不可收拾，拍了拍她的肩，逗她说，好啦，傻瓜，今天我不是十八叔，是你的提鞋小弟，生日快乐。

迷茫的夕阳下，一切真实都仿佛幻影，说不清是有过，还是没有，是该，还是不该，是对，还是不对。

4

那天以后，我明白不能再这样下去了，但越是明白越是无法自拔。我想再不见她，却戒不掉，戒烟很难，更何况是戒掉一个人，一个你在空洞时依赖已久的人。

我有些痛恨自己的优柔寡断，狠着心终于对小淳说，小姑娘，我歇得差不多了，要开始忙起来了，可能没太多时间玩了，你也快考试了吧，好好备考，早日去港大。

小淳很聪明，敏锐如她，怎么会听不出我的意思。我们都清楚，世间大多数相逢，都离不开告别。可越是这样想，就越是无法分开。

我想用玩世不恭的面具吓走小淳，她却用带着忧伤的温柔来融化，仿佛上天派来的治愈天使，无论做什么，都让你觉得世界美好。

我尽量逐渐减少见她的次数，但越是明知见一面少一面，反而更让人回味自珍。不需要照片，只需要回忆。越是见不到，越是脑海里全是她的画面。

有揪心的画面，我去游泳，她不会游也吵着要去，我说我懒得教你，她说那她就看着学。我狠下心来不管她，她呛了几口水，看我不理她也不生气，便上岸傻傻地等着我，我最后还是没忍不住冷冷地说，不想游还坐这儿干吗，她说，我怕你找不到我。

有暧昧的画面，和小淳一起喝酒吃皮皮虾，小淳开玩笑说，我要是喝多了强暴你怎么办。我说，那我只有被推倒了。小淳说，你都不反抗，我没有成就感。我说，那我半推半就配合你一下。小淳说，那我真来推了噢。我说，得得得，不求推，求把皮皮虾的账结了。

有惊险的画面，小淳说她从来没有干过出格的事，于是我就带着她去偷了个西瓜，趁她撩摊主说话，我就偷偷将瓜藏到摊位下，默默离开。两人默契配合，完美离开作案现场后，一路狂奔地抱瓜而逃，两人笑得像傻瓜，等笑完，傻瓜小淳却说，其实我悄悄放了二十块钱在他摊位上了，他卖瓜也不容易。

有温暖的画面，耐不住小淳的央求威逼，终于同意她来我家玩，我说，小姑娘家家，随便跑别人家里，上门服务啊。她说，服务就服务，你敢告诉我，我就敢来。后来她还真服务了，硬是逼我乖乖坐在沙发上看球赛打游戏，她就在我家做卫生，等我玩困了又睡醒，小淳已经离开了，我发现身上盖着薄毯，墙上还手绘了一列小火车。

说真的，我不是一点邪念都没有，只是一看到她阳光般的笑容，便觉得内心惆怅，邪念不起来。

5

应该就是那天，小淳悄悄偷走了一把我的钥匙，因为她想留给我一个暧昧惊险温暖的画面。

小淳生日后，转眼就到了我的生日。那一天，小淳没有给我打电话祝我生日快乐，我以为她忘记了，而回到家，如往常般打开门，却吓了一跳。

小淳居然穿着很省布料的衣裙，坐在我的床上，床上还有玫瑰花瓣。

她说，十八叔，这就是我送你的生日礼物。

我强制自己冷静下来，嬉皮笑脸地说，小姑娘家家，跑别人家里，上门服务啊。

小淳却依旧认真地说，十八叔，我没有过，要不你再帮我刷个成就。

我叹了口气，觉得内心沉重，轻轻拍了拍她的肩膀。

小淳闭上眼睛，我想吻她额头，却终究没有吻，只是摸了摸她的头。

我咬咬牙说，我不喜欢你这型的。

小淳快哭出来了说，那你喜欢什么样的。

我说，你太小了，我喜欢大的。

小淳说，我会长大的。

我说，我是说你胸太小了，我喜欢胸大无脑的。

小淳说，等我长大，胸也会长大的。

我说，那就等你长大，再来找我刷成就吧。

小淳坚定地说，好。我帮她披上了外套。

那晚，我还是带小淳去了游乐场，陪她一遍遍地坐了好几趟摩天轮。深幽的星空，混淆了天与地的边界，小淳将耳机分了一半给我，耳机里放的是《夜空中最亮的星》。空气中有了几分忧伤的气息，行至顶端，我看向窗外，也不觉得那么高了。

远远望去，那天的那片海那片沙滩依旧还在，夜色又给它染上一层动人的幻影，但幻影再动人，终究是假的海，假的沙，并非真实。

夜晚的游乐场，没有了白日里的喧嚣，徒增夜的萧瑟。就像三十一岁的生日，没有了十八九岁时新鲜的张力，徒增无奈的彷徨。

我和小淳就那样一圈一圈坐着，待到游乐场散场。

也许，是到了该散场的时候。总有一个时间片段，你会想坐下来静静地欣赏青春，像静看一幅画，但当你没有青春时，不要去涂鸦别人的青春。

6

我搬走了，事前没说，直至搬完家才给小淳打了个电话，骗她说离开北京了。

她说，怎么这么突然就走了。

我说，交不起房租啊。

她说，我帮你交，我去当家教。

我说，要包养我呀，不会要我肉偿吧。

她说，肉太老了，咬不动。那你不待北京，去哪了呀。

我说，去香港了，在九龙。

她说，那你等我，我也要去。

我说，行啊，那你考上就来找我。

她说，我考完了，就是论文还没写完呢，之前一直贪玩拖着呢。

我说，那你这是来不了啦。

她说，来，我会搞定的，我这么聪明，我觉得事情还在我的掌握之中。

我说，行，那我在尖沙咀等你，我去洗衣服去了。

她说，那你真等我。末了，突然淡淡说，十八叔，我想你。

我说，哦，那就来油麻地帮我洗衣服啊。

她沉默了一会说，我知道你不在香港，你是骗我的。

我也沉默了一会，叹了口气说，你很聪明，但你也只是个聪明的小孩子。

她说，那你会等小孩子长大的吧。

我说，等，等你带着我去香港吃早茶。

挂掉这个电话，我就换了号码。照着那天记忆中的样子，买了列小火车寄给小淳，未来你还会去到很多地方，遇见很多人，然而我不能陪你，我不能去的地方，就让这列小火车陪你前行吧。

一张相片也没有留下，小淳，你已经忘记我的脸了吧。

我不是白龙，我只是陪你前行的无脸男。你只是在这里短暂停留，如果我有金子，我会给你我所有的金子，但我一无所有，我能给你的，只有短暂的幻海与未来的天空。

也许连这一切都是假的，根本也没有小淳，根本也没有这场邂逅，也许这一切根本就没有发生过。

也许这一切不过是对逝去青春的呓语，是我混沌恍惚的幻梦，是我三十多岁衰老恐惧症初期吹的牛，就让这个故事成为我荒唐的忏悔，抑或是青春的幻影。

我们青春时吹的牛，也许能实现，也许不能实现，我们都有衰老恐惧症，但没关系，某天总会有一列火车让我期待，让我坦然，让我遇见你。

爱是一场霍乱

走得越近，对一个人的过去了解得越多，你就越无法自拔，这个人如此刻骨地生动起来，仿佛也成了你的过去的一部分。有一天当你想理清这份刻骨，就会有如割肉般疼痛。

1

当尹嘉木告诉我关于白小北的事的时候，他当备胎已经有阵子了。

当然，备胎这个定位，是我给他总结的，尹嘉木自己倒不以为然。他说，我不是备胎，我只是一个等待入局的旁观者。

他这么说，是因为写《旁观者》这本书的作者彼得·德鲁克，是他的偶像，一位机智而冷静的管理学大师，而处女座的尹嘉木在各种问题上，也同样机智而冷静，将自己管理得井井有条。如果星座中关于处女座的言论真的是真的，那么尹嘉木就是处女座强迫症的活标本。

我和尹嘉木是因为跑马拉松认识的，那阵子我刚被检测出三高，为了活命，在医生的恐吓中，极不情愿地开始了跑步生涯，从而短暂地打入过尹嘉木这类跑马大神的运动怪圈。

作为一枚身体好、学习好、品德好的三好青年，尹嘉木每天都会坚持跑圈，每个周末还会跑一次半程马拉松，在业余组名列前茅。然而，人有失足，马有失蹄。一次跑山比赛，大神尹嘉木失足滑下坡道，还腿抽筋得严重，作为初次参赛者的我，毅然中途放弃比赛，把他架去了救助点。

尹嘉木对我千般感恩，外加万般歉意，觉得影响了我的比赛。我千般惭愧，外加万般忍耐才没告诉他，我根本就跑不动了，幸亏他给了我一个体面的退赛理由。

此后，出于感恩与歉意，尹嘉木经常约我跑步，还想着各种法子要帮我提高成绩。虽然我明白他是好意，但我实在没想明白，除了为躯壳的苟延残喘以外，整天这样傻跑傻跑的有啥意义，任何一只狗都比我们跑得快。

后来没多久，我就退出跑步圈了，三高就三高吧，吃死总比累死强。但和尹嘉木的见面却越来越频繁，当时我还入了另外一个怪圈，就是炒股。

每个懒货心中，都有一个不劳而获的理想，这就是我们进入炒股深坑的初衷。但是作为一个资深懒货，入坑了也依然懒得搞懂 K 线图，但懒货有懒货的解决方案，就是紧跟着一个能搞懂 K 线图的朋友。

这个朋友就是在炒股上也能将自己管理得井井有条的尹嘉木，初高中时就是奥数班的尖子，大学保送到金融系，炒股后依然不负数字天分，每天按时看盘，还看股评做笔记，翻阅各路财报，历经股市几次大起大落而不倒，几次大灾大难却全身而退，在牛熊市中游刃有余，仿佛一个机智而冷静的刺客。

但问题是，这个机智的刺客，在感情上也同样冷静，而且冷静得简直有点痴气。作为一个高效能人士，尹嘉木找女朋友的方式主要是相亲。他说这和炒股一样，通过资料评估，至少你可以筛掉一批纯粹会浪费时间的垃圾股。

虽然我能理解这个资深股民的意思，但我不知道被筛掉的那些姑娘们对这个比喻作何感想。而对于冷静到能口出此言的尹嘉木，也自然可以料到他相亲时的各种垃圾结局。

每次相亲，都跟给股票发行公司做背景调查似的，对姑娘们各种冷静而机智的盘问。大部分姑娘都扛不过第一轮，当然他也基本扛不到姑娘们的第一轮。一年下去，尹嘉木相亲的最好业绩，最多也就是一起看了几场电影，可能是看电影至少不用说话，脾气好的姑娘还能忍忍，但也没忍到牵手就分手了。不，应该连分手都算不上，应该说将尹嘉木这种垃圾股脱手了才能解恨。

2

在《后天》级别的超级股灾来临时，就会出现一种非常特别的情况，叫熔断。就是整个股市突发抽筋性的突发停市，像电脑突然身中剧毒的突然黑屏，像爱情突兀袭来时的突兀心跳。

尹嘉木初次看到白小北的一瞬间，就是这样跳帧式的熔断感。

那天，在证券交易所的大堂里，前台接待白小北穿着一身干净利索的制服，整齐的衬衫和蓝格纹的半身裙将她包裹得玲珑而秀气。她安安静静地坐在那里，一边假装在电脑前看大盘，一边时不时偷偷地用手机看什么。

很少看武侠电视剧的尹嘉木表示，觉得看到白小北的第一眼，就像段誉看到了小龙女。

我说，大哥，段誉和小龙女不是同一出戏的好嘛。

尹嘉木说，是吗，那就更对了，我就是穿越般地中意她了。

在内心熔断的巨大影响力下，尹嘉木那天也表现出了非常反常的走势——他居然去搭讪了。对于一个强迫症来说，任何事都是要有流程的。而这次，居然没经过资料筛选的步骤，就贸然上前准备入手，实在太不科学了。

但尹嘉木那天就是这样不科学地和白小北说话了。他先是假装咨询了几个有的没的业务问题，看白小北柔声细语地答了，尹嘉木建立了入手的信心，于是就又找了几个很科学的股票问题，白小北有点答不上，但依然温柔耐心地说，我帮您在网上查查。

白小北查电脑的时候，尹嘉木顺着瞟了眼她的手机，这一看，熔断的尹嘉木简直就要融化了。白小北原来是在看小说，不像那些少女心姑娘们追长腿欧巴的韩剧，白小北在上班时间偷偷看的，居然是《霍乱时期的爱情》，是尹嘉木最喜欢的小说。

身为一个冷静而机智的金融男，尹嘉木天天要看盘看资料看专业书，很少有闲暇时间看小说，而这本我随手带了忘在他家的书，没想到却成为他的言情最爱。他说，他喜欢小说里那种凝望与守候的深情，仿佛一个永恒的旁观者，冷静的温柔太难了，而正因为太难所以弥足珍贵。

我简直想不出一个冷静而机智的金融男，居然能给出这样温柔细腻的书评，正准备此后刮目相看。没想到他接着就补充说道，这是我看的那些书评里，写得最中意的。果然，看非专业书籍，也依然不忘执行翻资料的流程，这才是处女座标本的真本色。

后来，选择要重仓持有白小北后，尹嘉木开始每天都去证券公司，跟白小北套词。白小北温柔耐心职业化地帮他查那些他并不需要的资料，尹嘉木就借这个时间段，或是旁敲侧击地打探白小北的情况，或是低调炫耀自己的炒股佳绩。

功夫不负看盘人，白小北和尹嘉木渐渐熟了起来，工作时间偷看小说的时候，也不避讳他了，有时相视一笑，仿佛心怀一个共同的秘密。

一来二去问多了，终于有一天，白小北忍不住告诉他，尹哥，我偷偷告诉你，其实我不炒股的，但来这工作了，我只能假装炒股；其实你问的好多问题，我都不太懂，每次你说得我都挺懵圈的。

装逼数月，没想到对方根本看不出逼格，尹嘉木顿时也懵圈了，不知道接什么好。

白小北想了想，又怯怯地补充了句，尹哥，你不会告诉我领导投诉我吧？

尹嘉木赶紧表态，当然不会啊，只是……你又不喜欢炒股，为什么来这上班啊。

提到这儿，白小北一脸桃心骄傲地说，但我喜欢我男神啊，他是证券经理，我想这样就能多见到他了。

听到这里，尹嘉木整个人瞬间崩盘了，原来白小北已经早有庄家操盘了。

但后来尹嘉木还是恢复了以往的机智冷静，依然如旧地，时不时去交易所和白小北聊天。白小北也拿他当知心大哥哥，甚至还向他请教追男神的方法。

我说，你这是算锄头，还是备胎啊。

他说，没想那么多，我就观望下吧。

3

就这样，尹嘉木这个旁观者，一观就是大半年。在叽叽喳喳的白小北口中，他知道了她的生日，她的星座，她的微博，她住在哪个小区。

白小北是个生活乱糟糟的小丫头，喜欢碎碎念，微博每天都更新，记录了三千多条。而尹嘉木就这样一条一条地看完了白小北两三年来所有的微博。

他知道了，她数学很差考高数挂过科，她喜欢煲汤不喜欢做饭，她家有只白色小串儿狗叫多啦A梦，她最爱看的动漫角色是樱桃小丸子，最喜欢的花是非洲菊。

他也知道，白小北的男神叫阿伦，喜欢吃桃子讨厌吃梨，不爱看书爱打篮球，是摩羯座，生日比白小北只早一天，白小北的男神也有喜欢的女神，只是远在他国。

尹嘉木什么都知道，但这些都无济于事，白小北依然不知道他喜欢她，就像白小北看过她男神所有的微博，但她的男神依然不知道她喜欢他。

记得有句话是这样说的，总有一天，会有一个人看过你所有状态，读过你所有微博，到你从小到大生活的地方看过，了解你认识的人经过的事，只是想找寻那段他不在你身边的时光。

尹嘉木就这样走进了不在他身边的白小北的世界，但走得越近，对一个人的过去了解得越多，你就越无法自拔，这个人如此刻骨地生动起来，仿佛也成了你过去的一部分。有一天当你想理清这份刻骨，就会有如割肉般疼痛。

这一天终于要来了，白小北要过生日了，尹嘉木决定出手了。

不管白小北是否接受，尹嘉木决定结束旁观者的状态，他订了白小北最喜欢的非洲菊，他要在白小北生日这天表白。

《霍乱时期的爱情》，是一场谁比谁命长的守望故事，痴情男主阿里萨等到了老，终于等到乌尔比诺医生的意外死亡，可以向初恋的费尔米娜袒露自己的心声，哪怕费尔米娜也已经是一个老太婆了。

在给白小北悄悄准备生日安排时，尹嘉木觉得自己终究还是比阿里萨幸运的，不管他的费尔米娜是否最终会接受，至少他不必再这样冷静地守望。

他要告诉她，他爱她，爱得像得了一场霍乱。他相信她明白这种感受，他看到过她微博中的凝望、踌躇、思念、彷徨、悲伤，每个守望者，每个不眠夜，得的都是一样的病，他知道，她最喜欢的书也是《霍乱时期的爱情》。

然而，不是每一场霍乱都有药可医。

就在白小北生日的前一天，白小北男神阿伦的生日派对上，白小北喝多了，终于压抑不住感情，一时冲动地向阿伦表白了。距离白小北守望男神有快一年了，白小北鼓起勇气大声说，阿伦，我爱你，爱得觉得自己像得了病，说完浑身颤抖着泣不成声。没想到阿伦居然一把将泪人的白小北搂入怀中，于是白小北的守望故事终于圆满结局了。

但尹嘉木的守望故事，却只能再继续书写下去了。

在看到白小北喜极而泣男神相拥的微博合影，本来为第二天表白的事激动得睡不着的尹嘉木，那晚彻底地失眠了。

很长一段时间，尹嘉木不敢再去交易所见白小北，怕她面对面满脸兴奋地告诉自己，她终于守到男神了。如果那样，尹嘉木就再也无法保持冷静的守望姿态。他怕她看出自己脸上的失落。

白小北生日那天，尹嘉木搂着我喝醉了。他酒量太差，一边吐一边说，我也不想这样，但觉得自己像得了病，没法不去看白小北的微博，白小北微博的每一条行情都决定我的心情，每天就像被套牢一样，无能为力。

我看着也虐心，不停劝他，要不就算了，咱割肉清仓吧。

尹嘉木酒醒后却说，不割了，是我贪心了，炒股不能贪心，感情上更不能，能看到她也挺好，我就这么套着吧。

那阵子强迫症尹嘉木连马拉松都没跑了，人却瘦了一大圈。如果说思念是一种病，那得不到心上人的单相思，就是一种绝症。

4

非洲菊开了很久，直至枯萎了也没送出去。尹嘉木后来快递了个智能水杯，给白小北当生日礼物，那已经是白小北和阿伦在一起几天后的事了。

那是一个如尹嘉木一样强迫症的智能水杯，会自动提醒你每天该喝多少水，你已经喝了多少水，你还需要再喝多少水。

我开玩笑逗他说，你这是告诉她，多喝万能的开水，还是想说你就是一个杯具啊。

尹嘉木苦笑着说，没想那么多，只是看她总生活得乱糟糟的，我是没机会照顾她了，有万能的开水照顾她也好。

随着杯具寄出，尹嘉木还附了封信，虽然也曾犹豫过要不要把这份守望写在信里，但终究还是没有落笔，有些话一旦说了，就再也无法收回，他怕白小北为难，怕最后连朋友都做不成。

最后，信写得很客气，大致是感谢有你的朋友套路，然后说自己决心退出股市了，以后可能就不再过来了。

虽然如此，尹嘉木还是依旧默默关注着白小北的微博，白小北偶尔会发和阿伦相关的，有甜蜜的有揪心的，偶尔也会发依旧乱糟糟的生活，包括总提醒她没有按时喝水的智能水杯。

失眠的尹嘉木有时会想，智能水杯那么多次的提醒，有没有一次，白小北会想起过我呢。但这个问题，他不能问，而白小北也不会说吧。

在白小北的世界，也许他只是一个过客般的散户，随着牛市机智地突如其来，又随着熊市冷静地突如其去，不带走一只股票。

只有尹嘉木自己知道，他不是割肉退市，他是整个人都刻骨地套牢了。

5

白小北辞职了，这个也是尹嘉木从白小北微博上看到的。

然后白小北的微博，停更了很长一段时间。一贯冷静的尹嘉木仿佛突然间失去了生活的重心，有时恍惚，有时焦躁，甚至炒股也不如以往机智，踩空过几次。

对白小北来说，尹嘉木只是一个从不存在的守望者，而对尹嘉木来说，白小北的微博，就是他守望的最后一丝羁绊。

再后来的一天，一夜之间，白小北的微博全部删掉了。

坐立不安的尹嘉木，不知道守得云开的白小北到底又发生什么了，决定还是去之前的那家交易所问问看。看到另一个前台小玲还在那里上班，她以前和白小北关系不错，于是，尹嘉木假装心不在焉地随口问了白小北的情况。

小玲以前也总看到尹嘉木，知道尹嘉木和白小北也熟，叽叽喳喳问了他怎么好久不炒股了，现在行情不错，劝他可以入市。后来告诉尹嘉木说，白小北最后还是和她的男神阿伦分手了，还是白小北主动提出的，因为阿伦心里始终守望的女神并不是她。她渴望的爱，宁愿是守望，也不愿是感动。

白小北辞职，回了安庆老家，说想放空一阵子，也许以后准备考研，可能会再来北京，也许就留在安庆这样过下去了，至少有家里人在，生活总不会再乱糟糟的。

尹嘉木听完，冲动地想马上飞去安庆，也顾不上掩饰了，唐突地就问小玲知不知道白小北的家庭住址。小玲奇怪地看着他，表示不知道。

尹嘉木鼓起勇气，强作镇定地打电话过去，才发现白小北连手机号也换了，仿佛一只彻底退市的股票，再也没了任何消息。

白小北到底还会不会回来，尹嘉木毫无线索地陷入无望的守望中。如同《霍乱时期的爱情》里乌尔比诺医生意外死亡了，白小北的男神也终结了，那么尹嘉木这个守望者，终于可以无所羁绊地吐露心声了，哪怕是对着一个空荡荡的微博。

尹嘉木开始每天给白小北发一条私信，这是他唯一可以联系上白小北的方式。处女座强迫症的尹嘉木，就这样一天也不落下地发着，像以前看盘一样准时，而且还节假日无休。他像对着沉默的费尔米娜聊天，写自己的暗恋与守望，写那个杯具的故事，写记忆中白小北说的话，写他现在每一天的生活。

他说，如果守望是有长度的，那么我的长度是无限。

直到有一天，白小北的微博上突然发了一张照片。尹嘉木以为自己眼花了，仔细盯着看了许久，再看就真的眼花了，因为他冷静地克制，强忍着才没让泪模糊了眼睛。

白小北发的那张照片上，就是尹嘉木送她的那个智能水杯，微博上写了一行字：不愿是“杯具”，也不想是“万能的开水”，要不试试“一辈子”。

尹嘉木眼睛真的有点花了，他冷静地揉着眼睛，微博突然响起提示音：你有一条新的私信。

如果说思念是一种病，那暗恋就是病入膏肓。

爱是一场霍乱，可等我病好了，也许就忘记你了。

那为什么要治疗呢，就让我的病情一直拖着，就让每一次痛来提醒我这份感觉的存在。哪怕无望，也会守望着，这就是我爱你的方式。

在云端

这次的黑暗，却像永远也看不到光，像困入罗马角斗场的奴隶，像陷入集中营的囚徒，永远也看不见光，只有无法终结无边无尽的黑暗。是否在天上的爱，会更飘忽，一旦气流颠簸，无法揽住的，只有摔得遍体鳞伤，与失重般的空洞无助。

1

有的爱，在山上，可望不可即。

有的爱，在水里，抓住了又像抓不住。

而有的爱，在云端，也许永远也无法降落。

苏杉，是在云端认识耀的。

《阿飞正传》里说，有一种鸟没有脚，生下来就不停地飞，飞累了就睡在风里。一辈子只能着陆一次，那就是死亡的时候。而苏杉说，自己就像这种鸟，天天飞来飞去，也不知道哪一天才能永远地降落，希望不要是坠机的时候。

苏杉算是我的远房亲戚，从辈分上来排，她还是我侄女，在家谱上属“鹏”字辈，也果然是我认识的姑娘中最会飞的“女超人”。

苏杉工作的地方在成都，但停留在成都的日子却屈指可数，每个月都要飞几个城市，最南到最北，最西到最东，公司的产品卖到哪，她就要飞到哪。

那时我在北京，也是她出差的重灾区域，每个月都要来一周，每次来都会找我蹭吃蹭喝，美其名曰来给长辈尽孝。

我常开玩笑说，苏杉啊，你改叫苏菲好不好，你每个月来得比大姨妈还准。

她却说，总出差的人，大姨妈根本就不准。

别看她论气势像个底气十足口无遮拦的姨妈，但其实娇娇小小的超怕冷，经常十一月刚到就把羽绒服穿上了。她的理论是，反正后几个月再穿什么也都是冷的，不如先暖和一天是一天。

那次她出差到北京后，痛经到不行，第二天还要去拜访客户。我作为年轻的男性长辈也顾不得声誉清白了，连夜送她去了医院。医生说这是体虚宫寒，开了点药，让平时注意，多静养少奔波。

我说，你要不请个假，明天休息下，别大鹏展翅了，带你去吃簋街烤翅。

她却说，没事，吃了药好多了，明天应该没啥事了。谁让我是白羊座的女汉子呢，做不了小鸟依人，只能大鹏展翅。

结果没想到第二天，逞强的大鹏变成趴窝的老母鸡了，一晚上没休息好，又加上奔波一天，大晚上苏杉在酒店里给我打电话，有气无力地说，十八叔，我发烧了。

作为长辈我只得再次牺牲清誉，又连夜陪她去了医院，42度。

我又生气又心疼，苏杉，你还乱折腾什么啊？就是候鸟也知道找个暖和的地方待着吧，干吗非要折腾自己呢？你再这样下去就是没坠机也病死在机舱里了！

折翼的她沉默了好一会儿，露出少有的可怜兮兮的表情望着我说，十八叔，我飞了五年了，再折腾一年吧，再折腾一年我就可以申请调去公司澳洲的部门了，就当我想飞去看那边星星是不是更亮些吧。

据说高烧的时候，眼睛都会变得亮亮的。而那一刻，我看到她的眼睛里仿佛有亮亮的东西，像夜空中的星星一样。

我拍拍她的头说，好吧，那就再折腾一年吧，谁让北京和成都的夜里现在已经看不到星星了呢。

我知道，苏杉和所有那些飞在空中、漂在异地的单身女子一样，至少现在在地球的这一端，没有什么可以让这只不知疲倦的鸟儿着陆的理由。

我以为她会如此一直飞下去，像精卫一样，直至一年后飞到大洋彼岸。

2

然而，那次以后，曾像大姨妈一样准时的苏杉，却再没有准时来找过我。

因为在回去的航班上，苏杉偶遇了耀。电话里的她，头一次有了欢快小女生的语气，她跟我说，她没有找到降落的理由，却找到一只和她一起飞过云端的天蝎。

据已错乱的女神经描述的砰砰少女心的剧情是这样的：

那是在飞回成都的红眼航班上，宁静而阴郁的冬天，夜色的黑中似乎也笼罩着一层灰调。

每当午夜飞行时，苏杉总有几分恍若隔世的感觉，觉得像坐在鸟背上，困却睡不着，反反复复侧来侧去。

耀坐在苏杉旁边，戴着耳机安安静静地用 ipad 看着电影。

乔治·克鲁尼好帅，苏杉瞟了一眼，忍不住也微微侧过头，偷偷看了起来，虽然电影已经播过开头了，连片名都不知道，也没有声音，却一点也不影响她的偷窥式观影。

耀也看得一脸沉浸，过了好一会儿，才突然发现身边这个专注偷瞄着的女孩。一时间彼此有点尴尬，苏杉不好意思地，下意识地把身子正了过来。

没想到耀竟然把ipad侧了过来，什么话也没说，只是有点腼腆地侧了过来。

苏杉试探着意会这份好意，又将目光侧了侧，回到 ipad 上。

耀依然什么话也没说，也没有看苏杉，只是默默地把电影进度条拉到了最前面，然后拔掉了耳机线。

原来这部片名叫《*Up in th air*》，在云端，电影里的乔治·克鲁尼也坐在机舱中。

冬夜南飞的红眼航班中，两个陌生而腼腆的出差男女，一起在云端看着一部飞行的电影。像一对默契的忍者，一路彼此无言。

直至各自下机，耀与苏杉彼此也没好意思开口搭过一句话。

而他们的第一句对话，还是在第二次一起乘机时，还要感谢那阵颠簸的气流。

那是苏杉又飞来北京的航班上，她用了苏菲，旅程中来大姨妈真是麻烦，不要侧露就好。心绪烦乱地从洗手间出来，突然一抬眼，竟看到了耀。这样的邂逅真是不美好。

两人一愣，都有点尴尬。

就在这时，一阵颠簸的气流袭来，空姐还来不及提醒乘客们注意，踩着高跟鞋的苏杉就一个失重向前，耀下意识地伸手一扶，苏杉就半跌在了他的怀里，戏剧化得像上天的安排。

再次尴尬，后相视一笑。却依然没有说什么。

直至下机，苏杉边从升降机往外走，边为自己刚才的矜持而懊恼，哪怕道声谢也好啊。刚快进机场的入口，却突然发现那个身影等在那儿。

耀站在那里，看到苏杉，然后直直走过来，低声说，用帮你拿行李吗？

据星座达人苏杉描述，天蝎的冷静过后，就会是一发不可收拾的温柔又强大的神秘气场。

3

耀也是个“空中飞人”。自那以后，苏杉与耀就开始“双飞”了。

我这么说，是因为我当时对耀恨得牙根痒痒。

以前苏杉每月一次的尽孝拜访，除在长辈这儿蹭吃蹭喝外，也还是顺手带些四川的各类特产孝敬，兔头、麻花、香肠、牛肉、腊味叶儿粑……作为长辈我表示很满意。这下可好，认识耀以后，已经连续几个月断供了。对，应该不是恨得牙根痒痒，是馋得牙根痒痒，梦里都想吃地道的灯影牛肉，要是侄女能再来表表孝心，我喊她姨妈都行。

可那几个月的生活就像到了更年期一样，苏杉姨妈再也没有准时来拜访过我。每次来就只有电话了：十八叔，我到北京了……不好意思我不去找你了……我和耀约了……

这个重色轻叔的家伙，我诅咒她痛经一万年。

耀也是每个月需要飞一次北京，于是两人就把每月的这次例行出差安排到一样的时间，搭一样的航班，订一样的酒店。

再后来，我的苏杉姨妈电话月报就成了这样：

十八叔啊，我到北京……这次……就不去找你了，下次给你带叶儿粑吃……

十八叔啊，那个……我要和耀去游戏机厅呢……下次再陪你哈……你说天蝎座怎么也孩子气呢。

十八叔啊，我才知道耀居然会拉小提琴，哈哈，就他那样的小胖手。

十八叔啊，耀居然是个饭男呢，还抱怨出差没机会做饭，怎么不去做飞机餐好啦，哈哈。

十八叔啊，天蝎和白羊的速配率只有40%，感觉好没前途的样子，我要不要把耀甩了。

十八叔啊，原来耀是打呼噜的……天蝎座打呼噜，太破坏神秘感了……天了噜……

苏杉被耀迷得死去活来的，却忍不住总要加几句腹黑的吐槽。大鹏展翅的女汉子，即便是色迷心窍起来，内心却还是总有几分不服气的傲娇。

我以为我再不用去给苏杉接机了，却没想到有一天，苏杉突然打电话找我，久违地说出，十八叔，我到北京了，想见你，你有时间吗？

原来，一次朋友的朋友聚会上，苏杉意外看到了耀，才发现原来他俩竟有共同的朋友的朋友，好奇妙的缘分，天上遇见的耀，真的是上天的安排吗？

但同时，苏杉也看到了耀身边紧挨过来的另一名女子，落落大方，温婉得体。

他们认识五个月了，一起飞过五周了，却从没有相互问过这个问题，也没有正式确认过彼此的关系。好像上天安排的缘分，问得太真实就破坏了感觉。

一时间，苏杉愣住了，耀也愣住了。

不明状况的朋友，上来为三人做介绍。耀，这是苏杉。苏杉，这是耀，这位……过不久就要叫耀太太了吧，哈哈。

笑声掩盖了一切。苏杉和耀像一对默契的忍者，除了寒暄、客套、礼貌性笑容外，再没有多余的痕迹。那位未来的耀太太，一脸的幸福是那样的真实。

就像有些爱情在天上，只能留下云端上的迷幻与欢愉，一旦落地，就只有支离破碎与无语凝噎。而有些爱情在幽谷，看上去空荡无物，却自有山清水秀的从容，山水不改，那份安逸便可执手相望与肆意荡漾。

4

那次以后，苏杉没有和耀提过这件事。耀也没有解释过这件事。

虽然据星座说，白羊与天蝎的速配度只有 40%，但在这件事上，苏杉与耀的默契度却似乎有 400%。

苏杉只是依旧打电话给我，一样的内容，语气却截然不同了。

十八叔啊，我到北京……我还是不去找你了……我和耀在一起……

十八叔啊，那个……耀说去打游戏呢，然后再去看电影……我觉得现在这样也挺好……

十八叔啊，耀送了我张 CD，是他自己拉小提琴录的音，我好感动……

十八叔啊，耀做饭给我吃了，他居然做好带到了飞机上，他对我真的挺好……

十八叔啊，我又重新查了另一本星座书，有说天蝎和白羊很配的，你说对不对……

十八叔啊，我失眠了……我现在不听到耀的呼噜声……睡不着……

我不知道该怎样安慰她。只有以为自己拥有的时候，才敢肆无忌惮对爱吐槽。而其实只有怕失去的时候，才会不断地说服自己一切都很好。

我说，你要不还是和耀谈谈，说清楚吧……

电话那端一阵沉默。她知道，她是如此倔强的女汉子，一旦开口了，也就意味着放手了。

过了好久好久，苏杉说，我是在天上认识耀的，也许这就是上天安排的，电影里紫霞仙子说，上天安排的应该最大吧。

我想骂醒她，说不定是上天派来伤你的呢，苏杉啊，你不是还说飞去另一端看星星吗？

电话那端还是一阵沉默。

又过了好久好久，苏杉说，我不去了，我只想和耀在一起。

陷入爱情泥沼的忍者，依然会奋不顾身地执迷不悟。就像紫霞仙子说的，飞蛾明知道是火，却还是会扑上去。

《*Up in th air*》里，决心告别飞行的乔治·布鲁尼，终于鼓足勇气敲开门，看到的却是黯然的现实。在云端邂逅的缘分，难道真的也要如影片中那样永远飘在云端吗？

5

苏杉飞的里程越来越多了，这一年也飞一般地过去了。

她知道耀的婚期也快到了，她曾私下悄悄问过朋友的朋友。

而更纠结的是另一个消息，公司的调动制度可能要变更了，如果今年再不申请去，明年就不好说了。真的要放弃这个飞了五六年才换回的机会吗？

那个曾经仿佛能融化初雪的明朗女子，笑声少了，沉默多了，时常安静得像一只小羊。

终于，有一天。苏杉突然来北京找我。

不，应该是我发现了她。我下楼转悠吃饭没带手机，回家就看到苏杉坐在我家门口。

那又是一个初冬，北京的十一月还没有来暖气，很冷，她就那样手脚冰凉一身寒意地坐在我家门口。一见我就哭了。她说，十八叔啊，我和耀分手了，我和耀分手了。

这是我认识苏杉以来，第一次看见她大哭。我知道她疲倦过，但她把眼泪深藏于心；我知道她纠结过，但她用微笑掩盖伤痕，她说这就是勇往直前的白羊座。

而此刻，她是如此的伤心，如此肆无忌惮地流泪，脆弱得像一只小羊。她只是重复着，十八叔，我和耀分手了。

他们是在电影院旁的游戏机厅分手的。

苏杉问耀，也许下个月就是最后的调动机会了，告诉我，我该留下，好吗？

耀沉默了好久，说，既然我们是上天安排的，那就让上天来决定好吗？

耀买了 300 个游戏币，今天是他和苏杉认识的第 300 天。苏杉记得，苏杉知道耀也记得。苏杉没提，耀也没提。白羊座的要强，天蝎座的冷静，似乎是两条永远不会重合的平行线。

他们以前想过，要在推币机上挥霍掉一整天，却一直没去。那么也许今天最合适吧。

找了一台堆得最满的推币机，把 300 个币都丢进去，如果是上天安排的，那我们一定可以赢得这场游戏，耀说。

只有一阵沉默。

在喧闹的游戏机厅里，在那个彩灯闪耀的推币机前，苏杉投一个，耀投一个。苏杉再投一个，耀再投一个。他们默契得像一对忍者，彼此无言。

推币机的手臂像钟摆，两人的心也像钟摆。

然而，不是一切戏剧化的邂逅，都会有戏剧化的结局。

那满满堆着的游戏币，如同沉甸甸的心，满怀期待，摇摇欲坠，却寂寞而终。也许只要一两个币就够了，在似乎即将喷薄而出的那一刻，钟摆停止了。

300 个币投完了。游戏结束了。一切也都结束了。

6

《*Up in th air*》的片尾，乔治·克鲁尼选择了再次起飞，而苏杉也选择了飞向地球的另一端，那个她曾热切期盼、为之努力又狠心放弃过的地方。

临走前，她说，十八叔啊，你能帮我个忙吗，把这些登机牌转交给耀，这是我跟他一起飞过的回忆，我怕见他，你说我怎么成了个胆小鬼，我想扔却……话没说完她又抱着我哭。

这一个月来她哭了好多次，我从来没见苏杉伤心这么久过，她一直是勇敢的飞鸟，骄傲的飞鸟，她的伤痛总是停留得那样短暂，再艰辛再纠结，也不过是今天难过几分钟，明天难过几分钟，不会一直停留在忧伤中。

然而这次的黑暗，却像永远也看不到光，像困入罗马角斗场的奴隶，像陷入集中营的囚徒，永远也看不见光，只有无法终结无边无尽的黑暗。是否在天上的爱会更飘忽，一旦气流颠簸，无法揽住，只有摔得遍体鳞伤，空余失重般的空洞无助。

夜幕垂落，鸡尾酒色的云端中，苏杉不再觉得自己像坐在鸟背上了。机翼的剪影仿佛一只大鱼，静静地潜行，谁也无法把它抓住。她会看到另一个不一样的星空的。

我隔着玻璃幕墙，静静地看苏杉的航班远去，缓慢地消失，机身红眼闪烁，熠熠如星。

转过头，却发现耀竟站在我身后。

耀说，其实我和未婚妻谈了分手，苏杉说要走时，我才明白我爱的是她。

耀说，我没有告诉苏杉，我对不起她，怕她为我留下。

耀说，飞到那一边看看，是苏杉的梦，她付出那么多，我不想阻碍她。

耀说，但我会等她的，或者，也许，我自己也会飞过去找她。

耀说，可以把苏杉留下的登机牌给我了吗？有一天，我会带着它们飞去找她。

我不知该责备耀，还是被他所感动。如苏杉曾经说的，天蝎座的隐忍与极端，让人不知所措。让连一贯爱开玩笑的我，都不知所措到不知该怎样讲述这个阴郁还是温柔的故事。

有的爱，在山上，可望不可即。

有的爱，在水里，抓住了又像抓不住。

而有的爱，在云端，看似永远也无法降落，却也许并不会永远孤单。就像一只鸟，遇见另一只鸟。就像一朵云，遇见另一朵云。就像一只会飞的白羊，遇见一只会飞的天蝎。

我说，耀，你难道不怕苏杉跟了别人吗？

耀突然从口袋掏出一把游戏币，露出天蝎特有的神秘微笑。我知道这一定是那天，他为了让那只白羊自由高飞而偷偷藏下的。

耀说，我不怕，我和苏杉是上天安排的，上天安排的最大嘛。

宿敌

这个世界上，很多人与很多人都只有一面之缘。所以我们来到这个世界上，就是要满怀新鲜地去见一些不认识的人，要满怀勇气地去做一些不一样的事，因为往事不管再如何不堪，至少当时那一刻的情感冲击是真实，而这就是我们仅有的短暂的人生中不死的欲望，疲惫生活中的英雄梦想。

1

两年后，我才第一次见到 S 先生。

这个地方我之前没来过，来回兜兜转转几次才找到。心里暗自好笑，果然如千秋所说，想见 S 先生一面真不是件容易的事。

不知道这个“宿敌”到底是什么样呢，怀着这样戏剧化的心情，当这个男人出现在我眼前时，我竟有些不知怎样去面对。

结果，他倒先开了口。

随便问吧。

他就这么对我说。语调很平静。

这是S先生对我说的第一句话。真是有趣，让我不禁想到两年前，千秋当时的那双鱼一般的眼神。她告诉我，S对他说的第一句话是，我三十四岁了，随便问吧。

那是在一个僻静的咖啡馆里，静得仿佛包场一样，满足一切即将关门的咖啡馆的要素：难找，难喝，难看，以及懒得理的侍应生。于是，那个下午，也只有我和千秋两个人，对着两杯看着就无法下咽的“唾沫”拿铁。

两人勉强喝了一口。

千秋说，太难喝了，要不一会逃单吧。

我说，喳。

陪她再一起干出这种事，简直太正常。因为这就是千秋，用她的话说，我们双鱼就是双倍愚蠢的浪漫主义者，人不作死枉双鱼。

得到这种自我放弃式的作死型回答，让不信星座的我，竟也无言以对。

千秋是我的大学同学，是在一次校内运动会上熟络的。当时要求新生人人参与，我出于懒就报了铅球，连衣服都不必换，随便扔一下就结束了。下个环节是长跑，因为还有体育生参赛，远远看去操场上一群专业的大腿正在拉伸。

我们班哪个傻瓜会去报长跑啊，于是我怀着这样的心态，顺带瞅了眼参赛名单，就看到了千秋的名字。

而这时，她正好路过我面前。

你为什么会报3000米啊，你这样的小短腿。我看着像小肉包一样的千秋，这个不得体的问题忍不住脱口而出。

啊，因为我忘记要报比赛这个事了，等大家都报完，就只剩下长跑了……

没想到她一点没在意，如此认真地回答了我。

居然是这么脱线的原因，我又没忍住，不得体地笑了。

没想到她接着说，所以我这几天都有练长跑，不然我怕跑不下来……

果然是傻瓜啊，当时作为一个没有太多情商的少年，暗暗下定决心，一定要和这样不好看又好骗的妹子当哥们儿！

2

于是，怀着围观逗比的意图，我逐渐和千秋成了死党，也终于得偿所愿地见识了她生活中的不少戏剧桥段。

比如，上大二的时候，有天我打了一中午的电话没有找到千秋。我顿时六神无主，因为当时我正等着她送友情午餐过来，联系不上已然快饿晕了。难道真的要下楼才能吃午餐吗？正在我一片焦虑之时，千秋终于来了。

她第一句话就是，我遇到骗子了。

我说，外卖呢？

她说，骗子帮我拎走了。

我说，额……就骗了个外卖吗？太没有格局了。

她说，不是，还有手机也骗走了。

我说，好吧……我原谅你了。下楼走，我请你吃午饭吧，安抚下你的智商。

结果整个受骗经过听下来，我差点忍不住喷饭。

千秋说，那个骗子是在学校图书馆附近过来问路的，学生模样的打扮，说自己是来找高中同学的，迷路了，钱包和手机被偷了。借钱买点吃的，还说自己是富二代，借手机打下电话，一会找到同学就还钱给千秋。

我说，呵呵，这你就信了，是以为要和高帅富拍偶像剧吗？

千秋说，我没信，我看他的耐克鞋是假的，就知道他是骗子，我就是想看看他怎么骗我……

居然这样也能被骗。

我的内心一片竖线，只能按千秋的逻辑解释为：浪漫主义的双鱼，充满对戏剧化的勇敢探索。

再比如，上了大三，期中考试，明明应试不费吹灰之力的千秋，却因为作弊被抓了，还是最简单的一门课，简单到全班只有她一个人是因为这门课作弊被抓的。

我说，你怎么想的，这么脑残的课，除了你根本没有第二个人为这科作弊好吗？！

她说，生活太平淡了，我就是想找件事刺激一下，但没想到被抓了……

我说，你以为这是拍 007 嘛……那你是怎么作弊被抓的？

她说，我就随便撕了几页课本，考试时藏在试卷下面，没想到还没抄就被发现了……

居然这样也能作弊。

我的内心一片竖线，只能按千秋的逻辑解释为：浪漫主义的双鱼，充满对戏剧化的勇敢探索。

再再比如，终于上到大四。虽不好看却也不难看的千秋，依然没有告别单身生涯。一天，她突然兴冲冲地跑来找我，拿出手机里的一张照片给我看。照片里的千秋居然和一个颜值爆表的帅哥挨在一起。

天了噜，你是找到男神了吗？一想到以后可能无法蹭饭了，当时我就震惊了。

刚才去打印社，遇到的帅哥说是旁边影视学院的，过来参加校园招聘。千秋的回答似乎非常淡定。

然后呢？就一见钟情了？我不甘心地继续打探。

千秋也继续淡定地讲述。然后，他简历拷进去后，Word 里乱了，他不会排版，我看他挺帅的，就顺手帮他搞定了。再然后，他为了表示感谢，就请我吃了冰淇淋。我还是觉得他挺帅的，万一以后他红了呢，于是就问他可不可以合个影，他答应了，结果就拍了这张照片。

我说，再再然后呢，按韩剧套路该换手机号了吧。

千秋却说，再再然后，我就吃着冰淇淋回来了啊。

我说，就这样了吗……这么帅，你难道没有想推倒他吗……

千秋说，没有想……他连 Word 排版都不会啊……

居然这样的邂逅也能抵制。

我的内心一片竖线，只能按千秋的逻辑解释为：浪漫主义的双鱼，充满对戏剧化的勇敢探索。

3

就这样，戏剧大师千秋终于红红火火恍恍惚惚地毕业了，实习时去了电视台，而后顺利成为了一名铁肩担道义的法制频道摄影记者。还拍了不少新闻纪实，例如大案要案现场，以及铁窗泪之类的。每次她兴冲冲地拿摄影作品给我看，我都有种日后一定要痛改前非遵纪守法弃暗投明回头是岸的错觉，发誓以后再也不能陪她在咖啡馆逃单了。

直至几年后，她调去了纪录片频道，每次聚会时“警钟长鸣”的状况才终于有所好转。也就是这个时候，她表示要找个男朋友了。

我说，你打算怎么找。

她说，我打算上征友网站试试。

我说，那靠谱吗？别碰上骗子啊。

她说，不靠谱才想试试呢，反正也没相亲过，重在参与。最近的生活太平淡了，要是有人骗骗我也好。

然而，对于一个敏感的前法制频道摄影记者来说，被骗也不是一件容易的事。千秋说，看征友帖，透过这些描述情感本能的文字，就像走进很多的心，有的心空空如也，有的心并不值得一看，还有的心你看不到想要的东西。于是，你并不想走近。

直至偶然随手翻开一个帖子，文字干净得像强迫症。

她就是这样遇到了她的“宿敌”。

她回了帖，加了这个人的微信，S 先生。

当时，在那个快关门的咖啡馆里，千秋讲到这里，那双舞者般灵动的眼睛像双鱼一般游弋。我以为她这次要搞出什么大案要案呢，没想到接下来剧情就急转直下。

因为连面都没见到，她就被 S 先生拉黑了。

我问她和 S 都聊了些什么，她大概讲述了下过程。

S 先生开口就说，我三十四岁了，随便问。

千秋说，我当时真不知道有什么好问的。于是就顺口敷衍问了下你什么星座的？

S先生说，双子。

千秋问，你觉得这样能征到吗？

S先生说，也许吧。

千秋问，那你喜欢什么样的姑娘呢。

S先生说，看感觉吧。

千秋说，好看才能看感觉吧。

S先生说，也许。能发照片看下吗？

千秋说，都不认识呢，你拿去贴小广告怎么办。

S先生说，放心，不是坏人。

千秋想了想说，好吧。然后，在网上找了张网红妹子的照片。

千秋讲到这，我忍不住插嘴，不愧是做过法制节目的啊，警惕意识还挺强的啊。

千秋说，那是，坏人会说自己是坏人吗？

我说，那后来呢？

千秋说，结果就没有后来了。因为发的是网红照片，她猜S先生可能看出来了，敷衍了几句就没说话了。再然后，就发现自己已被删除好友关系。

此后，千秋就决定告别征友圈了。

我鼓励她说，不能半途而废，这才刚一次。

她不接受鼓励地说，新手第一次呢，连个面都没见着，这征友圈门槛太高了，不适合我这样玩票的，我还是隐退吧。

我只好安慰她说，江湖凶险，缺乏关怀，新手出道，隐退也好。

4

我原以为这件事就像肥皂剧一样过去，万万没想到，两年后案情居然又有新进展。

为了渲染后续案情的戏剧性，千秋特意约我去了两年前的同一家咖啡馆。事实上，自两年前那次后，我们再也没有来过这里自讨“苦”吃，约之前发现这间咖啡馆居然还健在，顿时感觉相较于这家诡异存活宿命般的咖啡馆，再次偶遇 S 先生这种戏剧化的桥段，都显得弱爆了。

为了进一步彰显戏剧性，在谈话之前，我们依旧点了两杯宿命拿铁。而且这两杯也格外配合般地难喝依旧。

终于可以开始翻案了。

千秋说，我好像又遇到 S 先生了。

我说，请详细陈述案情经过。

千秋说，那个……其实是我又去征友网站了。

我说，你怎么突然又去了，不是都隐退了嘛。

千秋说，好了……我说出来你别笑……我前阵子采访过程中，意外被个 les 的软妹子给吻了下，那妹子真的好美啊，那一刻我简直心旌摇曳，感觉自己瞬间被掰弯成蚊香了。然后……我就想，要不上征友论坛，找个 les 问问怎样断定倾向……重在参与嘛……

没想到还有这种案中案，然而我要先关注主线案情，表示请肇事者不要在意那些细节，快交代那怎么又遇见 S 了呢。

千秋说，不知道怎么着，仿佛宿敌雷达一样，突然就看到他那个 ID 发的帖子，居然还是和两年前旧帖完全一样的内容，也是够懒的。

我说，然后呢，你就上去和他打招呼了吗？

千秋说，当然不行，我也登的是两年前的账号，万一他认出是我又删掉怎么办。

我不禁赞叹，不愧是在法制频道待过的，思路就是广。

千秋说，于是我就另外建了一个号，为了增加成功概率，还换了个跟他以前微信账号类似风格的头像。

我的内心再次一片竖线，说这也太无聊了吧……你干吗费这么大劲死磕他呀……

千秋说，我不是无聊……我这是为了增强案情的戏剧性嘛！我想等能把他约出来，我就可以当面告诉他，我就是两年前被你删掉的人，这样我就能看到宿敌当场震惊的表情了。

我说，这还不算无聊……那你这次作案顺利吗？

千秋说，结果，S 先生根本就没理我。我以为又一次可耻地失败了，但是就在这时，案情神转折了。

我说，S 都不理你，还能怎么神转折。

千秋说，当时我私信 S 的帖子之前，顺手也翻了翻别的帖子，想着要不再挑战下两年前的任务，觉得另外有个帖子也挺像强迫症写的，于是也顺手回了下。后来这个发帖人就加了我，微信叫 Mr. 盛。

我说，该不是这个 Mr. 盛，就是那位 S 先生吧。

千秋说，是啊！我当时就怀疑这两个 ID 可能就是一个人，也说自己是双子座的，说话风格感觉也像，但苦于没什么证据。如果真的是一个人，简直是命运的捉弄，我本来准备那么充分，想捉弄下宿敌的，结果没想到又一次中了敌人的埋伏，唉……当然，毕竟之前没见过，也不能盲目断言到底是不是一个人。

我说，那要不约出来问问。

千秋说，是啊，我就想要不约出来问问。所以，我上午就约了他，就在你现在坐的这个位置。

我的内心快被竖线戳成筛子了。她果然能不断刷出意想不到的剧情新高度。

然后千秋告诉我，结果就是，她交代了整件事的来龙去脉，然后当面问了，两年前是你拉黑的我吗？ Mr. 盛说，是的，承认自己就是 S 先生。不过聊天时却没有想象中那样侦探剧似的气氛，这个游戏总算是喜大普奔地收尾了。

我说，好吧，这个恩怨算是了啦，那你会和 S 先生交往下去吗？

千秋说，这又不是在拍《一个陌生女人的来信》，见过就够了，顺其自然吧。

但生活往往比戏剧更有戏剧性，在见过这一面以后，Mr. 盛，或者说 S 先生，居然就又消失了。

就像总有些结尾，就是这样似乎倏忽而起又戛然而止，在这个世界上，很多人与很多人都不过一面之缘。

我有些惋惜，千秋却笑说，这宿敌算是 K.O 了吧。她马上要去越南跟拍个纪录片了，下周的船票，她打算借故住上个一年半载的再回来。

想到千秋要走，我突然觉得心里空落落的，少了这样一个总会在平凡的生活中营造不平凡的朋友，仿佛生活也将失去张力。于是勉强寒暄道，你不会在船上遇到 Mr. Right 吧，哈哈。

她说，也许，哈哈。

也许。

这两个字，也许带着对不确定的怀疑，也许也带着对不确定性的期盼。

5

就在我再次以为这件事就像肥皂剧一样过去时，万万没想到，就在千秋坐船远赴越南的时候，案情居然又有了新进展。

一个突如其来的电话。

我应约而至，见到了久仰已久且消失两次的 Mr. 盛，或者说 S 先生。

但不是在那家咖啡馆，而是在朝阳区看守所。这个地方我之前没来过，来回兜兜转转几次才找到。心里暗自好笑，果然如千秋所说，想见他一面真不是件容易的事。

因为千秋走之前，怕有事联系不上什么的，就把单位的手机暂时留在了我这儿，所以，警察叔叔顺着 Mr. 盛的通信记录，就拨通了千秋的手机。

Mr. 盛原来真是个骗子，而且还不是一个人，是一个团伙，有多个 ID，有组织有预谋地骗了不少姑娘。大快人心的是，现在已经被法网恢恢的警察叔叔们成功抓捕了。

于是，在好奇心的驱动下，我就借着千秋朋友的身份，来看守所协助警察叔叔，和犯罪嫌疑人确认案情。

此刻，这个两年前的神秘人，就神色从容地坐在那里。我竟有些不知如何是好。

随便问吧。

没想到他倒先开口了。语调很平静。

两年了，那今年他应该三十六了，却沉稳得像没有过三十六岁以前似的。

我一愣，一时想不到有什么好问的，于是顺口问道，你真的是双子的吗？

他也一愣，继而恢复淡定说，也许吧。其实我没看过星座。

我有些纳闷，看你说话也不像坏人啊，干吗非要选择做这行呢？

他沉默了一会，只说，往事总是不堪回首。

我好奇问道，那你都怎么挑选被骗的姑娘的？

他说，看感觉吧。

我说，那你还记得千秋吗？她和你见过一面的。

他回想了一下，说，不记得了。我见过很多人，很多 ID，也是我们很多人共用的。

我问，听千秋说，你之前承认自己是 S 先生的，那你当时是骗她的吗？

他说，也许吧。

我说，那你到底是不是 S 先生啊，两年前删掉千秋的人是你吗？

他说，聊太多人了，我真不记得了，也许。

怀着复杂的心情，我走出看守所，看来这个历时两年的悬案，依旧没有个最终答案。我打电话给千秋，告诉她，恭喜你，这次没被骗走手机和外卖。

她哈哈大笑，说又错过了，早知道留下来看他怎么骗我了。

我说，那肯定又多一件不堪回首的往事，简直可以想象。

没想到千秋沉默了会儿，竟认真地回答道，但不管往事再如何不堪，我们却依然会回首看。因为至少当时那一刻的情感冲击是真实的，已经值得了。啊，我要下船了，越南到了，Mr Right 没遇到，看能不能遇到个情人吧，哈哈。

《情人》里杜拉斯说，爱之于我，不是肌肤之亲，不是一蔬一饭，它是一种不死的欲望，是疲惫生活中的英雄梦想。

而我想，如鱼一般勇敢又自由的千秋，也许生活就是她的情人。人生过得如戏剧，哪怕是如荒诞剧又怎样呢。这个世界上，很多人与很多人都只有一面之缘。所以我们来到这个世界上，就是要满怀新鲜地去见一些不认识的人，要满怀勇气地去做一些不一样的事，因为往事不管再如何不堪，至少当时那一刻的情感冲击是真实的，而这就是我们仅有的短暂的人生中不死的欲望，疲惫生活中的英雄梦想。

心潮澎湃地挂掉电话，没想到竟无意中听到民警小哥的闲聊：那个骗子竟然是个gay，好嘛，连他都能撩到那么多妹子，我怎么还单身警犬呢？！

我不禁哑然失笑，果然，生活永远比戏剧更像戏剧。

萤火虫之舞

仿佛在一片黑暗中，你以为一个人，再也看不到光了，但却突然看到，有个角落，还有一个人在等你。

1

夏风，是我第一次去台湾旅行时偶遇的神秘人。

那年我三十一岁，夏风也就三十五岁，但看上去他却并不显得年长，也许这是因为他眉目间的神色，孤傲中却又带着一丝可爱。

这么描述，似乎有些宅基腐的感觉，但当时他给我的感觉，确实是那样的，像个少年，那么无畏，却又那么萧瑟。

那是一个凌晨，在台北的一间咖啡厅，店名叫“为什么”。其实也看不出是咖啡厅还是酒吧，灯光幽幽暗暗的，卖咖啡，也卖酒。

这个点儿店里没什么人，只有我和夏风在吧台坐着，我点了杯爱尔兰咖啡，他在喝白兰地。

魅影般的灯光，混淆了日与夜，两个陌生人肩并肩坐着，好像不打个招呼反倒显得尴尬，可还没等我开头，他却先搭了腔。

你也是一个人吗？夏风问道。

是啊，你也是吗？我回答并反问道。

也许是，也许不是。夏风的回答，不太寻常。

你在等人吗？我继续问，我是个喜欢刨根问底的人。

也许是，也许不是。夏风的回答，依然不太寻常。

我请他喝了杯摩卡，他请我喝了杯伏特加，便慢慢多聊了几句。夏风说他来台湾，是来找一个人的，只是不知道她会不会出现。他打算再待五天，去五个不同的城市，她以前在那些地方出现过，也许能找到。

我问他为什么要找那个人，那个人是谁。他却笑笑，喝了口摩卡，没有说什么。

这个没头没尾的故事听上去很无厘头，我却信了。在台北这昼夜模糊的凌晨，在这间光怪陆离的咖啡厅里，好像遇见什么也都不奇怪。

虽然夏风话不多，却让我感觉很是投缘。我想了想，反正自己这次来台也很随性，去哪里全无计划，于是便提出，要不你把我打包带上，反正你一个人，我也一个人，彼此也算有个伴儿，等你找到那个人了，我就走。

夏风沉默了一会儿说，好。

2

第一天，我们去了台中，他领我去东海大学转了会儿，我全无安排，夏风走到哪，我便跟着。他突然指着学校里的一间奶品店说，那家店的雪糕不错，我吃过。

我们买了雪糕，便都懒得走了，在树荫下歇着。

他突然告诉我，其实我要找的人，是一个女孩，我之前就是在这里遇见她的。

我开玩笑应着他，我猜也是个姑娘，要你找的是个男的，我还不敢跟你走了呢。

看我这么说，他眉头松了些，淡淡地说，你相信运气吗？

我说，不知道，可能不相信运气吧，但我相信缘分。

他说，都这么唯心，有差别吗？

我说，运气无所求，但缘分有所求。求多了，冥冥中就会有响应。

他说，好吧，我的运气也许花光了，不如求下缘分吧，看能否有响应。

吃完雪糕，夏风跟我讲了他和女孩相遇的经过。

五年前，他第一次来台湾旅行，想先到各处看看，于是每天换一个城市，第一站就来的台中，在东海大学闲逛。

校园里有座很有名的建筑，路思义教堂。走到那里，没太多人，光线正好，他便举起相机，随手拍了张照片，隐约觉得对面远处好像也有个人在拍照，但也没太注意，然后就顺着林荫道去牛奶小栈吃雪糕了。

店外找了个位置坐下吃完，他便在相机上翻看今天拍的照片，看到最后一张路思义教堂的照片时，发现照片上有个女孩，女孩也拿着相机在拍照。

这时，夏风突然觉得有个人在看他，他抬头一看，竟然正是他照片中那个拍照的女孩。女孩笑了一下，居然主动打招呼说，偷拍我呀。

夏风觉得好巧，不知该如何解释，只好也笑笑。

女孩突然抬起自己手里的相机，扬到夏风面前，调皮地挤了下眼睛。夏风看着相机屏幕，发现屏幕上的那张照片，正是自己站在路思义教堂旁拍照。

两人的相片，动作角度都默契地相反，就像面对面的镜像。

彼此都觉得好巧，就这样，夏风和女孩说上了话。女孩叫柚柚，笑起来有两颗小虎牙，很是俏皮。她也是来台湾旅行的，后面的行程大概 5 天，不过全无计划，打算走到哪算哪。得知夏风准备一天一个城市，于是柚柚主动提出那我跟着你一起走吧。

夏风觉得这小丫头居然也不怕遇见坏人，张牙舞爪倒挺可爱的，便答应了她。两人就这样一起结伴出发去花莲了。

夏风讲到这儿，突然看着我笑言道，没想到五年后，又出现一个要我带路的人，可惜不是她，而且还是个男的。

我只好笑着揶揄，你看，这个世界上不爱做攻略的懒货就是那么多，没办法。

夏风却倏然有了几分落寞的神色。

3

第二天，夏风和我去了花莲。

花莲是个懒洋洋的小地方，什么都慢，却慢得有些古早味道，像被外婆的手抚摸过一样柔软。

清晨我们乘船出海看了鲸豚，然后又闲逛了半日，暮色渐起，夏风带我去了一家不打烊的小餐厅。点的芋圆上来了，夏风从包里掏出一柄勺子，竟和店里的勺子一模一样，在我诧异的目光下，夏风吃着芋圆，慢慢跟我讲了他和女孩柚柚在一起第二天的经历。

五年前的清晨，他和柚柚也是这样一起乘船出海看了鲸豚，然后傍晚闲逛到这家店里，边吃芋圆边聊天。而这一聊就像打开了话匣子，竟聊到了凌晨。

有时候你无法相信，怎么世界上会有这么一个人，之前从未遇见，遇见时却像在一起过了很多年一样。

聊到最后，柚柚居然还交代了自己的一个小秘密，就是她喜欢偷东西。她在咖啡厅偷过勺子，在超市偷喝过可乐，在宜家偷过绒布公仔，她说不是为了那些东西，只是为了偷的过程，不知道为什么，有时就是下意识地那样做了，偷的时候刺激，成功脱身的时候开心。

夏风说，你没想过被抓了怎么办。

柚柚说，没有，我每次都抱着必胜的信念，我可是宇宙第一无敌的白羊座噢。

而顺着这个话题才发现，更巧的是，两人原来竟是同一天生日。

餐厅不打烊，两个人便不知不觉忘记了时间。住的民宿并不算远，可谁也没提出要回去。

一直聊到日出，才想起要回去退房了，好赶往下一站垦丁。

两人走出店门外，走得有些远了，柚柚冲夏风狡黠地笑了笑，突然从口袋掏出一柄银闪闪的勺子，就是刚才在店里吃芋圆的那把。

夏风也是狡黠地一笑，手伸进口袋，竟也掏出来了一把勺子，和柚柚的一样。看着柚柚震惊的眼神，夏风说道，我可也是宇宙第一无敌的白羊座噢。

迎着日出，搭车去了垦丁，又是一路的话。

就在那天，两个人只订了一间房间。

我说，你们才认识不过两天，还可以这样吗？

夏风说，遇到你命中注定的那个人，就可以。

4

第三天，垦丁，我和夏风租了辆机车，沿着海边兜风，然后去了台湾海洋生物博物馆，简称海生馆。

在海生馆，夏风跟我讲了以前去海生馆的笑话。

因为柚柚并不知道行程，出发前夏风说，我们今天去海生馆，然后吃饭。两人从民宿优哉游哉地骑着机车过去，耗了两三个小时。

好不容易开到，停下车，柚柚看到“海洋生物博物馆”便哈哈大笑。夏风被这突如其来的笑声吓了一跳，问柚柚笑什么。

没想到柚柚说，你说去海生馆，我一直以为是吃海参的饭馆呢，我不爱吃海鲜的，尤其是海参这种软绵绵的东西简直可怕，但想着许是你喜欢，也就没说。一路我都做好了吃海鲜的准备了，结果你就给我看这个！

夏风这才知道事情原委，也笑了起来，摸摸柚柚的头说，要不我们一会儿去缸里偷几条。

两人在垦丁逛了很久，在夜市还买了些小吃，喝了几杯啤酒，后来又去看了场电影，一场并不好看的赌片。

而就是看电影的时候，柚柚说去洗手间，却一直到电影散场，都没再回来。夏风想打电话给她，才发现柚柚的手机都在自己这里，拜托了一个女孩去洗手间找，却没有找到她。

柚柚一晚上都没有回来，夏风揪心得睡不着，她到底去哪了呢，想来认识柚柚也不过就三天的时间，却像认识了一个世纪。而这一晚，他就像度过了一个世纪一般漫长。

夏风正讲到这里，垦丁的天色突然满满地沉了下来，像深海一样，有种暗涌的压抑。暴雨要来了。

他停住了话头，我们赶紧去还了机车，然后就往住的地方走。

果然，还没等我们跑回民宿，雨就一下子劈头盖脸地下了起来。我先跑了几步，回头看夏风却毫无急色，在暴雨里依旧闲庭信步。

我笑说，哥们儿，你这是拍《雨中曲》啊。

夏风说，反正不是拍《后天》就行。

到了房间，我刚冲完热水澡，雨就停了。

我正准备躺下，夏风却来敲门了，还拎着一大袋夜宵，还有啤酒，说今晚有球赛。

就这样，我们一边看球赛，一边吃夜宵、喝酒。球赛播完了，夏风却依然没有要走的意思，看来他今晚是不想睡了。

怕我睡着，他突然不知从哪里变出一副扑克，我拗不过他，于是便和他打起了扑克，一直打到天亮，最后算下来，我赢了 5 块钱。

看着日出，我揉着兔儿爷似的眼睛，跟夏风感叹，甩手党旅行也不容易啊，辛辛苦苦地陪消夜陪看球陪熬夜，挣这五块钱熬病了还不够去看大夫的。

夏风笑说，好吧，其实我就是个大夫，要不你看个够。

我吃了一惊，这小子居然还是个医生啊，之前也确实一直没问过他是干吗的。我说，那不该挺忙嘛，怎么还有空休长假。

夏风说，休病假就行。

我说，啊，你病了啊，什么病。

夏风说，抑郁症。

夏风说这话时语调很是平静，看我惊讶的表情，解嘲道，心脏科医生心理有病，是不是黑色幽默啊。

我顺着他的话头接下去，那要不我陪你聊五块钱的。

5

感觉精神头儿还好，夏风和我便边聊边赶路，接着去了下一站九份，办好入住放下行李，吃了当地特色的大肠包小肠，觉得洪荒之力又满格了。

九份是个小地方，电影《悲情城市》在这里取的景，所以九份的气氛也似乎带着点忧伤的调调。据说很早年前这里只住了九户人家，邻里关系都很好，所以不管谁去集市买东西，都是每样带九份，九份因此而得名。离九份不远，更小的一个地方叫十分，据说也是同样的命名规则，但是与九份的悲情不同的是，这里在乡间火车的沿线，熙熙攘攘的游客一波又一波地涌入这儿放孔明灯，给十分平添了几分张扬的气息。

十分有个醒目的标语，一下车就会看到“十分幸福”四个大字印在车站旁边的墙上。五年前，形单影只的夏风也是在这里下的车。

他说当时等了一夜柚柚都没回来，他不知道该不该留在店里等，不知道她还会不会回来，想到曾告诉柚柚明天会去十分，不如索性去那里碰运气看看，于是便失魂落魄地按原计划到了十分。

没想到在下车的那一刻，竟真的在“十分幸福”的四个大字下看到了柚柚，她正坐在那里垂头喝着奶茶。

夏风揉了揉眼睛，确定自己没看错，赶紧默默地冲了过去，怕之前她是躲着自己逃走的，不敢喊她名字。

就这样突如其来地堵在她面前，柚柚抬头才发现是夏风，一脸惊喜的神情，然后差点儿就哭了出来。

柚柚说，她昨晚去完洗手间后，回来时竟不记得是哪个厅了，瞎转了好一会儿。有些厅正散场，人越来越多，她越转越迷糊，想找回住的地方，又忘记住的是哪家了，手机也不在身上，想着这次是真的失联了，于是就只好临时找了家酒店住下。又想起夏风说今天会来十分，于是便过来碰碰运气，没想到真的又遇见了。

夏风这才记起，柚柚曾说过她是个记数和记路的双料迷糊，没想到还有自己把自己弄丢的，本来担心一夜，此刻不禁又好气又好笑。

那天十分很是晴朗，漫天飘的都是承载着各种美好祈愿的孔明灯。

夏风说，不如我们也放一盏吧，这是第二次偶遇了。

在两人放手，孔明灯飘起的那一刻，柚柚却看着夏风说，是第三次才对。

那晚，柚柚和夏风一起待了一整夜，抱着讲了很多话，夏风才知道，原来他们真的是偶遇过三次，而第一次偶遇并不是在东海大学…….

夏风跟我讲到这里时，我已经在孔明灯上写好我的愿望了：十分有钱。我把笔墨递给夏风，他却说他不写了，遇见最重要的人三次，他的运气也许已经花光了，他就在心里默默求一点缘分便好。

天有些阴沉，我松了手，突然间便起了大风，看着孔明灯忽地一下子被带去了好远，像一支箭飞过空中。

6

最后一站了，我说去哪，夏风说他也不知道了，不知道该不该去。

我问，那你们五年前去了哪儿。

夏风说，去看了萤火虫。

我说，那我们也去那儿看萤火虫，说不定能找到柚柚。

夏风说，不想去了。

我问，为什么。

他说，要是去了，她不在，就真的不在了；不去，我会觉得她一直在那儿等我。

我看夏风的话语和神色都忧伤得很，于是也就沉默了。

我们终究没有去萤火虫森林，而是回了台北。在偶遇的那家“为什么”咖啡厅里，我们喝了一杯又一杯，夏风终于跟我讲完了他和柚柚的故事。

五年前的那晚，柚柚对夏风说，其实我第一次遇见你，不是在台湾，是在你工作的那家医院。那天，在科室门外，我坐在你对面，你穿着医生的白大褂，却来看病。我觉得挺黑色幽默的，便多看了几眼，你那时低着头神色黯然得很，没有注意到我，不过我却记住了你。所以，后来在东海大学牛奶小栈又遇见你时，我才觉得巧得像编的一样，忍不住和你打了招呼。那次在垦丁走丢，手机也没带，一点也联系不上，以为再也见不到你了，可在十分坐着的时候，冥冥之中却又觉得也许还有希望，结果你就突然出现在我眼前了。有时候我总觉得这世界是个盒子，如果你的愿望足够强烈，这个盒子就会呈现出你想要的东西。这样想是不是太唯心了？

夏风说，是因为我对盒子说，我想再见到你。

柚柚说，我也有抑郁症，吃药有时就记性很差，之前没告诉你，你介意吗？

夏风说，吃药了别忘记我，就不介意。

在满是萤火虫起舞的森林里，一切美好得仿佛有些不真实，仿佛身在冥冥之中，仿佛在与盒子对话。

夏风告诉我说，萤火虫的生命最长不过两周，最短不过五天，在这期间要完成交尾，然后死去，所以在这短暂的五天，要用所有的光去起舞，去遇见另一个美好。

我想，这世界上真的有这种缘分吗？一个人居然可以偶遇另一个人三次。而如果五天的相遇，却要用生命去起舞，那么这样的缘分是否还值得去祈盼去守望去相信？

柚柚死了，抑郁症自杀的。虽然她曾说，以后每年的这个时候，她都要再来看萤火虫之舞，但有一天以后，她的微博却再也没有更新。

喝得大醉的夏风说，他没有哭，他只是依旧平静地说，我不相信她就这样离开了，她说过每年的这个时候还会来看萤火虫的，于是我就每年都来一次台湾。旁人觉得我是因为心理有病，我不在乎，反正我也是有病，我只是还不想接受这件事，我希望她一直都在。所以我想，只要我相信她还在，她就一直还在。

五天的悸动，真的可以穿越时间这么久吗？

也许和时间无关，只和缘分有关。

就像夏风说的，有些人过了一辈子，像只待了五天；有些人在一起五天，却像过了一辈子，心贴得那么近，仿佛在一片黑暗中，你以为一个人，再也看不到光了，却突然看到，有个角落，还有一个人在等你。

听夏风讲完这个故事，如此离奇，我却信了。

相信，也许只是因为愿意相信。